U0484010

追凶者之扫黑行动

管彦杰 著

江苏凤凰文艺出版社
JIANGSU PHOENIX LITERATURE AND ART PUBLISHING

图书在版编目（CIP）数据

追凶者之扫黑行动 / 管彦杰著. —南京：江苏凤凰文艺出版社，2023.8
ISBN 978-7-5594-6487-3

Ⅰ.①追… Ⅱ.①管… Ⅲ.①长篇小说—中国—当代 Ⅳ.①I247.5

中国版本图书馆CIP数据核字(2021)第269980号

追凶者之扫黑行动

管彦杰 著

出 版 人	张在健
责任编辑	李 黎　唐 婧
责任印制	刘 巍
出版发行	江苏凤凰文艺出版社
	南京市中央路165号，邮编：210009
网　　址	http://www.jswenyi.com
印　　刷	江苏凤凰新华印务集团有限公司
开　　本	718毫米×1000毫米　1/16
印　　张	20
字　　数	267千字
版　　次	2023年8月第1版
印　　次	2023年8月第1次印刷
标准书号	ISBN 978-7-5594-6487-3
定　　价	52.00元

江苏凤凰文艺版图书凡印刷、装订错误，可向出版社调换，联系电话 025-83280257

序

　　2000年,第55届联合国大会通过了《联合国打击跨国有组织犯罪公约》,同年,中国签署了该公约。三年后,我来到中国人民公安大学攻读犯罪学研究生,自此拉开了我对有组织犯罪问题研究的序幕。我学习的核心课程之一是《有组织犯罪研究》,参编的第一本学术著作也是关于黑社会性质组织犯罪的,任教后我发表了一系列关于黑社会性质组织犯罪的研究论文,讲授的课程《跨国犯罪对策》《中外警察执法比较》中的重点专题之一就是打击黑社会性质组织犯罪……

　　从学理上讲,有组织犯罪有许多类型,黑社会性质组织犯罪最具代表性。21世纪以来,黑社会性质组织犯罪呈现出体系日益严密、活动范围逐步扩大、国际化趋势加快、"保护伞"层级渐高的显著特征。

　　2018年,中共中央、国务院发出为期三年的《关于开展扫黑除恶专项斗争的通知》,其目的是保障人民安居乐业、社会安定有序、国家长治久安。2019年中央政法工作会议上,习近平同志强调:"要咬定三年为期目标不放松,分阶段、分领域地完善策略方法、调整主攻方向,保持强大攻势。要紧盯涉黑涉恶重大案件、黑恶势力经济基础、背后'关系网'和'保护伞'不放,在打防并举、标本兼治上下真功夫、细功夫,确保取得实效、长效。"2020年是为期三年的扫黑除恶专项斗争的收官之年,在"乘胜追击、决战决胜"的关键时期,身为人民警察的我受邀担任中央政法委、全国扫黑办指导的重点宣传项目——院线电影《扫黑行动》的编剧。

剧本是我在新冠肺炎疫情刚暴发时创作的小说初稿的基础上的改编再创作,吸纳了中央政法委领导的专业指导意见与部分电影创作团队成员的建议。完成剧本后,我重新修订了原著小说初稿,定稿那天刚好电影于深圳杀青。

近几年,全球格局和国际关系已发生了许多或微妙或明显的变化,不可测因素急剧增多。在这个重大历史时期,无论是我国扫黑重点打击的"套路贷",还是与反腐密切相关的"保护伞",乃至全国政法系统高度关注的境内外犯罪集团的勾结,都是当下国际、国家和社会高度关注的热点,而这些内容在我这部小说中也有所涉及。

法国作家罗曼·罗兰在《约翰·克里斯朵夫》一书的扉页上写道:"真正的光明绝不是没有黑暗的时间,只是永不被黑暗淹没罢了。"正义与邪恶的斗争是政法文艺作品永恒的主题。作为政法文艺作品的创作者,我必须直面黑暗,追求光明,透析人性,这也是讲好中国故事的使命与责任所在。

此书是我"追凶者"系列悬疑犯罪长篇小说的第二部。

2021年1月10日于北京

目　录

楔　子 / 001

第一章　倒数第六天 / 014

第二章　倒数第五天 / 072

第三章　倒数第四天 / 153

第四章　倒数第三天 / 215

第五章　倒数第二天 / 259

第六章　最后一天 / 289

番外 / 310

楔　子

此刻艳阳高照，远处的乌云却已逐渐逼近。

她孤身站在36层大厦的楼顶天台，单薄的身体被风吹得摇摇欲坠，脸庞上的泪水被高空劲风吹拂得迅疾干涸。

她低头看着楼下街道上的车辆如同排队爬行的甲壳虫，那些混杂的声音像是来自另外一个世界，一个她不堪回首的世界，一个用表面的鲜衣怒马遮掩着肮脏与暴力的人间炼狱。

她又望向街道对面的那栋灰色的大楼，大楼前的空地中间的旗杆上飘扬着鲜红的国旗，那是她选择站在这里的原因。

她耳边响起那番话，尤其最后一句如轰雷炸耳："你必须用这种方式去发声。"

她闭上眼睛，眼前浮现出的是昨夜的撕扯、殴打、挣扎、眼泪、狞笑、呻吟、吼叫……

楼前一只燕子向地面俯冲,让她想起那条叫咪咪的七岁的雄性海豚。咪咪从池中跃起腾空时的线条也是那么优美,它总是笑嘻嘻的,无忧无虑的样子,但生为人类的自己却有这么多的痛苦与折磨……

她的手机又响了。

清宁大学美籍华人特聘教授王宇明受邀到粤中省公安厅做题为《经济发展与新型经济犯罪的博弈关系》的报告,小礼堂座无虚席。

公安厅常务副厅长刘强离席接电话,但这并没有打断台上王宇明的思路:"临界点一词最早出现在物理学当中,后来才被各个领域运用,比如医学中的临界点就是个体所能承受的最大极限。"

新颖的观点吸引了台下的民警们,他们或凝神思考,或奋笔疾书。

如果仔细观察,会发现在场有几位年轻男民警的眼神时不时地也会跟着一个女记者的身影移动:此人名叫张蕾,是粤中卫视法制频道的当家花旦,一米七的个头,身材修长,英姿飒爽,其父是现粤中省政法委书记张立国,这让她身上附着了一种高不可攀的气质。

三分钟后,刘强返回报告厅入座时,小礼堂后门闪进一个体格健壮的民警。此人名叫钊阳,面圆耳大,鼻直口方,是清宁市公安局特警支队支队长。

钊阳手里握着一副墨镜,顶着一对熊猫眼,猫着腰找空座。他发现旁边一个额前留着一撮刘海的青年警察时眼睛一亮,顺手擂了一拳,小声道:"你小子什么时候回来的?"

"轻点儿,都内伤了!"青年警察挤眉弄眼地按住肩膀,装作受了伤的样子,压低声音,"上周就回来了。"

钊阳坐下,搂着青年警察的肩膀耳语:"是不是马上就来市局报到了?我得第一个给你接风庆贺!哎,你怎么不留圆寸了?"

青年警察拂起刘海,露出左侧发际线处的一道两厘米长的疤痕,犹如运动品牌耐克的 logo:"以前觉得帅气,现在人老就得遮丑了!"

"你不说我都忘了!"钊阳拍拍脑门,"我都多久没见你了!听说你回来前还在公安大学校门口的河里救了一个小孩儿,要不是记者追到学校去,你还在做无名英雄啊!"

青年警察笑笑,低头记笔记。他叫彭大为,省公安厅刑侦总队扫黑支队副支队长,刚从中国人民公安大学进修警务硕士回来,新的任命已经下来,马上到清宁市公安局扫黑支队任支队长。

"张蕾今天亲自来了!"钊阳朝着彭大为眨眼坏笑,"为了你专程来的吧!"

彭大为刚要反驳,发现张蕾扛着的摄像机正向他这个方向扫来。

"感谢刘强常务副厅长的信任与邀请,也请在座的警官们多提宝贵意见!"王宇明从大屏幕旁的暗处走出来时,台上的射灯全亮了,他站在台前深深地鞠躬。

刘强起身带头鼓掌,报告厅里响起警队里特有的热烈而有节奏的掌声。

清宁大学的礼堂内,主席台上方的横幅上印着醒目的仿宋体白字:"清宁大学庆祝清宁市金融创新区成立主题演讲比赛。"

"谢谢各位评委!谢谢各位领导老师!谢谢各位同学!"一个女干部式的女生刚做完演讲,志在必得地频频鞠躬。

女生享受着台下的热烈掌声,直起身,保持谦虚的微笑,不禁又看了看台下那名最年轻的评委:一丝不苟的背头下是光洁饱满的额头,一双柳叶眉下的双眼看不出任何情绪,白色的长袖衬衣没有一道褶皱,袖扣闪着奢华的光,他的面前摆着一个桌牌"成小山"。

女生转身向后台走,心里还在琢磨:这个成小山是本市最大的民营企业安岛集团的总会计师,今天来担任演讲决赛的评委,据说他有留学背景,在清宁市乃至粤中省都颇有名气,典型的高富帅却又没有任何负面新闻,坊间称其为

"成公子",家世却是谜。

主持人满面春风地走到台前报幕:"刚才法学院的选手表现出众。我们有请下一位演讲者——经管学院2019级本科生鲁芊芊,她今天带来的演讲题目是'与清宁金融创新区共成长'!"

观众礼节性地鼓掌后,却没人上台。

主持人故作镇定,再次报幕时声调抬高了八度:"有请下一位演讲者——经管学院2019级本科生鲁芊芊!"

依然没人上台,礼堂里响起嗡嗡的议论声。

鲁芊芊的班主任四处张望,一名长发女生从后排挤到班主任身后,附耳道:"芊芊深夜出去一直就没回来,现在电话也联系不上。"

班主任扶了扶厚厚的眼镜片,遮掩不住心中的焦虑:"郭晓冉,这可如何是好!芊芊可是咱们班也是咱们学院唯一进入决赛的选手啊!"

成小山的余光里出现了那名叫郭晓冉的清纯女生,他调整了坐姿,回头意欲打招呼,郭晓冉却视若无睹,依然在和班主任耳语。

张蕾举着摄像机,给王宇明一个特写镜头,王宇明谦恭地三鞠躬,然后缓步坐回台上的桌后。

张蕾的眼睛盯着镜头里的王宇明,脑海中浮现出的却是刚才无意中捕捉到的彭大为:他头发长了,人好像又黑了些,一本正经的样子,但是眼神一如从前。他以前可真是调皮,不,是真坏……

刘强慢步迈上台,坐到王宇明身旁,把麦克风对准自己:"感谢王教授的精彩报告。他以'临界点'概念为切入点,深刻剖析了当下个体和社会经济犯罪的发展态势,对我们省未来公安工作具有启发意义。让我们再次以热烈的掌声感谢王教授!"

第一排的清宁市公安局局长隋震霆拍了几下手就停了,最后排的彭大为则拍个不停,钊阳揉揉眼,把掉到地上的墨镜捡起来,打着哈欠随众人拍了几下手。

刘强调整了麦克风方向:"这些年粤中省经济发展迅猛,尤其是一周后就要成立的清宁市金融创新区,更是走在了全国的前列。粤中省全体公安干警应该树立大局意识,提高综合素质,尤其是要不断补充经济和科技前沿知识,进一步确保平安粤中建设的稳步发展,也为扫黑除恶专项斗争收官之年交上满意答卷。"

张蕾手中的镜头慢慢扫过神色凝重的隋震霆,镜头再次快速扫过后排的听课者。

彭大为若有所思,钊阳看到镜头也坐直了身子还朝着镜头眨了眨眼。

众警察走出报告厅还在热烈讨论着,意犹未尽。

两个竖条幅高悬在灰色的公安厅大楼两侧,两幅红布白字十分显眼:"开展扫黑除恶专项斗争,创造安全稳定的社会环境""确保清宁市金融创新区成立大会活动安全圆满"。

王宇明在公安厅大楼前的广场上驻足,几个好学的年轻警察围绕着向他请教问题,其中也有彭大为。

张蕾和另外两个记者站在旁边讨论着什么,她的眼神时不时地瞥一眼彭大为。

钊阳则和几个警察在台阶的另外一角寒暄聊天,不时地爆发出欢快的笑声。

钊阳老家是西北的,为人豪爽,自带一种和气,还有一种乐天的大度。他尤其会讲段子,包袱藏得好,还能在恰到火候的时候抖出来,每次只要他眉飞色舞,大家必定开怀大笑。

"他趴下了居然还敢揪我的蛋!老子不得废了他?!"钊阳弯腰比画着昨晚

抓人的动作。

"钊哥,是女嫌犯吗?"一个年轻民警挤眉弄眼。

"你小子忘了去年我带着兄弟们帮你求婚时对你的要求了?早生贵子!"钊阳推了那个年轻民警一把,恨其不争道,"哪个女嫌犯会对我这样的暖男下此毒手?"

"是是是,哪能忘了,没钊哥那一车玫瑰花,我双膝下跪也不灵啊!"年轻民警挠挠头,"我媳妇儿说不戒烟酒就不给我生!"

"张记!今天专程来拍谁啊?"钊阳眼珠一转,跟张蕾打了个招呼,语调里强调"专程"二字。

"前几天不是刚专程拍过你嘛!新时代的扫黑英雄!"张蕾没好气地甩了一句。

钊阳擦拭墨镜,戴上,朝着张蕾咧嘴一笑。

刘强和隋震霆站在一棵大松树下,远远地看着众人,含笑望着院子里一派朝气蓬勃的景象。

刘强今年五十七岁,是粤中省警校科班出身的第一批侦查专业毕业生,从市局普通刑警干起,一路至今。他体格高大,每天坚持锻炼身体,肌肉健壮,脸庞赤红,双眼隐藏着精光。

隋震霆比刘强小三岁,个子也略矮些,皮肤白皙,气质儒雅,不像老警察,倒有王宇明那样的学者风范。

刘强仰望松树茂密的树冠,感慨道:"记得刚工作那会儿,第一次来厅里开会,这棵树还没种上。"

"这是老厅长当年亲手种下的,不承想长得如此根深叶茂。"隋震霆追忆。

"还记得老厅长当时说松树代表顽强向上、坚毅不屈的革命精神。"刘强慨叹悠悠岁月,"都说十年树木百年树人,从职业生涯看却是十年树人百年树木啊!"

隋震霆听出了蹉跎感,走近半步:"老班长,厅长一职您代了有三个多月了吧。"

"一个'老班长',原来听着亲切,现在听着就觉得自己是真老了。"刘强笑着轻拍下隋震霆的肩膀,"肩上的担子很重啊。"

隋震霆不知道刘强说的是彼此谁的担子重,还是说两个人担子都重,只好点头附和:"是,很重!"

"震霆,全国扫黑办接到涉黑线索举报,说咱们这有套路贷和涉黑金融公司,还很大。"

"我们的工作有不到之处。"隋震霆不确定刘强说的是不是清宁,模糊地应了一句。

刘强笑着摆手:"这个不必谦虚。两年多来,清宁端掉的黑恶势力团伙在全省都排在最前面,成绩是有目共睹的。上周我代表省扫黑办邀请咱们省的部分全国人大代表、政协委员进行座谈,一是通报扫黑除恶专项斗争进展情况,二是听取对下一步扫黑除恶的意见和建议,大家总体是肯定和支持的。"

隋震霆颇有弦外音:"会议纪要我看到了。打击惩治破坏市场经济秩序的黑恶势力,确实有效净化了经商环境,服务了经济社会发展大局,但也有人提出在打击黑恶势力犯罪的同时要保护好民营企业的合法财产权。"

刘强突然仰头看着院子中央的旗杆上的国旗:"是不是说这几天有连续降雨来着?"

隋震霆右手抬到额头上观察天色,一只燕子在空中划了一道优雅的弧线,眼见就要撞到地面时却轻巧地滑起,又冲向了空中。

"暴雨将至啊!"刘强收回视线,注视着隋震霆,"这次中央要坚决清除害群之马,有力推动自我革新、自我净化。"

"'打伞破网'嘛!对涉黑恶'保护伞'案件要全面回溯核查。"隋震霆夹杂着一些轻松调侃,"我这总不能追溯到老班长在清宁当局长的时候吧!"

"哈哈,我对你是放心的!"刘强仿佛也认为隋震霆说了一句笑话,继而正色道,"咱们省也扯出了几个公安领导,平日里大家看上去都勤勤恳恳的,没想到啊!"

"都说知人知面不知心,老班长也不必自责,哪个系统没几颗老鼠屎呢?有您把舵,咱们粤中很稳。"

"江山代有才人出,各领风骚几年而已。"刘强望向正追着王宇明请教问题的彭大为,"这次彭大为到市局,我算是把接力棒交给你了。"

"人不看年轻人的成长有多快,就不知道自己衰老得有多快。我当年看着彭大为出生,一眨眼都三十多年过去了。"隋震霆的目光也望向彭大为,羡慕又感慨。

"连你都说老,那我呢?"刘强叹了一口气,"你说他和钊阳搭配,会不会成为新一代'扫黑双雄'呢?"

"长江后浪推前浪,一代更比一代强。"隋震霆对这个话题尤有感触,他和彭大为的父亲彭爱国也是三十多岁就成了清宁市公安局的刑侦支队长和特警支队长。当年,他们两人用雷霆手段,强强联合,名震清宁乃至粤中省,被誉为"扫黑双雄"。只是当年的"扫黑双雄",如今一个入土了却未安,另外一个虽位高权重但如深渊行者。

"震霆,你有多长时间没休过假了?"刘强微微转动脖子,颈椎发出"咔嚓"声。

这句话让隋震霆立刻感到疲惫,他真记不得上次自己完整休息一天是何时了。从年初新冠肺炎疫情暴发到现在,大半年来自己像是一个被抽打的陀螺,不停地转,以前他从来没有感觉到累,甚至被一些属下称为"工作狂魔",难道自己真的老了?

"钊支队,跟您商量下采访扫黑支队的事儿!"张蕾朝着钊阳招呼。

钊阳心领神会地绕到电视台的摄影车后,手扶着车门顶,一腿独立,一腿弯曲脚尖着地:"张主任,请指示!"

"把墨镜摘了说话!"张蕾坐在车里,一手托腮,一手指着远处的彭大为,"他为什么总躲着我?"

"就知道你找我是为了问这个。"钊阳嘀嘀咕咕地把墨镜收起来,"我哪知道为什么,这种事不是只有当事人才明白吗?"

"你们俩不是情同亲兄弟嘛!他怎么想,你会不知道?!"张蕾指向彭大为的手又转移到了钊阳脸上。

钊阳看着眼前的纤细玉手,出了会儿神才道:"他这次回来我都不知道!"

张蕾没再吭声,双手托着下巴,凝望着车窗外的彭大为。十几年过去了,她从来没有厌倦过他,但是却越来越搞不懂他,她一直试图以彭大为父亲的牺牲作为其性情大变的原因,但是现在看来似乎又不全是。

"没事儿我走了啊!"钊阳挠挠头,换了一只脚站着,"我还以为你去年回北京进修就是跟他旧情复燃去了呢!"

"你什么意思?"张蕾气恼道,"什么叫旧情?"

"哎,我忘了跟你说了,他现在就要去扫黑支队当支队长了,那事儿你直接跟他沟通就行。"钊阳转身,在背后摇了摇手,示意再见。

钊阳走过去跟彭大为说了一句什么,彭大为的眼神向车子这边瞥了一眼。

张蕾看不真切彭大为的那一瞥,心里却怦然一动:他读了警校后真的像是换了一个人,即使这样,对她的吸引力也没有减少一分。

彭大为大学读的是中国人民公安大学——中国高级警官的摇篮,而这一切则"受益于"其父彭爱国的牺牲。

十四年前的彭大为可不是个循规蹈矩、勤奋读书的孩子,那时候彭爱国刚当上刑侦支队支队长,工作忙得昏天黑地,没时间管彭大为,彭大为他妈对儿子又无比溺爱,这对父母的配合导致彭大为成了"小霸王":带头跟班主任作对,气哭了无数年轻女老师;他成立了中学"特工队",专门跟欺负同学的校外小流氓做斗争,并一次又一次地取得了胜利。因为体格健美、相貌英俊,彭大为又总被一群早熟的女孩子围绕和追随着,其中就有张蕾……

张蕾跟彭大为同班,中学时就出落得犹如一朵含苞待放的花蕾,是公认的校花。彭大为察觉到张蕾看自己的眼神很特别,也大概猜到了她的心思,但是他就像一只骄傲的小公鸡,仿佛跟哪个女同学走得过近就会有损自己的阳刚形象一样,每天只跟兄弟们成群结队,从来不跟女生单独约会。那时候的他没有想过未来,只把浑身激昂的荷尔蒙挥霍在"打打杀杀"中。

而这一切都在一夜之间改变了。就在那晚,彭爱国牺牲那晚,彭大为告别了处男时代。

一个人的改变往往只是一夜之间。父亲牺牲后,彭大为性情大变,不再调皮,开始独来独往,他发奋读书,后来通过了公安大学针对英模英烈子女的保送考试。在公安大学那四年,他少言寡语,不谈恋爱,把所有业余时间都献给了训练场和图书馆。他毕业后进入粤中省公安厅刑侦总队工作,业绩斐然,成为省厅各业务总队里最年轻的副支队长。前年他又回炉重造,到公大读了个警务硕士,这次回来直接被破格任命为清宁市公安局扫黑支队支队长,成为全清宁市局乃至全粤中省最年轻的支队长。

张蕾当年是想考军校的,她想如果彭大为读警校,她再读军校,都管得这么严,大学期间见不上面,这段感情就基本没戏了,所以她不顾父母的意见报考了中国传媒大学,就是为了学校的管理宽松些。

那四年,她时常从校门口坐一号线地铁到木樨地站,在公安大学门口苦等彭大为,谁知彭大为只告诉她大学时要一心学习不想谈感情。

张蕾不甘心,但也通过各种渠道得知彭大为在公大没有女朋友,等两人毕业都回来工作的前两年,两人还分分离离地胶着了一段时间,但从今年开始,彭大为的态度突然发生了根本性转变。

张蕾身边也从来不乏追求者，但就是忘不了彭大为。有人说她有制服情结，但她从小身边不缺阳刚帅哥，怎么就偏偏忘不了这个奇奇怪怪的愣头青警察呢？

张蕾察觉许多爱慕自己的小伙子往往因为自己那个当省领导的父亲而畏手畏脚，缺少彭大为当年那种吊儿郎当、大大咧咧的个性，那是一种粗糙却又顽强的精气神，只有彭大为才有。

她现在都过三十岁了，爸妈着急得上蹿下跳，但她感情的事就一直没个着落……

张蕾的幽怨情绪被彭大为的声音打断："王教授，黑社会性质组织犯罪的临界点是什么？"

张蕾这才发现自己不知何时居然下车走到了彭大为身边。

王宇明思忖几秒，正要回答，一个警察跑过来喊道："彭大为！刘厅长叫你过去！"

彭大为遗憾："教授，回头我再向您请教！"

王宇明低头看看手表："随时欢迎！"

张蕾的眼神情不自禁地跟着彭大为的身影，远远地看着他左后脚跟猛扣右脚跟，挺胸收腹，站得笔直，朝着刘强标准敬礼："刘厅长好！"

刘强满意地看着彭大为："今天隋局长在这，你就算是报到了。"

彭大为微调身体朝向，对着隋震霆敬礼："向隋局长报到！"隋震霆慈爱地笑笑："你这小子才多大？刚从公安大学进修回来，马上又被委以重任，能担得起吗？"

彭大为一本正经："报告局长，如果说'不能'，那就是违背了我自己的良心，也就是对领导和组织不诚实！"

"我就一直觉得大为是个当警察的料！"刘强满意地点点头，"震霆，你像他这么大的时候不也当上支队长了吗?"

隋震霆一本正经地纠正:"我像他这么大的时候是支队政委。"

彭大为:"没错,那时候我爸也是支队政委!"

刘强看不够似的上下反复打量彭大为:"我们这个年纪还能折腾几年啊?冲锋陷阵得靠你们这些年轻人了!"

彭大为继续一本正经:"报告厅长,我不同意您的说法!您比当年的黄忠年轻多了,他'胆气惊河北,威名镇蜀中',您就是'胆气惊清宁,威名镇粤中'。"

"这还学会媚上了!"刘强笑道,"你这小子啊!'一身是胆'像赵子龙,冲动起来像张飞。"

彭大为不服:"张飞其实心很细……"

刘强一摆手,示意不要再扯玩笑:"震霆局长经验丰富,你作为他手下的年轻干部,既要注意虚心学习,又要继往开来、有所突破。"

"我倒是觉得首先应该关心的是他的终身大事。"隋震霆的眼神越过彭大为的肩膀,望向远处。

彭大为感觉到身后有灼热的感觉,那一定是张蕾的眼神。

秘书跑过来报告:"厅长,王教授要上车了。"

刘强和隋震霆疾走几步,一左一右将王宇明送到公安厅大院门口,彭大为跟随其后。

公安厅大院门口两侧是一对石狮子,之前是两盆很高的铁树。去年年底时,其中一棵铁树不知为何枯萎了,于是临近退休的老厅长就拍板买来一对石狮子放在大门口。狮子是兽中之王,也是民间公认的神兽,代表公权和威严,是最具正气的象征,可以避免邪气侵袭。

刘强握住王宇明的手:"辛苦王教授后面继续关心我们的公安工作。"

王宇明谦虚道:"感谢厅长对我们这些学者的尊重和信任。又不是第一次跟您见面了,课题项目我都签字了!"

"刚才请教的问题还没得到答案。"彭大为一副执着请教的态度。

"欢迎随时来找我交流!"王宇明钻进了车子,摇下车窗,与众警察挥手作别。

众人目送车子驶出公安厅大门,彭大为抬头看乌云已飘到头顶,街上的行人也都加快了脚步。

就在彭大为要收回目光时,发现马路对面那栋高楼的楼顶好像有个人影。他定睛细看之际,王宇明的车子驶出了公安厅大院门,马路对面楼顶那个人影从天而降。

也就是那么巧,也就是那么精准,那个从楼顶跳下的人重重地砸到了王宇明车上,尸体滚落到公安厅门口的雄狮子下,血水四溅,身体下面的血液汩汩流淌。

路人惊呼:"有人跳楼了!"

公安厅院子外面的路人们和院子里的警察们同时围了上去。

公安厅门前路上的车子也放缓了速度,许多司机拿起手机远远地拍摄。

张蕾和其他记者都打开了摄像机。

王宇明车子的挡风玻璃裂成了蜘蛛网,上面还有鲜血,坐在副驾驶上的他满面惊恐之色。

那是一个身穿蓝色衬衣、牛仔裤的姑娘,没有了呼吸,身体下面弯弯曲曲地淌出一道道的血迹,流过路面,逐渐汇积在马路牙子下。

"告诉你,你就是死了,也得还债,除非你全家都死了!"一个暴戾的声音传了出来。

彭大为循声望去,一个手机在公安厅大门口那头公狮子的爪子下,被摔裂的手机屏幕上还通着一个网络电话:"怎么不说话?你还真跳楼了?"

公安厅院子里的警察们迅速反应,开始维持秩序、保护现场。

乌云遮住了阳光,已移动到公安厅上方,一阵狂风大作,大雨就要来了。

第一章　倒数第六天

1

扫黑支队民警秦飞开着一辆没有挂警牌的桑塔纳轿车,疾速行驶在滨海大道上,没话找话道:"您这上任一会儿也没歇就上案子!"

彭大为把车窗降下一点儿,车厢里的烟忽地被抽了出去,一股冷气换进来:"没这个案子,扫黑支队现在也歇不了。"

"一鼓作气持续发力,攻克一批难啃之案,再深挖一批蛰伏之徒。"秦飞一口气说出了这么长的句子,有些急促,尾音有些打滑。

"宜将剩勇追穷寇。"

"不获全胜不收兵!"秦飞深呼吸,调整气息。

秦飞很兴奋,彭大为可是他在公安大学的学长,也是他的职业偶像!秦飞大一时,就从老乡学长那里听说了关于彭大为的各种传说:大二的时候拿下了全校警务技能大赛冠军;大三暑假在青岛市公安局实习时发现假扮游客的外国间谍;大四以全省入警考试第一名的成绩入职省公安厅刑侦总队;工作第五年任职刑侦总队扫黑支队副支队长。去年彭大为又回公安大学读警务硕士,秦飞刚好在公安大学读大四,终于与传说中的警队战狼见面了,当时的激动劲儿现在还记忆深刻。之前他还听别人说公安部刑侦局一直有意把彭大为选派到国外当警务联络官,没想到彭大为硕士毕业回来,任职到了秦飞所在的市局扫黑支队当支队长。

有几个人能天天跟自己的偶像朝夕相处?这怎能不令秦飞激奋?

车窗外雨丝密集,彭大为望着波涛起伏的海面,犹如他千丝万缕的思绪。他回公安大学读警务硕士前,粤中省公安厅刑侦总队刚组建扫黑支队,随后副省级省会城市清宁市公安局就成立了扫黑支队,但市局扫黑支队的支队长一职都由特警支队支队长钊阳兼任。

当年粤中省上下组建扫黑专业队伍,也是对为期三年的扫黑除恶专项斗争的积极响应。

彭大为想起之前刘强跟自己的一番推心置腹:"今年是为期三年的扫黑除恶专项斗争的收官之年,也迎来了'船到中流浪更急'的深水区和攻坚期,这个时候组织派你去清宁市扫黑支队,用心良苦……"

秦飞手机响了,他直接按开了免提,技术队队长的声音从话筒里传出来:"我们进入她的手机,查看了她的短信和最近三天内的通话记录,但频繁联络的是一个外国的通话软件,那个催债电话也是用的那个软件。"

"我是彭大为,鲁芊芊手机里还有其他跟债务有关的信息吗?"彭大为凑近手机发问。

"哦,彭支,彭支队好!"技术队队长还未习惯彭大为的新职位,"从她的手机里的借贷软件入手,数据分析发现各种网贷十几个,大多不正规,这些贷款之间又存在以贷养贷的关系。"

"抓紧核实这些借贷软件有哪些在我们本地。"彭大为下指令,"把她手机上这两天的联系人发给我。"

对方挂了电话后,彭大为问道:"这几年,清宁的'套路贷'问题怎么反而越打击越严重了呢?"

"师兄,我在外面也经常听说咱们这儿到处都是'套路贷'……"

"你是扫黑支队的民警,别说什么'听说',你干这个的不知道实情?!"彭大为的手指在车窗上敲打着,看着雨水犹如一道道泪痕淌下来。

"我去年才毕业回来,还没转正呢,上半年又一直在忙着抗疫。"秦飞咕哝道,"领导让干啥才能干啥,好多一手的材料都没接触上呢!而且咱们这里是省警校的天下……"

彭大为知道秦飞的牢骚也非无缘无故。粤中省警校占了地利优势,全省上下公安系统的主要领导基本上都是省警校毕业的,公大毕业回来工作的凤毛麟角,自然形不成气候。这次自己空降市局任扫黑支队支队长,就有人很不高兴,比如扫黑支队政委胡光耀。胡光耀是省警校毕业的新秀,业绩突出,原本大家都觉得钊阳一旦不兼任支队长了,肯定得是胡光耀接任的。

"胡政委知道您来接支队长,这两天脾气可大了。"秦飞撇撇嘴,向彭大为提醒现实存在的问题。

彭大为对胡光耀还是了解的:"谁没个有脾气的时候?别瞎琢磨!"

"他前段时间离婚都没发这么大脾气呢!"秦飞不服气,"昨天值班记录上有一个错别字,他都拍了桌子!"

"光耀离婚了?"彭大为不可思议。

"他天天不回家,谁愿意?双警家庭离婚率高,谁不知道?我妈就要求我千万别再找个女警察了。"秦飞眼珠一转,余光瞥了瞥彭大为,"师兄,是不是警察的单身率很高啊?"

彭大为有压力的时候最烦别人再提他感情上的事情:"别扯这些有的没的

了！如果让你上手案子，有胆子干到底吗？"

秦飞胸脯一挺："师兄来做支队长了，我当然有底气了！"

"这跟咱俩是不是师兄弟没关系，我谈的是工作。"

"我来工作这段时间，根本就碰不到案子，可不是因为我懒！"秦飞明显有些不服气，"隋局长和您父亲不都是刘厅长的师弟吗？大家也都知道隋局长跟您父亲还是同宿舍同学咧！"

彭大为无意于讨论这些师承派系关系，低头查看技术队发过来的鲁芊芊手机里的通信记录。

鲁芊芊手机里的即时通信软件只有那个逼债的外国网络电话软件，现在还无法破解后台数据，手机号码近期联系最频繁的是两个人：一个人是待会儿就能见到的她的大学舍友郭晓冉，还有一个人是清宁海洋动物馆董事长黄志广。

车子减速时，雨也小了许多，清宁大学的白色校门出现在前方。这所学校是清宁市成为经济特区后第三年获批建设的，通过联合培养，与国际知名高校共建学术研究中心、引入顶尖学术科研人才，如今已显露出跻身一流大学的迹象。

驶入风景如画的清宁大学校园，雨已经很小了，能看到有男生在操场上奔跑踢球，还有女生打着雨伞躲着水洼蹦蹦跳跳。

秦飞低头找手机上的号码："哎，刘副处长，我是市局的秦飞，我们到东门了。"

车侧前方的保卫室门开了，一个五十多岁的老者跑过来，拉开车后门坐了进来。

保卫处刘副处长递上一个黑色的U盘："看监控录像，她是今天凌晨四点五十进的学校，五点半又出了校门，换了身衣服。我都给你们拷到盘里了。"

车子进停车位时,彭大为在反光镜中看到了女生楼下站着两位女性:一位女学生,一位女老师。

那个女学生长发,身穿牛仔裤和白色T恤,刚好往他这边看,她的眼眸很亮很清澈。

彭大为第一眼看到郭晓冉,脑海中就蹦出一个名词:"小白兔。"彭大为下车前,下意识地看看反光镜中的自己,脑海中莫名其妙地又蹦出一个词:"大灰狼。"

"你别害怕,一会儿警察问啥就答啥,有我在呢!"班主任扶扶眼镜,摆出保护学生的架势。

郭晓冉原本也没有害怕,但还是乖巧地向着班主任点头表示接受"保护"。

当她抬起头时,班主任的肩膀后面已经出现了刚才那个远远地看到的他,定睛细看,发现他的眼眸特别亮,闪着光。

郭晓冉心里一跳:好面善啊,似曾相识……

"这就是鲁芊芊的班主任刘老师,跟我是本家。"刘副处长站在中间介绍,"这是咱们市局扫黑支队的彭支队。"

"扫黑支队?"班主任扶了扶眼镜,狐疑地打量着彭大为,继而发现刚赶到的秦飞痴痴地盯着郭晓冉,略有不爽地看着刘副处长,"哎,这也是市局民警吗?"

彭大为推了秦飞一把:"这是我们队里的小秦,跟我一起过来调查的。"

班主任整了整衣襟,转身向楼里走,彭大为快走两步跟上。

"芊芊品学兼优,就是这段时间勤工俭学,总在校外,没想到……"班主任摘下眼镜抹眼泪,郭晓冉递上一张面巾纸。

楼里不知道哪一间宿舍正在应景地播放孟庭苇的《风中有朵雨做的云》,歌声飘飘忽忽:"风中有朵雨做的云,一朵雨做的云,云在风里伤透了心,不知又将吹向哪儿去,吹啊吹,吹落花满地,找不到一丝丝怜惜……"

走廊里,不少女生探身观望、窃窃私语,显然鲁芊芊跳楼的事情已经传开了。

郭晓冉推开走廊尽头的一间寝室门:"我们宿舍还有两个一直在外毕业实习,这学期都没回来住过。"

彭大为打量着这间宿舍:四套上床下桌的组合家具分别贴着左右墙而立,每个人都按着自己的个性和兴趣布置属于自己的小空间,明星贴画、毛绒玩具、各种挂饰和瓶瓶罐罐……

"这是鲁芊芊的?"彭大为指着门后的那组上床下桌,床头贴着一张海洋动物馆的海报,上面印着一只海豚在顶皮球的照片,憨态可掬。

郭晓冉点头,眼神却好像在问:"你怎么知道的?"

彭大为掏出手套戴上,头也没抬:"你没去实习?"

郭晓冉不知为何秦飞打开小型摄像机对准自己:"我在准备考研。"

秦飞做出"哇"的口型,从摄像机后面露出满脸崇拜的表情。

郭晓冉转过身,站到班主任身边。

鲁芊芊明显比另外三名女生简朴,几乎没有化妆品,衣橱里的衣服也少得可怜,床下的鞋子也比其他三张床下的少。

班主任触景生情,声音哽咽:"芊芊太懂事了,家里遇到这么大的困难都不告诉我,这是我工作的失职啊!"

彭大为蹲下,看着几双学生穿的鞋子并排在靠外的桌沿下,里面则倒放着一双鲜红色的高跟鞋,他侧脸看到了郭晓冉干净的小白鞋,头也没抬地问:"她在哪里实习?"

"一家保险公司。"郭晓冉发现这个彭队长的脖颈很粗。

"芊芊不在安岛实习?"班主任意外地看着郭晓冉。

"彭队,你看!"秦飞指着寝室门后的一个垃圾桶。

另外三个人都把脑袋凑上去,垃圾桶里有一件被揉成一团的紫色衣衫,彭大为扯出来后发现是一件被扯破的暴露服装,前胸很低,后背空着,腰部还贴着一些金属亮片。

彭大为抬头盯着郭晓冉,盯着她左胸口衣袋上印着的清宁大学校徽:"见过这件衣服吗?"

"这不是我们宿舍同学的。"郭晓冉摇摇头,又指着那件奇怪的衣衫,"这是什么?"

那是混在衣衫上的金属亮片中的一个号码牌"④"。

"这像是夜总会里的小姐穿的。"秦飞忍不住说。

班主任正气凛然地盯着秦飞问:"你去过夜总会?"

"郭晓冉!"

郭晓冉回头时与疾走如飞的彭大为几乎撞到一起,她从他的瞳孔里清楚地看到了自己。

"彭警官?还有事吗?"郭晓冉若无其事地转回身,抱着书本继续沿着走廊向前走,"马上上课了。"

教学楼响起了上课预备铃。

"鲁芊芊到底在哪里实习?"彭大为陪着郭晓冉并肩走,她个头不高,但步幅很大。

"我也知道保险公司不可能半夜里上班。"郭晓冉不忍说又不得不说,"彭警官,你应该听说过有的女大学生在娱乐场所兼职的吧?"

"可她是个品学兼优的学生……"

"我也不想妄自揣测我的同学、我的好朋友,可是芊芊近来的举动确实不太寻常。就像昨天深夜,我睡梦中听到她回寝室,等我再醒来,她已经离开寝室了。"

"有男朋友吗？"

"谁？"郭晓冉愕然，继而脸红，"芊芊吗？没有，起码我不知道。"

"你听她提起过海洋动物馆的董事长黄志广吗？"彭大为想起鲁芊芊床头上那张海洋动物馆的海豚宣传海报。

"芊芊是海洋动物馆的志愿者，她很喜欢动物。"

"那只海豚？"

"彭警官没有孩子吧？"郭晓冉停在教室门口，"你说的是'咪咪'吧？那可是网红海豚，清宁的小孩子们都很喜欢它！"

彭大为欲说什么，又像是要挽留什么，这时几个男生仓促地往教室里冲，进门前好奇地打量着彭大为。

"如果我再想起什么或发现什么，第一时间联系你，彭警官。"郭晓冉抱书走进了教室。

彭大为站在走廊窗前向外望去：太阳尚未露头，草坪宽阔平整，白墙红瓦的建筑掩映在芭蕉树丛中，被雨水冲洗后更显现出一派欣欣向荣的景象。

一辆宝石蓝的宾利车在校园小路上平稳滑过，这个学校显然不乏富家子弟。

骤响的正式上课铃声镇压了教学楼里的喧嚣。

彭大为走过教室后门时，传出熟悉的声音："我上午在省公安厅做报告，其中重点讲到的一个概念，也是我们今天课上的重点……"

彭大为倒退一步，从后门侧脸望进去，这堂课的授课教师是王宇明。

彭大为对着手机，发语音微信："你再跟保卫处走访排查下。"然后又发了一条叮嘱道："再催下法医。"

彭大为将手机调到静音，从教室后门进入，坐在最后一排的角落里。

"……这个重要的概念就是'临界点'……"王宇明上午在公安厅穿的是一件蓝色的长袖衬衣，现在换了一件圆领的灰麻中式衬衫。

王宇明跟彭大为之前在公安大学接触到的大学教授不一样,不仅是穿警服和不穿警服的不同,而是身上透着一种洋气。王宇明身上的这种国际范儿,是因为他曾在美国的两所高校任教,还曾在华尔街的一家金融公司任过高管。

王宇明迅速变换着PPT图片,出现了两张并排着的照片:一张是某位奥运选手夺冠后,披着国旗在田径场狂奔,还有一张是痛哭流涕的军人正趴在一个覆盖着国旗的尸体上,两张图片的对比鲜明、触人心扉。

"每个人的一生都会遇到各种各样的临界点,比如两极的情绪临界点。"王宇明停顿了一会儿,似乎在等待学生们深入体会和理解图片里的人物的感觉。

"王教授,临界点过后一定是崩溃吗?"一位女学生提问。

彭大为听声音就知道是郭晓冉,那是一种类似于小大人儿一样的女孩声音,虽故作沉稳,其实纯真。

王宇明如何回答郭晓冉的,彭大为居然没有听清楚,因为他的注意力又回到了大屏幕:图片中的军人大概二十岁左右,黝黑的脸庞上泪珠流淌,双眼透着血丝,嘴巴咧开到夸张的程度,两排洁白的牙齿紧紧地咬合着,腮部的肌肉紧张地拧着……

是他的战友牺牲了吧?那种痛苦世人皆会感同身受。PPT配的背景音乐把彭大为的思绪拉回了十四年前的那一天……

那天晚上,他带领兄弟们又打了一场"胜仗",一群半大小子在游泳池里庆贺,他们肆意欢腾。彭大为更是从跳水板上如鱼雷般扎进水池,溅起的水花惹得泳池里的人惊叫连连,还有雷鸣般的叫好起哄。

那时候的彭大为已经发育得像是一个青年了,有着结实的胸肌和腹肌,遗传自母亲的大长腿笔直粗壮。他像是一只活跃的青壮年的孔雀,每当发现有漂亮女孩子进入泳池时,他就会更加刻意地挺起胸脯,用更炫的姿态跳水。

那天,张蕾穿着一身鲜红色的连体泳衣走到泳池边时,丰满的乳房和臀部随着有韵味的步子微微颤动,犹如耀眼的金子般吸引着异性贪婪的目光。

她走到泳池边时,彭大为原本正准备出泳池的,与她的目光接触后,他鬼使神差地又一次爬上了最高的跳水台。站在二十米台上,他深吸一口气,娴熟地跃入空中,然后钻进水里,这一次他把水花压得很小。

那晚彭大为和伙伴们在人民公园门口的大排档撸串喝啤酒,张蕾坐在他身边的小凳子上,一直含笑看着这群淘气的男孩子谈天说地。

彭大为酒量并不好,但这并不影响他意气风发地畅饮。

大排档没有厕所,每次小便都要走到公园里面的小树林里。正是因为一次小便,彭大为改变了两个人的命运,只是那时候的他并不知道。

彭大为早已记不清楚,是张蕾扶着自己去小树林小便,还是自己陪着害怕黑暗的张蕾去小树林小便了。他再清醒过来的时候,已经跟张蕾啃在了一起。

张蕾转过身去扶着一棵树,彭大为在她的引导下进入了她的身体。他之前没有任何性经验,但第一次就在张蕾的引导下,娴熟地操作了起来。

他觉得自己像是一个骑在战马上的英雄,肆意挥舞马鞭,指挥着战马向前方发起一次又一次的突击,他胯下的战马犹如跟随了他很多年,配合得天衣无缝。

彭大为记得当时自己仰起头,还能看到茂密的树冠缝隙里的星星,那一刹那他好像清醒了过来,他清醒地听到战马在踌躇满志地呻吟和咆哮,就在那一刻他达到了性的临界点……

就是那晚,他又经历了一次人生的临界点,他从征服和兴奋的巅峰坠落到痛苦的泥沼,那天过后他才逐渐意识到自己之所以敢在青春期胆大任性,确实是因为有个英雄父亲可以给自己撑腰,也才逐渐意识到其实父亲对自己的期望是当一个好警察,因为父亲曾对他说过:"你当不了一个好警察,你不是真正的勇敢,无法坚持做好对的事情。"

第一次性事的酣畅淋漓后,那晚他和张蕾走出小树林时,他还见义勇为了一回,额头上留下了一道疤痕至今未消……

2

"蕾蕾,还不走啊!"台里的大姐年纪大,从来没把张蕾当领导,时不时地倒像是对待自己的女儿,"我们家小子他们公司新来了个总裁,说是什么北大经济学博士,今年三十四五的样子,也单着呢,要不要见见?"

张蕾摇摇头,眼睛盯着屏幕,鼠标拖拉着影像资料,每次遇到彭大为的镜头,她就点击暂停,然后不停地放大、放大、放大,直到他的毛孔都能被清晰地看见……

大姐绕到电脑后,拉把椅子坐下:"还惦记着这个呢! 警察有什么好? 收入低不说,连家都顾不上!"

"我也不知道。"张蕾对彭大为身体的每个细节都很熟悉,但是却总看不够,连他额头上的那道疤痕都透着性感,她知道那是男子汉的勋章。

"这小子吧,我一开始看他就觉得不是居家过日子的!"大姐低头摸出手机:"我刚才说的那个总裁,你真可以考虑考虑,我连照片都要来了,你看看!"

张蕾脚点地,椅子一转,双手握住大姐的手道:"他是我的初恋,跟他一起以后,我对其他男人都没有了兴趣。"

大姐好像发现了恐龙复活:"这都什么年代了,还讲从一而终啊!"

"跟一个人一辈子,不好吗?"张蕾的眼角泛起了迷惘,"我就是不明白,他那么坦荡的一个男人,怎么能这样对待我的这份感情……"

"蕾蕾,女人年轻的时候就这么几年,虽然说你们这一代职业女性结婚都晚,但是千万别耽误了自己啊!"大姐心疼道,"你还是年轻,着了魔,哪天想开了就不会这样念念不忘。"

"不会的。"张蕾不知道有多少回试着忘记彭大为,也不知道有多少人劝她放弃,但是都以失败告终。

节目组的小伙子跑到门口喊道:"蕾姐,下一期采访扫黑支队还是特警支队啊?"

张蕾擦擦泪,背着身,深吸一口气才说:"还是扫黑吧!对了,他们换支队长了,回头我把资料发你。"

小伙子领命而去,大姐端详着憔悴的张蕾:"你要真放不下这个警察,我去找他谈谈?"

"您千万别去找他,上次我亲妈去找他,反而让他更不愿意见我了!"张蕾狠咬银牙,恨恨道,"他这个人就是怪!"

3

"您一定得振作起来!无论遇到多大的困难,还有我们!"钊阳紧紧地握住老婆婆的手,"我就是您和何大爷的儿子!"

老婆婆穿着带着小白碎花的蓝色褂子,她抽出颤抖的双手,紧紧地把钊阳搂在怀里,老泪纵横:"虎子遇到您这样一位好领导、好兄长,真是他人生最大的幸运,也是我们全家人的幸运!"

钊阳也紧紧抱住老婆婆,眼睛发热。他能感受到老婆婆温暖的体温,那是家人之间才有的温度,也是他从小最渴望得到的温暖。

钊阳隔着老婆婆的肩膀,望着病床上戴着呼吸罩的何大爷,眼睛再次湿润了。

何大爷当年可是行伍出身,一身硬功夫,平日里说话中气十足,当年送虎子来特警队报到时,跟钊阳一人喝了一斤白酒都不用扶。

虎子牺牲后,何大爷的元气好像一夜之间被吸光,身体每况愈下,酗酒越来越厉害,很快查出了肝癌晚期,如今已卧床不起。

"妈,我得回队里了。"钊阳非常抱歉,像是做了什么对不起人的事。

老婆婆松开紧搂着的钊阳,用小手帕擦拭着眼泪,努力堆起笑:"队里的事情那么多,快去忙吧!没事儿别总往这里跑。"

钊阳走出病房前，塞给老婆婆一张银行卡："妈，您拿着，不够再跟我说！"

老婆婆连忙推拒："我不能再要你的钱了！你们队里已经捐了很多钱了……"

钊阳急眼了："您还认不认我这个干儿子了？！虎子是我的兄弟！百善孝为先，哪有爹生病，妈不要儿子的钱的道理！"

"都怪我糊涂啊！当了一辈子中学老师，教育孩子们不要占小便宜啊！"老婆婆自责，"听什么人的怂恿，贷的钱还不上，连退休金都搭上了。"

"您也是着急赚钱交医疗费！"钊阳脸色一正，"这个事情我来处理，这是警察应该解决的问题。"

老婆婆双手拿着银行卡，还想措辞退让，钊阳已经大步流星地走进电梯，头也不回地喊了一声："密码还是虎子的生日。"

电梯门关闭前一刹那，老婆婆老泪纵横，哽咽声传来，钊阳低头抹了抹眼角。

电梯到楼下门开时，沉稳、干练、坚毅的神情又回到了钊阳的脸上。

"胖子，送我回队里！"钊阳推醒趴在方向盘上酣睡的兄弟。

"我还以为你也住院了呢！这么长时间！"胖子睡眼蒙眬，发牢骚，"你们单位警车不能私用，我也不能总给你当司机啊！要不我借你辆路虎开吧！"

"路虎？太扎眼了。"

"你好歹也是个领导干部了，看派头至少也得是副局长，市局副局长啥的。"胖子打量下钊阳，"路虎挺适合你开的，真的，要不要？"

"上面有规定，我这级别也坐不了高档车。"

"你真是党的好干部，吃苦在先，享受还不知道什么时候呢！不像我，现在想开什么车都随便！"

钊阳掏出手机，翻看信息道："你来约彭大为吧！他是你发小。"

"他？回来都没告诉我！太不仗义了！"胖子愤愤不平。他大名蔡壮，因为从小胖，就被大家直接称作胖子。

"我总感觉他去一回公安大学就变一回……"钊阳抬头望着反光镜中自己的眼神，却浮现出上午张蕾坐在采访车里流露出的忧愁神情……

"对对对！跟兄弟越来越不亲近了！"胖子气愤地直按喇叭，三个戴着红领巾的小男孩追逐着横穿马路。

"可能还是我师傅的牺牲对他的刺激太大了。"钊阳看着那三个小男孩背着书包一跳一跳的，"我今天看他见到张蕾都跟不认识一样。"

"我爸前年去世，我现在不还这样?！我看问题根本不是这个！"胖子一脚踩上油门，车子"呜"的一声冲了出去，"都说苟富贵莫相忘，他现在就是个官儿迷，就跟谁多稀罕跟个戴大檐帽儿的人交朋友似的！"

胖子立刻觉察到自己的话有瑕疵："我可不是说瞧不起警察啊，我就是瞧不起彭大为这自我感觉良好的高傲！"

钊阳知道胖子这几年对彭大为意见大。胖子他爸原来开了个家具厂，家底殷实，小时候胖子就喜欢跟在彭大为身后，埋单也最积极。彭大为去北京读书后就跟原来的发小疏远了。

彭大为是因为性情大变，还是说有特殊的原因让他跟从前的老朋友保持距离的呢？

4

"任何状态下的临界点都是危险之前最安全的状态。就仿佛一个人站在万丈深渊前，抬头欣赏的是一览众山小的无限风光，但只要稍有不慎就是粉身碎骨的命运。"王宇明把这堂课的内容拉回到了经济学领域，声情并茂地做了结尾，下课铃应景地响了。

彭大为从后门出了教室，在走廊尽头追上王宇明："王教授！"

"彭警官?你怎么在这儿?"王宇明一眼认出了这个认真好学的年轻人,停下脚步。

"我刚才完整地听了您的课,很受启发!上午向您提的问题,我也有了新的思考。"

"上午那个跳楼的女孩儿……"

"上午跳楼的那名女生就是清宁大学经管学院的在校生,叫鲁芊芊。"

"鲁芊芊?我给她上过课!因为什么?"王宇明吃惊地停下脚步,不敢相信从天而降的女子居然是自己的学生。

"初步分析可能是被暴力催债所致。"彭大为侧身给一个抱着篮球狂奔的男生让道,"您对她有什么特别的印象吗?"

"朴素、内向、勤奋,大概就这些,跟她没有私下的接触。"王宇明补充了一句,"我是单身主义者,回国任教很注意跟女学生保持距离。"

王宇明和彭大为刚走到教学楼门口,守候的媒体记者蜂拥而上,闪光灯大作、七嘴八舌的问题四起。

记者甲:"王教授,您上午到省公安厅授课,目睹了暴力催债导致女大学生跳楼自杀事件,请您就'套路贷'的形成,以及其在高校的危害与防控发表意见!"

记者乙:"王教授,据了解清宁市的'套路贷'由来已久,您作为专家学者,对此问题有何建议?"

记者丙:"王教授……"

王宇明见多了这种场面,双手一摆,示意安静:"我一直呼吁高校学生远离'套路贷',并希望警方严厉整治打击'套路贷',尤其是隐藏在'套路贷'背后的黑恶势力。"

记者丁:"王教授,对于警方近几年打击'套路贷'的效果,您是否满意?"

"这个问题我不方便置评。"王宇明指向正欲离开的彭大为,"这位彭大为警官是此案的侦办人,涉及公安业务层面的问题可以请教他。"

记者手里的镜头和麦克风都凑向了彭大为,彭大为不待他们提问,低头躲回教学楼。

记者呼呼啦啦地涌进走廊,快步追随。

彭大为犹如奔走在一条长长的隧道里,抬头望去才发现有记者扛着相机从另外一头堵截而来。

"跟我走。"一个人拉起彭大为的胳膊。

彭大为跟着此人钻到了走廊中间楼梯的后面,推开一个小小的储藏室的门,穿过昏暗的屋子,走进了一个小花园,弯腰从一簇茂密的蔷薇花丛下钻过去。

彭大为回头观察,确定摆脱了记者,舒了口气,再转过头来,发现郭晓冉带着调侃的表情看着他:"警察害怕记者?"

"不是怕。"彭大为脸红了,"案件刚刚开始调查,我也说不出什么。"

郭晓冉递给彭大为一本黑色封面的《保险学》教材:"刚才在芊芊的桌洞里发现的。"

扉页上写着鲁芊芊的名字,彭大为翻来覆去地看着这本书,发现就是一本普普通通的教材,看不出什么特别之处。

彭大为高挺的鼻梁上渗出了细密的汗珠,他抬头,眼神好像在问为何给他这本书。

郭晓冉提示:"最后一页。"

彭大为低头翻到最后一页,上面写满了一个人的名字——"郑强东"。这个人的名字上被红笔画了许多叉。

天色一暗,有大颗雨滴滴落在那页纸上,像是泪水。

"郑强东是谁?"

"这难道不应该由警察来调查吗?"郭晓冉的眼神天真,还透着挑战。

这时彭大为的手机响了。

5

清宁海洋动物馆去年才开业,坐落于清宁市青龙湾畔,馆内有许多珍稀海洋动物和各类新奇的演艺活动,还有号称全球最庞大的海洋主题花车巡游阵容。

来之前,秦飞已经把海洋动物馆董事长黄志广的基本信息发了过来:香港居民,5年前投资4亿建设了清宁海洋动物馆。黄志广的夫人和女儿都在香港生活,他本人大多数时候住在清宁。

派出所所长陪着彭大为和秦飞下了车,保安部经理热情地迎了上来。

"彭支队,我就不陪您进去了,如果还有什么需要我做的跟我说,今天我在所里值班。"所长告辞而去。

"我们四点就停止售票了。"保安部经理领着彭大为和秦飞走过售票窗口,沿着长廊进馆,"今天天气不好,游客比平日少很多。"

长廊尽头是一个巨大的海豚表演池,一只海豚的上半身露在水面上,一双天真的小眼睛紧紧地盯着饲养员手里装满小鱼的水桶。

"那就是咪咪吗?"彭大为问道。

"没错!特别受游客喜欢!"保安部经理吹了一声口哨,咪咪叼着一条银灰色的鱼反身钻进了池水中。

"我们董事长喜欢鱼,所以他的办公室也在里面。"保安部经理带头走下一段旋转楼梯,步入了一个弧形水下长廊,瞬间置身海底世界。

"我们这个馆内安装的是世界上最大的亚克力玻璃,长40米,高8.8米,厚0.66米,通过领先全球的先进技术无缝连接,视界壮阔,能为游客近距离展现海底奇观。"保安部经理对公司的产品感到骄傲,如数家珍。

"那是魔鬼鱼吗?"秦飞最先发现了那条巨大的鱼,彭大为循声望去,第一眼还以为看到的是自己的倒影,双眼习惯灯光后,顿时觉得自己的心脏像是在冻结前跳了最后一下:那条菱形怪鱼就在他头顶,看不到眼睛,如同死尸般的白色腹部两侧有一对肥厚如翼状的胸鳍,滑过时才露出一条硬而细长的尾巴。

"学名蝠鲼,是鳐鱼中最大的种类,我们这条起名叫风筝,体重3吨。"一个浑厚而有磁性的男中音在身后响起,那声音犹如专业播音员。

"董事长好!这是市局的警官。"保安部经理介绍道。

"你去忙吧!"黄志广挥手的时候,头顶上刚好游过一群鲜红色的热带鱼,仿佛是他招来的,"您就是彭警官吧!"

"我是彭大为,这是我的同事秦飞,找您了解一点儿情况。"

"跟我来吧。"黄志广带着两位警官走向水下长廊拐弯处的一道门,门口没有挂牌子,门体和墙壁都是金灰色的,很隐蔽。

黄志广推开门,高饱和度的光线瞬间投射出来。

充足的灯光把黄志广的面容映射得立体而又清晰:鬈发黑又亮,皮肤透着健康的小麦色,身材匀称高挑,一尘不染的范思哲衬衣塞在笔挺的卡其色棉质裤里。

黄志广把二位警官让到一组黑色皮沙发上坐下,他则坐在旁边的单人沙发上,摆开架势,娴熟地泡上了功夫茶。

"鲁芊芊是从什么时候开始在海洋动物馆当服务志愿者的?"彭大为开门见山。

"去年5月4日开始的吧,当时清宁大学青年志愿者协会来我们这里做共建活动。"黄志广洗干净三个小茶杯,低头盯着茶壶,好像在认真地心算浸泡时间。

"您跟她有直接接触吗?"彭大为发现黄志广即使坐下也看不出腹部,可见平日里非常注意形体。

"有啊！她很优秀，而且是真的热爱动物，我跟她交流过很多。"黄志广开始斟茶，茶汤红亮，"现在这么纯的女大学生不多见了。"

"除了工作以外还有接触吗？"秦飞举起茶杯，呷了一口，很烫，强忍着没吐出来，直皱眉。

黄志广给秦飞递上一张纸巾："我们俩有时候会通个电话，她愿意跟我分享一些她生活上的喜怒哀乐，我也愿意跟她聊聊人生什么的。"

"她近期都跟您聊起过什么？"彭大为翻开他的空白笔记本，掏出笔来。

"毕业后的工作问题谈得比较多。"黄志广给彭大为添茶，"今年疫情，毕业生就业压力很大。"

"她想去哪里工作？"彭大为没有抬头。

"她学经济的，当然还是想干经济或者金融吧，这个行业来钱快，不像我们搞实业的，辛辛苦苦弄一大摊子，其实也赚不着什么大钱。"

彭大为知道黄志广没有说实话，当年清宁市政府招商引资，几乎是无偿提供土地，如今清宁市被纳入粤港澳大湾区，寸土寸金，光这块地皮就会让黄志广赚到手软。

"昨天深夜12点以后您在哪里？"彭大为觉察出来黄志广虽然表面上很放松，其实一直在斟词酌句。

"我就在这里啊，晚上接近12点的时候给我太太和孩子还打过一个电话，然后就睡下了。"黄志广指了指身后的一道里间的门，门没关严，能看到一张床。

"所以严格来说，您昨天深夜12点以后到天亮都独自在这里？"

黄志广盯着彭大为看，长长的睫毛下面，眼睛眨也不眨，认真地点点头。

彭大为也盯着黄志广看："顺便问一下，那深夜12点过后，准确地说是夜里12点31分，鲁芊芊跟您通话的3分14秒都说了什么呢？她这个时间点给你打电话不是有点奇怪吗？"

"那个电话是她打给我的。"黄志广咽了一下口水,往茶壶里加水,"你也知道,清宁这里和我们香港很像,晚上睡得都很晚,那个时间点还有许多人在吃夜宵。"

"她跟你说了什么呢?"秦飞追问道。

"我是有家室的,有些事情不能做,但是可以想嘛。"黄志广的口吻变得油滑,像是"过来人","二位警官都还没结婚吧?不知道一个男人到了中年以后还需要一个红颜知己的。"

"她是你的红颜知己?"秦飞对这个话题感到新奇。

"我是香港人,来清宁住了五年。"黄志广相当自制,说得也很含蓄,"还有什么要问的吗?"

彭大为察觉黄志广逐渐掌握了主动权,甚至开始出现长辈对待晚辈的态度。

彭大为决定再刺一下:"你追求过鲁芊芊吧,她拒绝你时,你的反应是什么?"

"我从来没有主动追求过她,是我多次拒绝过她。"黄志广像是被伤害到了,站起来做出送客的姿态,脸憋得通红,"难道你们警察一定要把一个死去的姑娘最后一点感情的自尊也摧毁掉吗?"

彭大为和秦飞离开的时候,黄志广站在办公室门口说了一句:"再见!"

彭大为听出了他的意思是"最好再也别见"。

彭大为让秦飞先回队里督促技术队,他则又去了海豚表演池。

正在脱潜水衣的饲养员,犹如黑蛇蜕皮。

"您认识鲁芊芊吗?"彭大为伸手递上一支烟。

饲养员摆摆手示意不抽:"认识她啊!去年她来得多,今年上半年因为疫情基本上没见着她。"

"你上次见到她是什么时候？"彭大为发现咪咪悄无声息地游了过来，露出了长长的光滑的嘴巴，那双认真的眼睛似乎很关注他俩谈论的话题。

"就是上周吧！"饲养员的脑袋从外套脖子处伸出来，"她看上去有心事。"

彭大为默默地抽烟，等待对方主动说点儿什么。

"她一有心事就跟'咪咪'说悄悄话。"饲养员穿上黑色的锐步运动裤，像意识到了什么，抬起头问道，"芊芊出事了吗？"

彭大为点点头："她今天上午跳楼自杀了。"

饲养员眼睛突然红了："为情吗？"

"我们现在还不知道原因，正在调查，好像跟一些贷款有关。"

"他太狠心了！"饲养员狠狠地望向室内水族馆的方向，"他那么有钱，却不肯帮她，良心被狗吃了。"

"鲁芊芊跟你老板什么关系？"彭大为从饲养员的眼中看到了憎恶和仇恨。

"你还不知道这些来咱们这里投资的老板，哪个不包养个年轻姑娘啥的，但起码也该给钱啊！"

"你喜欢鲁芊芊？"

"谁不喜欢她？"饲养员蹲下，双手抱住咪咪的两腮，额头顶住咪咪冰凉的嘴尖。

"你确定你老板和鲁芊芊是那种关系吗？"彭大为蹲了下来，发现咪咪亮晶晶的左眼在望着他，让他想起了鲁芊芊死时没有闭上的眼睛。

彭大为走进保安室，屋里没人，几块屏幕组成的监控巨屏上显示出海洋动物馆的各个角落和出口的位置。

彭大为呆呆地望着一块显示室内海洋动物馆门口的监控录像，直觉告诉他鲁芊芊不是为情而自杀，而是因为被暴力追债，但是在这个过程中黄志广又扮演了什么角色呢？

"彭警官还没走?"保安部经理带着一个小保安走进来,"我们俩去吃了一口饭,您吃了吗?"

"昨天深夜是谁在值班?"

"小韩!"保安部经理指了指身后的小保安。

"小韩,昨天深夜你们董事长一直住在馆里没出去吗?"

"我不知道。"小韩大大咧咧道。

"你睡着了?"彭大为指了指屏幕问道,"昨天深夜的监控有录像吗?"

"我们的监控设备昨天这个时候开始升级,直到今天中午十二点才更新升级完毕。"保安部经理答道。

"那就是说你们也不能确定你们董事长昨天深夜一直在这里吗?"

"我们这里有四个出口,董事长的卡都可自由进出。"保安部经理张开双臂,指了指大屏幕的四个角。

"刷卡进出的记录有吗?"

"中午升级完毕前二十四小时的都没有了啊!"保安经理双手一摊。

"经理,我们为什么要升级啊?"小韩提出了彭大为心中的疑问。

"我要是懂技术,还干保安干吗?"保安经理朝着小韩翻了个白眼。

6

彭大为从出租车上跳下来时,雨下得很大,天色黑了下来。

他冲进走廊,奔上二楼的办公室,脱下外衣,接过秦飞递上来的干毛巾擦头。

"刚才大数据调查报告送过来了,鲁芊芊借贷的八家'套路贷'公司的材料都在这里,其中三家在清宁本地。"秦飞看到彭大为额头上的那个"√"一样的疤痕。

"那还犹豫什么? 都确定是'套路贷'了,还不赶紧行动!"彭大为把毛巾随手挂在衣架上。

"您最好还是先看看材料,我整理过的最简化的。"秦飞把几张材料推到彭大为面前,"这事儿得跟经侦支队沟通,还得报局领导批准。"

彭大为低头凝眉,迅速地翻了翻材料:"我去找隋局!"他起身时椅子"咣"的一声倒地。

秦飞扶起椅子,随口道:"刚才钊阳支队长还过来看您回来没有,说晚上给您接风……"

秦飞话音未落,彭大为已经套上警服,出门去了。

彭大为在隋震霆办公室门口刚要张口喊报告,门开了,胡光耀走出来。

"光耀!正好你也在,我有事情向隋局汇报,你也听听。"

"彭支队长,您是支队一把手,跟隋局汇报完回来吩咐就是。"胡光耀客气得近乎陌生,"如果是跟鲁芊芊有关的,刘厅长和隋局长都已经指定由你侦办了,那更不用跟我商量。"

胡光耀昂首阔步地消失在楼梯口,彭大为发了一会儿呆。

胡光耀从小成绩优异,小学到中学都是彭大为的班长,而彭大为恰恰就是班上最淘气的"孩子王",两个人几乎"斗争"了十几年。

命运对一直当"三好学生"的胡光耀开了一个并不友好的玩笑:高考失利,他迫不得已地报了省警校,而彭大为却"因祸得福"去了公安大学。

胡光耀毕业后从派出所干起,也破了不少案子,扫黑支队组建就把他调来当政委,但他没想到彭大为居然空降来做了支队长。

"大为吗?"隋震霆的声音从门里面传出来。

"是!"彭大为回过神来。

"进来吧!"

一个小时后,彭大为领命而去,望着他风风火火的背影,隋震霆陷入了沉思。

胡光耀有情绪很正常,都是血气方刚的年龄,谁也不容易服气谁,尤其是一个顺理成章的扶正的事半道杀出程咬金,谁愿意?

胡光耀跟彭大为的发展路数不同,一个是从下往上,一个是从上往下,各有利弊。但从仕途发展的角度而言,当然还是彭大为的路径更有优势,这也是这些年基层民警存在不满情绪的原因之一。

彭大为跟当年他爸彭爱国一模一样,对待案子都是风风火火的行事态度,总有种一查到底的气势。从上午鲁芊芊跳楼开始,到现在就开始采取行动,效率确实够高。当然,特事特办,在这样一个敏感的时期,有女大学生因为暴力催债在公安厅门口跳楼,哪个关键词都可以让这条新闻上热搜。

眼下形势,扫黑支队可谓焦点中的焦点,谁来当这个支队长都是重任压肩。

时也,运也。

彭大为在这个时候空降市局扫黑支队,干好了是助自己一臂之力,干不好就会捅了马蜂窝,不知道有多少人会被蜇。

对于彭大为的这次破格任职,隋震霆起初是持保留意见的,但是在刘强的推荐下,也只好接受了,毕竟也提不出什么过于强有力的反对意见。

刘强之前干过清宁市局局长,应该非常清楚彭大为和胡光耀这种搭配很容易相互掣肘,但为何还要这么做呢?

隋震霆想起今天在省厅,张蕾看彭大为的眼神很特别。会不会这次任命跟张蕾父亲也有关系?如果是这样,那这次简单的任命可就真是不简单了。

刚才彭大为提出来的行动方案,看似是从鲁芊芊案切入,扫除涉黑的"套路贷"团伙,但是会不会挖出萝卜带出泥,引出更大的问题呢?现在看很有可能。

还有一个让隋震霆揪心的疑问挥之不去：为何这个鲁芊芊会选在那个时间节点到公安厅对面跳楼？

这个问题绝对不会只有自己想到。

怎么就会那么巧？公安厅和省、市局的所有领导刚巧都在现场，那个女孩就直接跳了下来？

隋震霆感到有一个巨大的阴谋从天而降，犹如一个叵测的黑洞。

隋震霆转动座椅，背靠办公桌，望着墙上挂着的四个大字"胸怀大志"，缓缓地闭上了眼睛。

7

清宁市城乡接合部皆是正在开发建设的工地，一栋五层红砖楼孤独地伫立在一个在建的工业园区旁边，从楼上的窗口看去，这座楼上的大多数住户应该都已搬走。

清宁市是一座崭新的城市，像这样建设于上世纪七十年代的老楼已非常罕见了。

三个文着身的男子站在五层走廊里，对着一道油漆斑驳的老式防盗门拳打脚踢，大吼大叫："滚出来！"

他们嘴里骂骂咧咧，轮流踢门，屋里面门角的墙皮都被震下了石灰。

"爸爸，我害怕！"四五岁的小男孩瑟缩在爸爸的怀里，惊恐地闭上眼睛，每次外面的人踢门，他的眼皮都会跟着跳。

中年男子面如土色，紧紧捂住儿子的嘴巴，摇着头示意不要出声。

"我告诉你！你再不开门别怪我们过分！"外面人的恶声恶气突然消失了。

过了好一会儿，外面响起了泼水声，紧接着又响起恶意的笑声，很快就没有了任何声响。

"爸爸，好臭！"小孩子鼓起勇气，睁开眼，用手捏住了鼻子。

中年男子刚站起身,门外传来一声女人的惊呼,他听出来是孩子他妈的声音。虽然恐惧笼罩了他,但他还是进厨房抄起菜刀,胆战心惊地扭开了门。

一股恶臭扑面而来,防盗门外的女人双手捂着鼻子和嘴呆站着,眼泪直流。

"爸爸,全是屎啊!"小孩子探头出去,惊奇地看着门上和走廊地上厚厚的黄黑色的屎汤。

"老潘,你是不是又借赌债了?是不是?"女人歇斯底里地挥舞着手,指着墙上触目惊心的红色油漆字:欠债还钱!

"我是从手机 App 上贷款的,应该都是合法的啊!"

"放屁!"女人张牙舞爪地扑上去。

据经济数据分析表明,早在两年前,清宁市中央商务区的经济水平就已经达到中等发达国家水平,有发展战略眼光的世界五百强企业早在核心区域置地建楼,如今仅凭这笔地产投资都赚得盆满钵满了。

夜晚的中央商务区更是霓虹闪烁,映得那片海湾灯火辉煌。

其中一座写字楼的十六层上,一个扎着辫子的小混混举着喇叭,高声喊着,声音在整座写字楼里回响:"李志欠钱不还,李志欠钱不还……"

小混混脚下踩着一块银灰色金属铭牌,上面写着"志气教育培训公司"。

一个小老板模样的男人佝偻着腰,在旁边苦苦哀求:"今年因为疫情颗粒无收啊!再容我一个月,就一个月!"

小混混用喇叭砸小老板的脸:"一个月啊!一个月再不还,你这间屋子就得抵债!"

两个保安从电梯间出来喊:"你干什么的?"

"你问他,我干什么的!"小混混手里的喇叭已经把李志的脸砸出了几道血迹。

"没事,没事!闹着玩儿闹着玩儿!"李志强颜欢笑,脸上皮开肉绽。

"听见了吗?"小混混瞪着两个保安,"我跟你们俩说,下个月我就是业主了,说话客气点儿!"

清宁市人民路是之前老市政府门前的主干道,随着城市的飞速发展,这条主干道显现出历史的痕迹:当年最宽的道路如今看来也不过只是四车道的普通街道,行道树长得蹿天高,犹如两排巨人卫士守护着这里。

人民路的西段连接着当年最大的城市公园——人民公园。

公园门口修了地下过街通道,每到下班后这里都是人群涌动,两侧的小店生意也都红红火火:手机店、文具店、时装店、潮鞋店……

一个四五平方米的小美甲店里,挤坐着五个彪形大汉,其中一个白白胖胖的中年男子,穿着紫色的紧身古驰T恤,流里流气地对年轻的女店主说:"小美人也给我美个甲呗!"

美甲小姐吓得捂嘴,眼泪止不住流淌下来。

旁边邻店的小老板凑过来看,被彪形大汉一瞪,立刻掉头走了。

路人好奇地指指点点,不敢靠近。

白胖子从柜台上抽出一张纸巾递过去:"小美人,别哭,没钱还了就告诉哥哥,哥哥替你还。"

女店主抽噎着,断断续续地哀求:"我弟弟不懂事,我在努力地赚钱帮他还……"

"这么辛苦做什么,跟了哥,所有的债一笔勾销,每天吃香的喝辣的。"白胖子见女店主不接纸巾,主动去擦拭她脸上的泪水。

女店主想躲不敢躲,白胖子淫邪的眼神好像一条肥厚而潮热的舌头,在她的脸上舔来舔去。

白胖子的手机响了,接起电话时他的眼神还黏在女店主红嘟嘟的嘴唇上。

话筒那头的人说了一句话就挂断了。

白胖子和女店主对视了三秒钟才开口:"我们撤!"

8

彭大为提出想法时,尚未形成详细的计划,但笃定隋震霆会支持自己,可是他没有想到胡光耀会"消极抵抗"。

彭大为从隋震霆那里领命回队里时,除了秦飞和两个值班内勤还在队里,其他人都不见了踪影,一问才知是胡光耀带着所有人配合治安支队扫黄去了。

"以前也这样吗?"彭大为望着空荡荡的办公室,心里难免不快。虽说自己来支队是个"新人",但毕竟跟胡光耀是认识十几年的老同学,而且一、二把手之间工作上不通气,论公不合组织原则,论私就是不尊重人。

"他闹离婚那会儿天天晚上搞各种行动,可能是化悲愤为力量吧。"秦飞的解释很苍白。

"他以前跟钊支队怎么配合工作的?"彭大为的表情变得严肃。

"钊支之前主要是在特警支队那边办公,胡政委一直在这边主持工作。"秦飞说的是实情,特警支队不在市局大楼办公,单独在高新区有个地儿,钊阳两边跑也不现实。

"咱们怎么办?"秦飞眼巴巴地看着彭大为。

"本来也得跟经侦支队联合行动,今晚大队伍就靠他们吧!"彭大为抬腿下楼去找经侦支队长老赵。

"彭队,好喝吗?"

彭大为鼓足腮帮子,一口气喝了半杯才撒口:"好喝好喝!在北京上学时就总想咱们这儿的奶茶!"

"我也是!"秦飞趁着等红灯,也拿起一杯吸了几口,"彭队,八卦一下啊!

听说您和省台的张蕾大美女是青梅竹马?"

"一大小伙子,八卦这些男女之间的事儿干嘛!先操心下自己的感情问题吧!"

"彭队,您觉得那个郭晓冉怎么样?"

"你想对在校生下手啊?"

"我听说您和张蕾高中的时候……"

"蹬鼻子上脸了!咱俩现在是在工作场合。"彭大为拉下脸来,秦飞赶紧收声。

窗外渐显陈旧的建筑和街道把彭大为过往的记忆都带了回来,车子路过"盛记"时他喃喃自语:"他家的海鲜面很好吃!"

"经久不衰,老字号嘛!"秦飞按着红灯倒计时的节奏,抢着喝完最后一口奶茶,踩下了油门。

"也不知道以前人民公园门口的那些大排档都搬到哪里去了。"彭大为从反光镜看到后面一辆车子拐向公园大门口的停车场,那是经侦支队的侦查员去提前布点。

"记得我上大三那会儿,清宁创建全国文明城市,这些地摊就都清理了。"

"这些公司在清宁也有些年头了吧?也得是老字号了吧!"彭大为又翻看手上的材料,这三家公司的注册时间都是2006年,也就是14年前。

这是巧合吗?

彭大为的眼神再次投向窗外逐渐萧条的街景,车子正向清宁市的边缘开去,那里曾是最古老的清宁地界。

彭大为望着车前方的院子,黑色的大铁门上没有牌子,白色的矮墙里面是一栋两层的砖楼。

彭大为站在车旁,经侦支队长老赵的车子也赶到了,还带来两个中队的队员。

彭大为看着老赵按照既定安排,把院子前后门围堵了,围墙外面也按距离布置了岗哨,这一切都在两分钟内完成。彭大为身边虽有秦飞,还是觉得自己像个光杆儿司令。

老赵和他带的十几个经侦队员,用眼神询问彭大为是否要行动。

"抓住了先没收通信工具!"彭大为叮嘱。

"Action!"老赵响应彭大为的眼神。

一位经侦民警用力擂铁门,门后有狗狂吠不已,里面人不耐烦地吆喝:"谁啊?报丧呢!"

大铁门开了一个小门,经侦民警亮出证件:"我们是市公安局的……"话音未落,门里面的人试图把门重新关上,扯着嗓子喊:"条子来了!"

民警们早有准备,三个人同时用肩膀撞开了铁门,蜂拥而入。

开门的那个男人被按在了地上,楼里刚才还亮着的灯突然都熄灭了。

一个穿着运动服的男子试图爬墙而逃,秦飞冲上去一把揪了下来,彭大为带队冲进楼里。

彭大为老鹰捉小鸡似的拦腰抱住一个人,用膝盖压着给他上了铐子,秦飞追着一个爬窗子的,直接把他的脚脖子铐到了暖气管上。

最里面的房间被反锁上了,彭大为一脚踹开门,一个头目模样的人站在办公桌后面,眼睛盯着电脑屏幕,正捂着话筒打电话。

彭大为冲上去摁住那个人,发现电脑正在删除资料,一名经侦队员眼疾手快地暂停了删除程序,

"Naive!让你们不好好学习!这都什么年代了,电脑数据能灰飞烟灭吗?"跟进来的老赵指着屋子里的电脑和文件,"全带回队里!"

"我们可没犯事啊,别完不成扫黑除恶任务拿我们顶数啊,小心我们去告你们,我要找你们领导!"

"你怎么知道我们是扫黑的?"秦飞反问道。

彭大为来到人民公园门口的"洪记"茶楼,跟在门口盯梢的一个年轻民警对了对眼神。

"彭队,咱们俩车上坐镇,OK?"老赵刚才路上打电话说这个点提前控制住了,派他的一个副支队长上去就可以了。

"我刑警出身,你听说过吧,刑警执行任务,现场谁的职务最高谁冲前面。"彭大为话音未落,大步流星般迈进了茶楼。

老赵苦笑着摇摇头,也下了车,跟在后面。

秦飞把包间门一推开,提前盯守在楼道里的警察们同时喊:"不许动!警察!"

五个衣着精致的中老年男子缓缓地转过头,看向冲进来的一屋子的警察。

五个中老年男子都穿着中式褂子,中间的桌上摆着几碟瓜子和花生米,与其他那些有一定社会地位的茶客没什么区别。

"满喽!"老赵提醒正在倒茶的男人,带些惋惜:"正山小种,delicious!"

正在倒茶的男子把茶壶放下,拿起抹布擦了擦洒出来的茶汤,慢条斯理地举起茶杯,吹了吹,饮了一口,放下杯子道:"要不要一起坐下喝一杯茶?"

"请你们到我们市局喝杯茶吧!"彭大为示意属下队员动手。

"猛虎别在当道卧,困龙终有上天时。"倒茶的男子慢悠悠道。

"我们就是挡黑道路的,黑恶势力也飞不上天。"秦飞快人快语。

"你们这是扰民,应该被投诉,也会被曝光的。"中间的那名男子仿佛蒙受了不白之冤。

"请配合我们的调查,如要投诉,那是你们的权利。"秦飞义正词严。

押送五个人上警车时,茶楼门口已经围了许多看热闹的人,秦飞和彭大为上了另外一辆车,秦飞按着喇叭,从人群的包围圈里缓缓开出:"彭队,我们是不是有点儿小题大做了?"

"宁可小题大做,也不可有侥幸心理。"彭大为的这句话在当晚的最后一次行动中得到了印证。

老赵带队回局里了，连夜审讯和整理前两拨人。当晚的第三次行动，也是最后一次行动只有经侦支队的一名副支队长带着一个中队的警员配合彭大为。

那晚执行的前两次行动过于顺利，加之连续执行三个任务，民警们都有些倦怠，也或许因为第三次行动的执行地比较搞笑，民警们紧绷的弦儿放松了。

那是疫情后清宁市新开业的斯巴达克斯洗浴中心，号称复制了土耳其浴室，以装修奢华、服务高档著称。

洗浴中心门口高高的台阶上，十二根十米高的罗马柱均匀矗立，外墙壁上是肌肉发达的角斗士浮雕。门前停车场里停满了豪车，各路不同行业的男人衣冠楚楚或勾肩搭背地进进出出。

考虑到洗浴中心里人员聚集，彭大为安排五名队员跟自己进去，其余人员在洗浴中心外面的各个出口处围堵。

彭大为带队进入大堂前，秦飞先把经理叫了出来，亮明身份后，让经理安排保安部负责人给彭大为他们带路，以防走漏消息，经理则被滞留在车上。

彭大为一行人换了白色的浴袍，把枪贴身别在里面，用浴袍的棉腰带系紧。他们在保安部负责人的引导下，穿行在洗浴中心里，停在了一间独立的浴池间外，浴池间门口是粉红色的绸带门帘。

彭大为示意两名队员守住门口，一掀帘子，带着另外三名队员钻了进去。

一股好闻的沐浴香料的味道扑鼻而来，铺着天蓝色马赛克的圆形浴池直径十米，里面有几个男子在泡澡，胸前都文着一条青龙。见有许多人突然进来，他们不约而同地停止讲话，"哗"地从水里站起来，凶神恶煞，气势逼人。

"不许动！警察！"秦飞喊出这一声，池子里的男子们突然不动了。这些人显然习惯了倚仗人多势众，但没有一个敢跟警察硬碰硬的。

门口看守的两名民警也竖着耳朵听着浴池里面的声响。

走廊里走过一个长得像肉球的男子，看到浴池门口站着的两人，稍微愣了一下，没有停下脚步，继续向前走。

池子里的男子们眼神不约而同地望向门口，彭大为意识到了什么，走到门口左右观察，只看到一个矮胖的客人经过门口向走廊另外一头走去。

矮胖男子身高也就一米六，一般成年男子遮盖到膝盖的浴袍穿到他身上几乎垂到了脚面。

矮胖男人的右手摸向浴衣口袋，像是要抓什么，浴衣被不小心提起一截，他脚腕处露出一截青龙文身的尾巴。

"不许动！"彭大为大喝一声，迈开腿大步追赶。

矮胖男子加快速度，像一个突然滚起来的球。

"站住！"彭大为大喊。

守门口的两名警员立刻跟上。

另外一个大浴室里涌出来一群人高马大的东北客人，大声地说笑着，那个矮胖男人钻进了那群人里。

彭大为拨开人群，就在那一刹那，他凭直觉感觉到了腰下有什么东西，他一侧身，同时低头，一道金属光一闪而过。

矮胖男人居然蹲下，拔出一把剃头刀划向彭大为的腹部。

彭大为躲过了第一次攻击，但由于和对方身高差距很大，想再次闪躲时，退后一步踩到了背身而行的一个东北男人的脚后跟上。

"操你妈！没长眼啊！"东北男人一吼，整个走廊里安静了下来，彭大为没站稳，一屁股坐在了地上，随后赶到的两名警员想来保护，却被那群东北人挡住了。

矮胖男人的身手惊人地敏捷：他身体前倾，伸长胳膊，身体悬空，刀子划向彭大为。

在那一瞬间,彭大为居然没有害怕,反而想笑,因为那个矮胖男人犹如悬浮在空中向自己飞来,那张如肉包子一样的脸上带着一种戏剧化的冷酷。

彭大为对准那个矮胖男人的腹部就是一脚,矮胖男人"哎哟"一声,生生地向上腾起了二十厘米,紧接着撞到墙上,在他身体跌落地面前,刀子"哐当"一声先掉了下来。

9

钊阳和胖子洗完澡,坐在一个由蜿蜒小径连接的鱼池的亭子中,这里的自助餐厅设计装饰得像是一个室内的大花园,树木花卉都是真的。

"服务员!"胖子不耐烦地喊道,"怎么还不上菜!"

服务员神色慌张道:"刚才有些警察在下面抓人,还动了刀子呢!"

钊阳"嚯"地站起身,犹如披着战袍的将军,大步流星地向外走。

"不会啊!光耀他们今晚又不扫这里,会不会是派出所的啊?"胖子最怕钊阳多管闲事,"哎!又不是你们队里抓人,你去干吗?"

"你坐这等着!"钊阳一转弯,消失在一丛三角梅后面。

钊阳从二层立地玻璃往下望去,几辆警车的警报灯无声地转着,看不出是哪个部门的同事。

几个男子被押上了车,钊阳眯眼细看,确定最后上车的那个警察是彭大为。

"你都到这了,人也抓完了,不上来一趟啊!"钊阳对着手机调侃道。

彭大为停下脚步,举着手机回头望去,试图寻找钊阳的身影:"你在这啊?"

"合法经营场所,我和胖子来也都是自费,有啥不可以啊!要不是请你来体验下,我们还不来这里呢!"

"钊哥,现在案子迫在眉睫,我们改日再聚!"彭大为看到其他几辆警车驶出了停车场,他挂断了电话,钻进车里,扬长而去。

"怎么样？浴袍大侠？抓着几个飞贼啊？"胖子掰开一只大闸蟹，左右开弓。

"也巧了！是大为在这抓人！"钊阳掀起浴袍，一屁股坐进藤椅。

"怎么样？还是不来吧！操，我早知道他不把我当兄弟了！你还天天自称是人家亲哥呢！"胖子停顿了下，打量钊阳的表情，"最受伤的难道不是我？当年天天跟他屁股后面鞍前马后的，早知今日，当年我还不如跟光耀混了！"

"我还不知道你们班上那点儿事儿？光耀那时候能看上你那成绩？少吹几句，多吃一点儿吧！"钊阳拎起旁边架子上的两瓶啤酒，"好不容易休一天，咱们俩自己乐呵乐呵吧！"

"钊哥，咱们能喝那个吗？"胖子手中的蟹钳指向一瓶XO，他看出钊阳有些犹豫，立刻补充道，"今天我埋单，卡上钱够！"

"这几天我总感觉有什么事儿要发生，本来不敢多喝酒的！"钊阳换了一瓶XO，拧开倒进两个玻璃杯，"我老乡那工作的事儿你必须落实好啊！"

"每星期有五千个人涌进清宁寻找工作机会，如此周复一周，月复一月，年复一年。"胖子用湿巾一根根地擦干净手指，举起杯子喝了一口，"钊哥！你说的哪件事儿我没给你落实好？但是做兄弟的我还是得唠叨一句你不爱听的：你老家那么多人你管得过来吗？一来清宁就找你，不是借钱就是找工作，你是扶贫主任吗？"

"没当年老家村里一家家给我凑钱出来上学，我能有今天吗？我老家那么穷，到这里来除了找我，他们还能找谁？"钊阳一仰脖子，喉结上下一跳，一杯酒全干了，抹抹嘴道，"能帮一个帮一个！"

"这就是你比彭大为强的地方！念旧情！"胖子拿起一根黄瓜，咯嘣咯嘣嚼起来，"一个兄弟三个帮。你看看他现在，有朋友吗？孤家寡人的！"

"总在一起的可能是酒肉朋友。"钊阳斜着瞥了胖子一眼。

"我对你好吧，你叫我酒肉朋友。不搭理的人吧，你还上竿子地热乎！"

"感情是什么？感情不就是连一个人的缺点都得接受和包容吗？"

"呦,老光棍还讲起感情来了！你真有事儿,他能包容你吗？"胖子用过来人的口吻道,"你这种人怎么当大官儿啊,心不够狠啊钊哥！"

"没你不知道的人和事儿！"钊阳表面上打岔,心里却动了念头。

"哎,我跟你说过好几回了,你别不当回事！"胖子揩揩手道,"你今年本命年,得去青龙观上个香,最好再求个签画个符。干你们这行的,整天打打杀杀的,得求个平安。"

10

清宁市公安局会议室里灯火通明。

隋震霆灰白的鬓角让他的威严中带有一丝慈爱,坐在会议室里的他看上去越发像是一名学院派的文官,而不是令这座副省级省会城市里的歪门邪道之人闻风丧胆的公安局局长。

彭大为见过冲锋陷阵时的隋震霆,那时候他正值壮年,走路带风,斩妖除魔,说一不二,这些年随着职位和级别的提升,反倒越来越像弥勒佛了。

经侦支队长老赵汇报三家"套路贷"公司的基本情况时,使用了许多经济学术语,这是他从美国公派留学回来后的显著变化之一,另外一个变化就是他时不时地会蹦出英语单词或短句,这仿佛成了他区别于其他业务支队负责人的显著标志。

轮到彭大为发言时,他直奔主题："这些暴力催债公司都与一个叫暮山财富的金融平台有密切关系,根据现在掌握的情况来看,这个暮山财富有重大涉黑嫌疑。"

隋震霆放下泡着枸杞的保温杯,看着经侦支队长老赵："你也是这个结论？"

"上纲上线是不是有点早啊……"老赵沉吟几秒钟,语气吞吐,"虽然我们之前陆续接到过对暮山财富的举报,但是,证据不足……"

彭大为气不打一处来,像在与老赵对簿公堂:"证据不足的话,为何不对暮山财富金融平台展开调查呢?尤其是对其负责人进行调查?"

老赵一副不欲辩论的样子,拿起暖瓶要给隋震霆的保温杯里添水。

"不用加水了,泡太久没味儿了。"隋震霆用手捂住了杯口。

老赵缓缓地放下暖瓶,几秒钟内,心里兴起好几个念头,他揣摩隋震霆的态度,拿起面前的材料,似乎在从上面寻找刚才汇报时忽略的重要细节:"这个暮山财富金融平台是安岛集团旗下的板块公司,安岛集团董事长郭孚是全国政协委员,公安几次侦查,检察院都未批捕,理由是暮山财富与一些实施违法犯罪行为的公司存在投资关系,但无法证明暮山财富就是这些实施'套路贷'的公司和暴力催债公司的幕后 Boss。"

"所以才需要我们对集团负责人郭孚展开调查!"彭大为摸了摸桌上的烟,看了看桌上的"禁止吸烟"的提示贴,又把手收了回去。

"有些过去的情况彭支队长还不了解。"胡光耀不知何时来到了会议室,朝着隋震霆敬礼后,自行拉椅子坐在了彭大为对面,"证据无法形成链条。"

"如果说之前证据不足,但今晚我们的行动收获很大,有几个突破口。"彭大为不服气。

"彭支队长一晚上就找出了我们多少年都没发现的线索和证据啊!"胡光耀瞪大眼睛,一副很敬佩的表情。

彭大为也很奇怪,为什么那么多明摆着的事情之前就没人去查呢?看到胡光耀低头在桌下摆弄手机,彭大为很想问他今晚的扫黄行动又有什么收获。

刑侦支队支队长去公安部汇报工作了,今天参会的是支队政委老牛,也是一名老侦查员出身,他冷不丁地接过话题:"今天这些'套路贷'公司和暴力催债公司的落网人员,许多都是十年前本地黑恶势力团伙'山义帮'老大贾文军的马仔。"

扫黑支队成立之前,这块儿工作早些年一直是归口刑侦支队的,当年彭爱国当刑侦支队长时,老牛是他最得力的属下。

彭大为听到贾文军这个名字,双眼一眯,下意识地掏出烟塞到嘴里,摸口袋却没有找到打火机。

隋震霆用眼神示意秘书,秘书掏出打火机推到彭大为面前,彭大为点上烟,深吸一口,香烟眨眼间燃了一半。

"报告!"法医推门而入,扬扬手中的报告,"局长,尸检报告出来了!"

隋震霆双手摩挲把玩着保温杯,盯着里面肥大干瘪的枸杞道:"直接说结论。"

"死者鲁芊芊有暴力性行为导致的阴部损伤,但初步没有查出人类DNA。"法医念完结论,和众人一起望向隋震霆。

"没有人类DNA?什么意思?戴着安全套吗?"隋震霆甩出了所有人的疑问。

"阴道里的液体怀疑是润滑液,可能是避孕套上面的。"法医也知道自己带来的不是好消息。

会议室里的都是资深警察,都明白这个结论意味着什么,接下来的五秒钟,会议室内一片静默。

"关于郭孚的问题不是今天开会的关键。"隋震霆抬头望向彭大为,打破静默,一锤定音,"我们的当务之急是在最短时间内破获鲁芊芊案,我们要聚焦案件本身。"

11

秦飞脚点了一下地,椅子从电脑桌后滑了出来,递给刚进门的彭大为一杯奶茶:"数据库比对,全市同名的有7人,但与清宁大学有关,且与保险业有关的仅有一人。这个人是浩宇保险公司的经理,没有任何犯罪记录。巧合的是,浩宇保险公司就在省公安厅大楼对面办公,也正是鲁芊芊跳楼的那座写字楼。"

彭大为把奶茶杯端到脸前端详:"这是那个'盛记'做的奶茶?"

秦飞莫名其妙地点点头:"车上给你买的也是他家的,不好喝?"

"好喝!"彭大为抬头看墙上的挂钟,"他住在哪里?"

"他还在公司呢!"秦飞做足了功课,正中下怀地跳起来,但还是有些不放心地问了一句,"那些抓回来的人,您不审?"

"让老赵他们先审着,咱们还得抓紧时间去追查其他的相关线索。"

"看来不光咱们公安'5+2''白+黑'啊!人家金融行业还有'996'呢!"秦飞反身倚着浩宇保险大厦的大堂前台,反身看着马路对面灯火通明的公安厅大楼,感慨万千。

"今年上半年暴发疫情,下半年各行各业都在追赶业绩。"彭大为看着前台保安的脸,等待回话。

"抱歉!二位可能需要在这里再等一会儿了!"前台值班保安挂上电话,"郑总手头还有一些紧急事务要处理,大概半小时后会打电话下来。"

彭大为看看手表,已经深夜1点钟了,再等半小时也无妨,便和秦飞坐到了大堂旁边的沙发上。

值班保安拎了两瓶矿泉水过来,看看彭大为手里点燃的烟,想说点儿什么但忍住了,又找来一个一次性纸杯当临时烟灰缸。

"郑强东是清宁大学经管学院的客座教授,每学期如果只来做一两次报告的话,鲁芊芊为何还要专门买一本教材呢?"秦飞翻看手里的那本《保险学》教材,定价98元,对鲁芊芊而言可不便宜。

"可能也是为了以后留在这里工作吧,老板的书总得看看。"彭大为上午就来过这座大厦,核实过鲁芊芊有这里的实习生门禁卡。

— 052 —

第一章 倒数第六天

"师兄,你记得昨天早上她的班主任还一直以为鲁芊芊在另外一家公司实习吗?"秦飞现在在私下场合习惯叫彭大为师兄。

彭大为想起昨天下午在清宁大学,班主任意外地看着郭晓冉问:"她不在安岛实习?"

彭大为又想起郭晓冉给他这本书时,眼神天真却透着一种挑战一般的神情:"这难道不是应该警察来调查吗?"

此刻想起郭晓冉,彭大为总觉得似曾相识,但是怎么也没想起来在哪里见过她。

"师兄,你这么帅还这么优秀,为啥不找对象啊?"秦飞发现彭大为在发呆,揣度他在想郭晓冉。

彭大为愕然,不知道秦飞怎么会猜到自己正想到郭晓冉,遮掩地批评道:"你自己怎么不找?"

彭大为又想起昨天下午自己问鲁芊芊有没有男朋友时,郭晓冉愕然地反问"谁"的时候脸红了,她为什么会往那方面联想?奇怪!

"我妈总催我结婚,说男人不当爹就永远长不大!"秦飞眼珠一转,"师兄,你别说,那个叫郭晓冉的女大学生长得真漂亮啊!"

"你怎么又在人家背后议论这个啊!"

"算了吧,师兄!都是公大毕业的,谁不知道谁啊!咱们学校晚上熄灯后躺床上,不都是在讨论女生嘛!公安局不是东厂,警察也不是太监!"

彭大为知道秦飞说的是实情,但自己在公安大学时却从来没有参与过这种话题,是不是自己的心理真的出了问题? 公大男女生比例7:1,女生人数少可真不是代表质量就低的……

"师兄,这都过了半小时了,要不要催催啊!"秦飞捂住嘴巴,接连打了好几个哈欠。

彭大为走到前台让值班保安打电话,谁知电话无人接听。

彭大为突然意识到了什么："你们这个大厦的电梯可以到楼下停车场吗？"

"当然了！"保安不知彭大为怎么问出一个如此幼稚的问题。

彭大为一言不发，转身向外跑，秦飞紧跟上。

深夜的清宁市，路上能见到喝醉的路人踉踉跄跄、东倒西歪，有些店铺的生意还很火爆。

"'盛记'什么时候开始做奶茶的啊？"彭大为望着路过的挂着"盛记"旧牌子的大排档，店主两口子正在进进出出地卸食材。

"上个月疫情得到控制后开始做奶茶，也是拓展创收品类吧！"秦飞打了一把方向盘，"师兄心态真够稳的！"言外之意是都这个时候了，彭大为居然还在想着吃的事儿。

彭大为想起刘强评价自己"冲动起来像张飞"，那可不是褒义。他也明白在下属面前、师弟面前，他必须克制自己的"冲动"，越是着急的时候越得稳住，举重若轻。

车子穿过老市区，驶上滨海大道，路过去年才建成的游艇会，旁边最高的大厦顶上的霓虹灯打出四个大字：安岛集团。

"……这个暮山财富金融平台是安岛集团旗下的板块公司，安岛集团董事长郭孚是全国政协委员，公安几次侦查，检察院都未批捕……"彭大为耳边响起经侦支队长老赵的话，刚要问秦飞什么，车子已经到了目的地。

郑强东家在清宁市最高档的海景别墅区——安岛花园。

彭大为望着前方花木扶疏的别墅区，典型的闹中取静："这个安岛花园是安岛集团开发的吗？"

"那还用说！咱们清宁最贵的地皮！"秦飞下了车，跟小区保安说了几句，然后上车，"他大概半个多小时前回来的，没再出去。"

彭大为也没问他怎么跟保安说的，每个警察都有每个警察自己的办法。

"应该就是那栋。"秦飞指着前方几十米处的二层小楼,茂盛的花树遮掩着灰色花岗岩的外墙体。

"就停这,咱俩走过去。"彭大为摸了摸腰,提醒道,"带上家伙。"

秦飞从车座底下摸出手枪,揣到腰里,跟着彭大为下了车。

两人轻手轻脚地绕着那栋楼转了一圈,发现楼后停着一辆奔驰600。

楼后面有个小门,从里面被反锁了。

彭大为左手托着右胳膊肘,右手托着下巴,端详着二楼的阳台窗户。

秦飞不说话,盯着彭大为的脸,好像在揣测彭大为下一步会做什么。

突然,彭大为一缩身子,食指竖在唇间,秦飞跟着蹲下,顺着彭大为的视线望去——二层阳台的窗子后面闪过几道像是手电筒一样的光线,转瞬即逝。

彭大为和秦飞对视,不约而同地摸出手枪,彭大为用手指了指,示意秦飞看守小后门,彭大为独自弯腰摸上前门。

彭大为试着推了下正门,居然无声地推开了。

彭大为摸进门,背靠门旁边的墙,侧耳倾听,屋内无声。

彭大为猫腰小跑到客厅沙发后,没发现人。

他迅速检查厨房,感觉有一个黑影一闪,他下意识地想躲到冰箱后面,可冰箱一晃,上面的花瓶直直地倒了下来。

彭大为本能地接住那个花瓶,楼上竟在此时出现了异响。

彭大为出了一身冷汗,侧耳聆听,楼上好像有人跳下了床,然后就没有了声响。

彭大为低头时,发现一对黄宝石一样的两点,定睛细看,是一只黄眼睛的黑猫警惕地看着他。

彭大为做出驱赶的动作,黑猫大摇大摆地跳上柜台,悠闲地卧倒,尾巴甩来甩去。

彭大为猫着腰,持枪上楼。

卧室的门留着一条缝,有人影在里面闪过。就那一瞬间,彭大为推门而入,手枪指着人影,窗外的路灯照进来——是一个上吊的男人。

彭大为反手摸到开关,摁下去,灯没亮,电断了。

彭大为踩在床上,把上吊的男人抱下来,走廊的某个房间里又有了声响。

彭大为迅速奔往声响发出的房间。

这是一间大书房,彭大为摸进去,一个黑影从上方跳下来,一掌把彭大为的手枪打落在地。

黑影戴着黑色手套,招招夺命,屋子里有匕首破空的声音。

凝神守候在楼外的秦飞听到了打斗声,拔腿绕到楼前,三步并作一步冲向二楼。

"彭队!"秦飞站在门口,双脚频繁挪动站位,持枪欲入。

黑影一个旋风腿,逼得彭大为连连后退,黑影在空中把手中匕首甩出去,寒光破空。

"小心!"彭大为话音未落。

秦飞"啊!"的一声,双手捧着脖子跪倒在地。

"秦飞!"彭大为不顾一切地冲到门口,黑影趁机跳窗而逃。

彭大为弯身查看秦飞伤势,秦飞的脖子汩汩地向外冒着血。

十五分钟后,别墅的电力恢复,两层小楼灯火通明,三辆警车停在楼前,警灯不停地无声旋转。

老牛带一干警察鱼贯而入,他们各司其职,在不同的房间忙碌。

秦飞被匕首刺中颈部,差点儿被割断颈部大动脉,已临时包扎,躺在担架上,脸色煞白。

医护人员抬起担架下楼,秦飞的眼睛红红的,声音虚弱:"师兄,对不起……"

彭大为一摆手:"当警察的,首先得保住自己的命才最重要!"

救护车门一关,鸣笛而去。

彭大为转身,派出所民警刚好把小区保安经理带过来。

保安经理面红耳赤地辩解:"小区的监控都在升级检修……"

"又是升级!"这种巧合让彭大为难以相信。

一名警察从楼上下来:"牛政委,这是遗书。"

老牛朝着彭大为点了点头,彭大为戴上手套后接过遗书,一目十行地看了看上面的几句话,大意是郑强东强奸了鲁芊芊,导致鲁芊芊跳楼,他良心难安,自杀谢罪。

彭大为不语,将遗书转给老牛,转身进楼加入搜查。

他回到刚才与黑影打斗的书房,一面墙的书架上的书基本上都是金融保险类的专业图书,其中还有崭新的郑强东自己编撰的那本黑色封面的《保险学》教材。

技术队女警从电脑桌后探出头:"彭队,他的电脑硬盘不见了。"

"手机也没有了吧?"彭大为没抱希望地问了一句。

周围的民警都没接话,果真如此。

彭大为独自巡视着,试图发现什么特别的地方。

他走出楼,抬头回望,天色微微亮了,许多早起的小区居民逐渐聚集、驻足,在警戒线外打探,议论纷纷。

彭大为看着非常淡的月亮挂在楼顶尖儿上,拉住保安经理,指着房顶问:"那上面是阁楼吗?"

"是阁楼,但是我们一般都不用,就是搁点儿杂物啥的。"一个胖女人抢着说,她烫着大波浪头,穿着红色健美服,手里牵着一条贵宾犬。

彭大为再次返回二楼,在卧室衣柜旁找到了通往阁楼的小门,因为是整体衣橱,很容易被误以为是衣柜的一部分。

彭大为钻进阁楼,立刻大开眼界:钉在墙上的手环、吊在房梁上的麻绳还有几根皮鞭、一副手铐,还有几根燃烧了一部分的蜡烛。

墙角的电视柜上摆着一个电视机,彭大为用遥控器打开,特别大的呻吟声传了出来,屏幕上出现的是一个身穿皮衣的金发女人正在鞭打一个蒙着眼的赤身裸体的男人。

彭大为拉开电视柜的抽屉,里面散着一些色情影碟,他关上抽屉后,随即又拉开了抽屉,从那一堆影碟下面抽出一个手机来。

这是一个陈旧的黑莓手机,没电开不了机。

彭大为拿着手机出了楼,上了车子,向小区外驶去。

天色已经大亮,彭大为驶到小区门口,一辆很眼熟的宝蓝色宾利车正往里进,彭大为看到副驾驶位上坐着的姑娘也很眼熟,定睛细看,是郭晓冉。

他向郭晓冉点点头,隔着郭晓冉只能看到司机是个男子,郭晓冉惊讶地点点头,两辆车子交错而过。

"我到你家楼下等你?"开车的男子是成小山,他对这个小区非常熟悉。

郭晓冉没回答,呆呆地看着郑强东家门前停着警车,还有许多警察在进出忙碌。

郭晓冉坚持下了车,从围观的人群中挤到警戒线边上,刚要打听,就见两个一身白大褂的人抬着郑强东的尸体出来。

郭晓冉呆住了,直愣愣地看着犹如沉睡的郑强东。

成小山降下车玻璃,探出头:"走吧。"

郭晓冉心事重重道:"我想一个人走走。"

她沿着别墅区的一条小道蜿蜒而行,走出小区的后门,外面是一片草坪,再远处则是青灰色的浩瀚大海。

郭晓冉心乱如麻:短短的两天时间里,自己认识的两个人相继非正常死亡,而这两个人还有关系……如果一开始就告诉彭大为自己认识郑强东,郑强东是不是就不会死呢?

成小山走过来,与郭晓冉并肩望向起伏不定的海面:"活着的人总是要死的,无论谁都将从生存的时空迈入永恒的宁静,你知道这是一件很普通的事情。"

这是《哈姆雷特》里的一句台词,郭晓冉也说了一句其中的台词:"杀人是很恶劣的犯罪。"

"莎士比亚把杀人者比喻为龙,其实他不了解中国的文化。"成小山眯眼盯着在海平面上跃起的太阳,"龙和蛇一样,都是非凡的。"

"我记得还有另外一种解释:龙和蛇各自被比喻为英雄人物与凡夫俗子。"郭晓冉的视线追随着海面上翩翩飞过的一对海鸥,"蛇是冷血动物,而人是有感情的热血动物,没有牵绊就不是人了。"

"精准地说,蛇是变温动物。"成小山不想再就这个问题争论下去,转移话题,"与其在国内读研,不如去美国。"

"王教授不是也从美国回来了吗?你不也是他的高才生吗?"郭晓冉已厌倦了这个话题,很不耐烦。

"我是他在国外时的研究生。"

"有什么区别?同样的老师,同样的学生。"

"区别很大,就好像你和鲁芊芊都有同样的老师,也是同学,但你们不一样。"

"有什么不一样?"郭晓冉不服气地转过身,望着成小山轮廓鲜明的侧脸,他的鼻梁细长尖锐,像冰山一角。

"这个世界上的人,从出生开始就不是平等的,有人注定来到这个世上就是受罪做底层的,也有人注定是来到这个世上做人上人的。"成小山试图握住郭晓冉的双手,犹如惺惺相惜,"官方数据显示清宁市的人口是一千万,但实际估计得有一千两百万到一千三百万,这么多的人怎么会都平等?"

"你的这套西方精英理念,我不接受!"郭晓冉甩开成小山的手,"咱俩从来都不在一个价值体系里。"

成小山站在原地,对着大海平静道:"我们俩很合适,我知道,你还不明白。"

"高处不胜寒,我更喜欢烟火气。"郭晓冉冷冷地扔下一句话,转身离去。

12

"怎么不见小彭来咱们家了啊?"张立国放下手中的《粤中日报》,拿起豆浆喝了一口,微微皱皱眉头,眼睛在四处寻找糖罐。

"我又做不了他的主,当不了他的家。"张蕾像是在发起床气,"爸,我妈说了不让你放糖!"

"吃一小勺又会怎样?!"张立国嘴上颇有不平,"你说吧,你妈总算有几天不在家,我以为总算可以……"

"你不是天天把'严于律己'挂在嘴上吗?堂堂省部级干部言行不一!"张蕾没好气地递过去糖罐,话锋一转,"爸,你去党校学习那次,到底跟彭大为说了什么?"

"我能说什么?"张立国加了一勺白砂糖,搅拌着豆浆,端起来又喝了一口,眉头舒展开来,"我就是问问他读完警务硕士毕业后是否还回来,当时公安部不是想要他嘛!我根本没提你们俩感情的事儿,老爸这觉悟和原则你还信不过?"

"那我妈当时跟他到底说什么了?"张蕾两手绕到颈后,用皮筋儿把头发扎起来。

"我能知道吗!当时有隔壁省的同行过来找我,你妈就跟小彭出去了。"张立国咽下一口鸡蛋,寻思了一会儿,"你别说,我还真怕你妈这个人好心办坏事儿了!"

"什么意思？"张蕾努力回忆彭大为近期态度变化的蛛丝马迹。

"你还不知道她吗？太爱你了！"

由于桌上多说了几句话，晚出门了五分钟，张蕾就赶上了早高峰。她看着前方黑压压的车流一动不动，得空打了个电话。

谁知张蕾她妈一副蒙受了不白之冤的腔调，抱怨张蕾和她爸一样"狗咬吕洞宾不识好人心"，说她当时放下姿态送彭大为下楼，无非就是关心了一下彭大为未来的工作计划。

"你爸那个老战友，就海南下海的那个老刘，他儿子你觉得哪里不行？"张蕾她妈就着话题说起来，"我就没看出彭大为好在哪里！先不说他没有官相，连你爸这级别的都别想了，更别说就算混到你爸这级别有啥？房子？车？你看看老刘，去年都进福布斯排行榜了！"

"如果你不是我亲妈，我肯定直接说你这人俗透了！我很怀疑，正是有你的存在，彭大为爱我都不敢娶我。"张蕾没好气地按按喇叭。

"你这说的是什么话？你多少也是个高干家的女儿，有这么对亲娘说话的吗？"

"行啦，你别端着了！从小我就怕你这套官太太理论，烦人！"

张蕾挂了电话，漫无目的地望着旁边车子上的人们：左边车上是一个跟她一样独自驾驶的中年男子，他摇下车窗，手臂搭在车窗外，手指上夹着一根烟，眼神迷惘。他是在谋划一会儿职场的斗争吗？右边车上是一对青年男女，像是在闹什么别扭，副驾驶位置上的女性试图去拉男性的手，却一次次地被男性甩开，女性双眼饱含泪水，她是在认错还是在哀求挽留？前方车子后窗上挂着一串造型各异的哆啦A梦，一个扎着羊角辫的小姑娘反身跪趴在后座上，摆弄着玩偶，嘴里还在和玩偶说着什么……

这就是烟火人间吧，喜怒哀乐都得有。

张蕾就想过这样酸甜苦辣都有的日子，轰轰烈烈地爱，干干脆脆地恨。

但是，现在她像是一个上了台的拳手，对手缺席了。

以她对彭大为这十几年的了解，他的变化一定是有原因的，关键是这个原因是什么呢？

张蕾右边的那辆车子率先踩下了油门冲了出去，张蕾发现车上的青年男女的关系还是没有缓和，那个男人怎么能对那个刻意讨好的姑娘如此残忍呢？

他一定是不再爱她了，他十有八九心里有了别人。

难道是彭大为心里有了别人？

直到后面的车子狂按喇叭，张蕾才如梦初醒般踩下了油门。

13

彭大为再次站在浩宇保险大厦的楼顶，想象着二十四小时前鲁芊芊站在这里的情景：头顶是天空白云，街面上车水马龙，对面的公安厅大楼前的旗杆上的国旗鲜艳夺目，当她看到公安系统领导目送王宇明的车辆离开时，跳了下去……

昨天他和同事第一次来到这里时，只是匆忙地做了一些常规的现场侦查工作，没有人证也没有物证，楼顶连监控录像都没有。

郑强东的遗书中说他奸污了鲁芊芊，所以自杀谢罪。

如此看来案子真是够简单明了，也非常符合逻辑：一个被侮辱的女大学生在侮辱她的男人的公司的楼顶跳楼，刚好这座楼还在公安厅马路对面，刚好那天公安厅常务副厅长和市公安局局长送女大学生的老师出门，刚好自己当时也在场……

彭大为闭上眼睛，耳边是呼呼的风声。

刚才他在浩宇保险公司走访调查，员工反映："郑总来公司这些年，工作得法，效果显著，业绩突出。""郑总平日里作风正派，对年轻人尤为关心。""郑总虽然单身,但没有听说有生活作风的传闻。"

钉在墙上的手环、吊在房梁上的麻绳、几根皮鞭、一副手铐、几根燃烧了一部分的蜡烛,屏幕上身穿皮衣的金发女人正在鞭打一个被蒙着眼的赤身裸体的男人……

从别墅区出来时,与郭晓冉交汇的眼神……

彭大为猛地睁开眼,眼前一阵眩晕,身子前后摇摆了一个来回,赶紧退回一步站稳。

彭大为回到单位,技术部门的同事已经解锁了郑强东的那部旧黑莓手机。

手机里的通讯录等信息已被彻底删除,但在邮箱的草稿箱里发现了一些类似金融产品的设计方案。

"是保险产品吗?经侦支队过来人了吗?"彭大为不懂金融专业,焦急地问技术员。

"经侦的刚走。"技术员拉把椅子,示意彭大为坐下来,"彭队,经侦支队那边的技术组的评估是这是一款金融借贷产品的设计方案,类似于现在的集资平台或借贷平台,但是方案显然落伍,按照手机里的时间线索显示,应该是至少十年前的方案了。"

"这些东西跟这些'套路贷'金融平台有关系吗?"彭大为又接过昨晚连夜审讯的初步结果,但那些复杂的金融股权结构让他眼花缭乱。

中午,彭大为躺在值班室里,窗帘严丝合缝,光线全部挡在了外面。

他疲劳却很兴奋,感觉有什么东西已经触手可及,只是还不知道这个东西到底是什么。

走廊里响起说话声和脚步声,有人推门进来,看到彭大为躺在床上,又轻轻地关上门离去。

金融产品，保险公司，套路贷，安岛集团，暮山财富……

彭大为"蹭"地坐起来，赤脚跑到桌前，电脑屏幕的光亮映在他的脸上。

他点开一个半年前的网上视频新闻："暮山财富和浩宇保险达成千亿级的合作，浩宇保险全线承保暮山财富旗下所有的金融理财产品。"

新闻播报里出现郑强东和安岛集团董事长郭孚握手合影的视频，当时的郑强东意气风发，这个叫郭孚的全国政协委员、清宁市最大的民营企业家儒雅自信。

彭大为又点开财经频道主持人采访安岛集团董事长郭孚的视频，郭孚面对镜头，声音沉稳："作为安岛集团旗下具有最大造血能力的业务板块，暮山财富现已服务上百家上市企业，本身也是一家在美国上市的公司。"

彭大为又从网上搜索关联信息，看标题都很正面："安岛集团董事长郭孚资助贫困大学生""安岛集团董事长郭孚向清宁市公安英烈基金会捐款""全国政协委员郭孚为清宁市金融创新区建设献计献策"……

这时，网页滚动新闻栏出现最新头条，使彭大为眼睛一亮："三天后，清宁商业银行会和暮山财富有重要合作发布，暮山财富将会成为同时拥有新兴财险和商业银行这两家政府信誉加持的中概股公司。"

郑强东和郭孚之间存在关系。

那黄志广呢？

彭大为从网上的公开信息查询到黄志广居然只是海洋动物馆的第二大股东，第一大股东是一家名为MAD的美国商业投资公司。

彭大为打电话给经侦支队长老赵，请其帮忙调查MAD美国商业投资公司。

彭大为感觉到即将触摸到的东西在那里了，但是还有一些专业性问题需要专家确认。现代警务只懂法律、只会玩枪格斗根本不够，必须要懂社会的各个方面的专业知识，包括网络科技、经济金融。

郑强东还是清宁大学经管学院的客座教授,这让彭大为想起一个人。他立刻打电话过去,对方答应得很痛快。

这时,胡光耀夹着会议记录本推门进来,定了一下脚,似乎犹豫了一下,还是摆出很客气的表情:"彭支队长,上班时间也别在这待着了,走吧!今天是咱们支队每周一次的党风廉政学习。"

"光耀,这次学习我先请个假。"彭大为准备出门,"我这刚约了个人。"

"彭支队长,从你任职过来,廉政学习还没搞过一次吧?昨晚我配合治安支队通宵扫黄,也没把忙工作当成忽略学习的借口和理由。"胡光耀的口吻让彭大为想起了中学时一本正经监督同学们的班长胡光耀,真是本性难移。

彭大为与胡光耀对视,压制住脾气,带了点儿讨好口气:"案件紧急。今天落下的学习我后面得空一定补上。"

"扫黑支队,打铁还需自身硬,你这个第一责任人思想到不到位,直接决定了我们整个支队……"

"光耀,有你这个政委在,我对咱支队不担心!"

"人捧人,好戏才能连台。"胡光耀话锋一转,径直出去了。

彭大为莫名其妙,但还是堆满了笑脸地追在后面:"光耀啊,你也知道现在这个案子……"

胡光耀的手伸到身后摆了摆,示意彭大为别说了,昂首而去。

彭大为有些尴尬,欲言又止。

他知道搞好班子团结至关重要,但是他最不喜欢琢磨这些玄妙的人际关系。有这些时间和精力,用在打击犯罪、对付犯罪嫌疑人身上不好吗?再说了,扫黑难道不应该出去扫嘛,坐在会议室里怎么扫?

14

彭大为不知道清宁还有这样一处风景如画的地方:芳草如茵、树木葳蕤、河流潺潺、喷泉叮咚,那栋坐落在丛林深处的欧式房子犹如一座庄园。

"这是当年澳门的一个赌场大亨的置业,他是咱们清宁本地人,有家族遗传精神病,无后,去世前就把这里捐了出来。"护工是一个快乐的姑娘,扎着一对朝天辫,看上去也很可爱,对彭大为特别热情。

彭大为在朝天辫的指引下,走进精神病院所在的那栋漂亮的小楼。

"王教授是我们精神病院最知名的义工,几乎每个周末都来。"朝天辫一脸崇拜和感恩,"王教授还经常给我们指点几只股票,我们多少都赚了些呢!真是大好人!"

彭大为跟着朝天辫走到一个房间外,白色门上的中空玻璃中间有铁丝网,王宇明正在里面给一个穿着病号服的中年男子读着什么,那名中年男子眼神呆滞地望着天花板上的灯。

彭大为敲门时看了一眼门上贴的白色金属小牌"027 苏建"。

王宇明转过身来,隔着网窗点头,示意彭大为进去。

朝天辫态度恭敬:"王教授,那我就先走了。"

王宇明放下手中的书:"遇到难解的经济问题了?"

"您认识郑强东吧?"彭大为开门见山。

"浩宇保险的老总?是我们学院的客座教授。"王宇明评价道,"他可是理论和实操结合得非常到位,有水平。"

彭大为递上一摞材料:"准确地讲,应该是一个金融问题。我不知道这些保险产品和金融产品都意味着什么,还有股市。"

王宇明接过材料,低头翻看,那个叫苏建的精神病人依然躺着,呆滞地盯着镶嵌在天花板里的筒灯。

彭大为看到王宇明刚放下的书是老子的《道德经》。

"暮山财富的理财产品设计得确实很复杂。"王宇明说了一句。

"果真跟暮山财富有关!"彭大为的怀疑得到了初步确认,热切地等待着王宇明的下文,没有注意到精神病人苏建的两颗眼珠微微动了动。

"暮山财富和浩宇保险的合作存在巨大风险。"王宇明指着其中一页。

"什么风险?"

"暮山财富!骗子!黑恶势力!"精神病人苏建忽地坐起来。

彭大为吓了一跳。

苏建歇斯底里地反复吼叫:"暮山财富!骗子!黑恶势力!"

王宇明起身,拍拍苏建以示安抚,同时用眼神示意彭大为先出去。

精神病人苏建双手用力地拍着床面,嘶吼着:"贾文军团伙是黑恶势力!我要举报!我要举报!"

彭大为听到贾文军这个名字,嘴角抽搐,犹豫了一下,还是出去了。

王宇明按下了床头的按铃,朝天辫带着医生闻讯而来。

彭大为跟着王宇明走到河流边的长条木凳上坐下。

一个老年精神病妇女在四周自言自语,好像在寻找什么丢失了的东西,还有一个模样俊俏的姑娘一言不发地倚着树干眺望远方。

王宇明望着河流中游动的青黑色小鱼:"苏建当年也是清宁大学的经济学教师。如果他不被逼疯,去美国深造就轮不到我。我从回国任教开始,每周都会来这里看望他。"

彭大为捡起脚边的一根小树枝,漫无目的地在河水里划着:"他怎么疯的?"

"他举报当年的一个黑恶势力团伙老大向境外洗黑钱。妻子被逼无奈,带着儿子离开,他最后落了一个疯癫的下场。"

有一条黑色的大鱼从茂密的水草中探出头来,彭大为手中的树枝停住了:"贾文军?"

"你认识他?"

彭大为沉默了一会儿,看到那条黑色的大鱼又缩回了水草里,继续划着树枝:"贾文军是怎么逼疯他的?"

"跟踪他妻子,让人骗他儿子从幼儿园失踪,让苏建背上奸污女大学生的名声……"

"背上奸污女大学生的名声?"彭大为忍不住重复了一遍。

"对,非常龌龊的手段。类似这种下三滥的事情还有很多,任何一项都足够逼疯一个正常人。"王宇明停顿了一下,叹了一口气,好像又说起了另外一种无关的感慨,"这个社会,有时候不逐利就不能致富,不富有就攀不上权贵,没有权贵撑腰就只能任人宰割。"

彭大为没有细听王宇明的感慨,纳闷道:"为什么不报警?"

"报警?你既然知道贾文军,怎么会不知道他现在怎么样了?"王宇明从彭大为手中拿过那根树枝,搅动那片水草,那条黑色的大鱼没有出现。

"他怎么样了?"彭大为显然被触动了。

"你看看他当年的账房先生现在怎么样了,就知道他的能量有多大了。"

"他的账房先生?"彭大为越发觉得事情变得复杂了,"是谁?"

王宇明把树枝扔进河里,站起身叹气道:"全国政协委员、安岛集团董事长郭孚。"

这时,彭大为的手机铃声响了,他迟缓了几秒钟才接起来。

"彭支队,那个美国的MAD投资公司经过三道股权手段,试图隐藏投资主体,但还是被我发现实际上是由我们中国的一家企业控制。"老赵在电话那头慢慢喝了一口咖啡。

"安岛集团?"彭大为脱口而出。

老赵呛了一下,扯面巾纸擦拭下巴:"你怎么知道的?"他也不再慢条斯理地卖关子了:"老弟,准确地讲是安岛集团旗下的暮山财富,希望彭支队下次开会不要再当着隋局的面对我们经侦这边的工作冷嘲热讽了啊!我知道上面领导都很器重老弟,但是……"

彭大为的手慢慢垂下来,根本没有听后面的话。

15

"……郭孚先生的本次举动,被视为清宁市金融创新区成立的标志性举措……"清宁早间新闻播报员在屏幕中一本正经地念稿。

郭孚换了个频道,都是记者整理的他的照片和视频,媒体聚焦即将成立的清宁市金融创新区,这是中国金融改革的重大事件,也是粤港澳大湾区在新冠肺炎疫情得到控制后的最大举措,引起了全球各国各界的高度关注,届时各国嘉宾和中国的领导人都要莅临成立大会现场。

杨韵颖从房间里出来,保姆迅速端上早餐后离开。

杨韵颖的瓜子脸原本看上去有些尖刻,但高贵的气质让她看上去没那么咄咄逼人。虽已到中年,但她一直特别注意保持体形,坚持每天练瑜伽、做按摩。

"晓冉醒了吗?"郭孚把电视声音调到小得几乎听不见。

杨韵颖瞥了一眼屏幕上的郭孚:"你醒了吗?"

郭孚坐到餐桌旁,面无表情地望着窗外的大海:"晓冉醒了吗?"

杨韵颖坐到餐桌对面:"他马上出狱,你准备怎么办?"

郭孚看向杨韵颖:"你让我怎么办?"

"你很清楚,现在能做起安岛集团,用的都是他当年的钱。"

"集团可以给他,但暮山财富是我十年的心血,我得剥离出来,大不了把他当年留下的三亿本金十倍奉还。"

"是你不了解贾文军,还是你越来越蠢了?你真以为攀上个亲家就有靠山了?你想想这个靠山的靠山又是谁!"

"所以你又去读那个什么总裁班?"

"你调查我？"杨韵颖满面愠色。

"你这是开始准备接手工作了？"

"难道这个时代还不许女性出来工作了吗？"

郭孚低头喝八宝粥，杨韵颖仰头喝鲜榨橙汁。

郭孚吧唧一下嘴，杨韵颖厌恶地皱起了眉头。

郭晓冉从房间出来，睡眼惺忪。

郭孚的脸色即刻阴转晴："晓冉，过来吃饭。"

郭晓冉磨磨蹭蹭地坐在大桌子的另外一边，背对着窗口，一家三口呈三角形而坐。

"昨晚跟小山出去了？"郭孚刻意用轻松的口吻戏谑道，"几点回来的？"

郭晓冉忽地站了起来，双手攥拳擂桌子："以后能不能别让他再缠着我？！我跟他不是一路人。"

郭孚讨好地劝解："小山哪里不好？美国留学回来的，长得帅气，金融才俊，人也稳当，家世也好。"

"家世也好才是你最看重的吧！否则你用得着上竿子把女儿嫁给一个你公司的会计师？"郭晓冉倔强地站起来。

杨韵颖无声地冷笑："是啊！一个这样大企业的董事长还打这种没水准的牌！"

郭孚忍住没发火，郭晓冉负气回屋，杨韵颖事不关己地自顾自地拿起叉子吃蔬菜沙拉。

电视屏幕上出现了记者在清宁大学采访王宇明的镜头，紧接着是彭大为拒绝接受采访仓皇离去的镜头。

郭孚拿起遥控器把声音微微调高，刚好记者在补充背景资料说彭大为的父亲曾经是清宁市扫黑英雄，十四年前在执行一次扫黑任务时牺牲，屏幕上出现的彭爱国的一张照片里还同时出现了粤中省公安厅常务副厅长刘强和清宁市公安局局长隋震霆。

　　杨韵颖盘子里的蔬菜沙拉都吃完了，只剩一个圣女果，她叉起来放进嘴里，却没有咽下去，用舌头在嘴里"踢足球"，犹如在反复思考着一个进球策略。

　　郭晓冉坐在自己房间的床上，无聊地更换着电视频道，这时屏幕上闪出彭大为的形象，记者介绍清宁市公安局烈士彭爱国的儿子彭大为出任清宁市公安局扫黑支队支队长，彭大为是中国人民公安大学科班出身，毕业后在公安厅刑侦总队业绩突出，被誉为"警界明日之星"，近期刚从公安大学进修警务硕士回来，在扫黑除恶收官之年的关键节点被委以重任必有作为，云云。

第二章　倒数第五天

1

拐上蛇形山路，车流渐稀，天还没有大亮，路灯还没熄灭，路的尽头就是青龙观。

青龙观后靠青龙山，前临青龙湾，是清宁市香火最旺的道观。根据当地出土的石碑考证，道观始建于唐朝初年，后损毁于一场匪患，1921年复建。

相传唐初一落魄书生颠沛流离，途经此处，见青龙山绵延几百里，其中有山中小溪汇聚于一处后流入大海，犹如九龙吐水。书生随口说此方神灵如能保佑我科举考中，愿修建道观。翌年，此书生果真高中状元，遂来此处还愿，出资修建青龙观。

据说青龙观有求必应，香火日盛。

胖子指着停车场里停着的唯一一辆车："师父的车子！"

钊阳不是很懂车，但一看也知道那辆林肯车子至少也得一百万以上。

两人下车，爬上九九八十一个台阶，胖子双手撑着膝盖，喘气都不匀了。

"你真要锻炼锻炼身体了，别到哪里总开车，多走走路也好。"钊阳之前就说过这句话，胖子懒，不听。

但是胖子也有他的优点，总有些别人意想不到的门道，比如今天青龙观尚未开门，便有小道士开了侧门，将胖子和钊阳带进来。

道观里两株槐树粗壮敦实、枝叶繁茂、伟岸探天、气度不凡。庞大的树冠几乎遮盖住了整个院子的上空，使得这里阴凉幽静。

小道士说去请师父，让钊阳和胖子稍候。

钊阳第一次来青龙观，细细欣赏起来。他抬头看殿前一副对联："众妙无门是谓玄之主，群魔尽扫是谓武之真。"

"这里无论是保平安、求事业，还是问姻缘，任何疑难杂症都可以求解迷津，极其灵验。"胖子从旁边供案上小心翼翼地拈了三支细香，认真点燃后插在香炉里，虔诚地跪下，撅着屁股磕了三个头。

钊阳转身看着正殿前的九龙壁，上雕九条巨龙栩栩如生，犹如随时会一飞冲天。

影壁之后可以看到远处一个现代建筑高高耸立，跟周围的环境格格不入，那是安岛大厦。

按照市里的规划，青龙山早就被划为了自然风景保护区，周边不允许开发房地产，但郭孚硬是有办法拿到开发许可证，在这块风水宝地建起了安岛大厦。

当初建在这附近，郭孚就是听一位风水大师说可以借青龙观的吉势，等盖起来后又有另外一位云游到此的大师说大厦挡住了海龙王的通道，去年又有一个泰国来的法师说安岛大厦犹如一根长钉子，把海龙王的脑袋钉在岸上入不了水……

胖子爬起来,揉着膝盖,歪头对钊阳说:"你也上三根香吧,一会儿师父出来求个签。"

"还要求签吗?"

"师父是市政协常委!"胖子翻了个白眼,不爽道,"你知道多少大领导来这里找他求签吗?只是他们是领导,不能把这些挂在嘴上说而已!"

之前,老家的老人也说过钊阳方脸大耳厚嘴,再加上虎背熊腰,是个做大事情的人。类似的话他也听到过不少,比如说他举手投足间很有气派,器宇轩昂,走到哪里都很有气场,等等。

这些半真半假的话听多了,钊阳也有些半疑半信,但是,他从来没有研究过那些东西。

今天来到这清净肃穆之地,钊阳也有了敬畏之心,心诚则灵吧,于是依葫芦画瓢般点香、磕头。

一位须眉雪白的老道士不知何时已经站在了殿前。

"道长,这是我的好兄弟,今年是他本命年,我带他来上香求签。"胖子双手合十给老道士深深鞠了一个躬。

钊阳第一次见到胖子对一个人如此毕恭毕敬,也跟着鞠躬。

老道士神秘一笑,招呼两人跟他走。

胖子和钊阳跟着老道士进了大殿,正中供奉着玉皇大帝,头戴帝冠,身着皇服,双目微合,似有所思。

钊阳在老道士的指导下,跪在掌管宇宙万物兴隆衰亡、吉凶祸福的玉皇大帝面前,闭着眼摇动签筒。

钊阳的父母去世后,他就没有下过跪。今天头一回,很不习惯,还有些忐忑。

"啪"的一声脆响,钊阳睁开眼,看到青砖上一根竹签,他捡起来端详,上刻两列阴文:"急水滩头放船归,风波作浪欲何为;若要安然求稳静,等待浪静道此危。"

钊阳看得似懂非懂,但感觉里面不都是好话,双手递给老道士求解。

老道士接过签扫了一眼,道:"现在不是你做事的好时机,易有波折,若要求安稳过难关,需要躲过风波后等待时机。"

"师父,这有解吗?"胖子也听出了这个签有规劝求签人收手的意思,可钊阳正是做事业的关键时期,怎么能缩手缩脚呢?

老道士示意二人再跟他走,三人穿廊进了一间茶房。屋子中间摆着一张八仙桌,桌后墙上挂着一幅钟馗捉鬼图。

老道士坐在一把椅子上,示意二人坐下。

钊阳热切地望着老道士,老道士慢慢地闭上眼,好一会儿,才睁开眼道:"夜路走多了,早晚遇到鬼。"

胖子打量着墙上那幅钟馗捉鬼图道:"师父,我这兄弟是干警察的,跟钟馗一样,专门捉世间小鬼的。"

"天兵召唤。"老道士沉吟许久,仿佛下了决心般的说,"给你从天界召唤一位天兵下凡护法吧。"

胖子眼睛一亮,得意地看了一眼钊阳,转过脸热切地请教:"师父,怎么请天兵啊?"

"我得画个符。"

2

安岛集团总部是矗立在青龙湾的最高建筑,经过滨海大道时必然会看到这座外层是海蓝色玻璃的现代雄伟建筑物。

安岛大厦脚下是游艇会,安岛集团的掌门人郭孚拥有游艇会中最豪华的那艘"孚冉号"游艇。这艘四层豪华游艇 2017 年下水,是在不莱梅 Lurssen 游艇公司订制的，长达 155 米，外观由 Espen Oeino 设计，内饰是 Redman Whitely Dixon 的设计作品。

安岛大厦一层大堂举架有五层楼高，只有白色和金属灰色，进出的白领男女衣冠楚楚。

彭大为到前台要求见郭孚，前台姑娘长得像某个演员，满脸含笑地婉拒："郭董事长日程排得很满，没有预约就不能见面。"

彭大为直视前台姑娘，犹豫要不要掏出警官证公事公办，姑娘直接温柔地甩出一句："就是到公安局报案，是不是也得排队有个先来后到啊？"

这时，彭大为身后传来接连不断的问候声："郭总好！""董事长早！"

彭大为转过身时，刚好和郭孚的眼神对上了。两人在屏幕上熟悉了对方的面孔，现实中遇见倒像认识了很久一般。

彭大为走上前，姑娘从前台绕出来，试图阻拦。彭大为比姑娘高了一个头，在她头顶上喊了一声："郭先生，您好！"

郭孚绽放出镜头前的招牌式笑容，泰然处之："大名鼎鼎的彭警官！警队明日之星，找我的话就请跟我上来吧。"

"今早新闻里刚见到彭警官的报道，没想到立刻就见到了真身，非常荣幸！"郭孚站在电梯里，照镜子一般打量着彭大为。

"冒昧打扰，也是有些事情需要找您了解情况。来时仓促，没预约。"彭大为发觉郭孚与自己的身高几乎持平，举止气度让人颇感舒服。

"作为合法公民，我有义务配合警方，作为政协委员，我有责任协助警方。"郭孚引领彭大为走出电梯，一拐弯就进了董事长办公室。

郭孚的办公室大概二十平方米，里面摆了一张白色的办公桌，对着灰色的沙发中间还有一个白色的茶几，一面墙上是白色的架子。

整间办公室里，最显眼的莫过于供在红木佛龛中的一尊关公像。

郭孚在关公像前,双手合十,鞠了三个躬。

"彭队长请坐!"郭孚这才一手指着沙发,并对身后的秘书道,"上茶。"

秘书应声而去。

彭大为坐下,环顾四周,沙发旁的立地玻璃墙外青龙湾尽收眼底,静谧的海面上有一艘游艇正在出海。

那面墙上的架子上半部分则摆着郭孚本人和安岛集团荣获的奖牌和奖杯:"中国民营企业五百强""粤港澳大湾区金融创新示范企业""捐资助学先进单位""中国红十字慈善家""改革开放杰出贡献者"……

架子中间还摆着各级领导人与郭孚的合影,其中一张照片是郭孚给公安英烈基金会捐款的照片,合影的领导有刘强……

"今早的预约都推后,不要让其他人来打扰我。"郭孚指示秘书放下茶离开,"我每天早上到公司,都会留出一个小时的时间健身,然后再开始工作。"

"很抱歉!健身房在哪里?或者您健身,我在旁边请教几个问题,两不相误?"彭大为也听说许多跨国公司的高管都有深夜起床运动的习惯,一是不耽误白天的工作,二是运动可以给这繁忙的一天充电。

"呵呵,那倒不必。偶尔例外一回,也是对教条生活的调剂。"郭孚给彭大为倒茶,"彭队长这几年不在清宁吧?"

彭大为按按茶杯沿儿示意感谢:"我刚从公安大学读完警务硕士回来。"

郭孚赞赏的口吻很诚挚:"公大是中国高级警官摇篮,您是名副其实的警界明日之星,前途不可限量啊!"

"公大是好学校。"彭大为从小就不太习惯听别人当面表扬自己,只好含含糊糊地同意对方对母校的赞扬。

"我最敬佩警察!"郭孚诚恳道,"没有警队这些年的保驾护航,我们这些做生意的人能赚什么钱呢?想想以前的清宁多乱啊!"

彭大为突然想起郭孚是全国政协委员了,想必是对政府部门的套路十分谙熟,对话如果这样进行下去就毫无意义了。

"您信关公啊?"

"彭队今天也颇有当年关公单刀赴会的胆略啊!"郭孚拉开架势,摆开了龙门阵,"今天我就算是关公面前耍大刀了。关公代表着对国以忠、待人以诚、交友以义、处世以信。这些既是我们中国传统文明的精髓,也是现在这个社会亟需的品质。我听说以前香港警队的一位华人长官为了鼓励下属做到公正勇敢,就在自己的办公室里挂起了关公像,后来众警察跟着模仿起来。"

彭大为对这些早有所知,点头表示赞成,思忖如何开口摆出今天的主题。

"您是忠义之人,我不会看走眼的。"郭孚像是地下党确定了接头人的真实身份后,放下心来,满面赤诚,"今天来找我,是因为暮山财富吧?"

"您知道我来的目的。"彭大为一度萌生惭愧,对待郭孚这样的人有必要如此处心积虑吗?是不是自己有些先入为主了?

"其实我也有很多话想说,但是没有找到机会。"郭孚仿佛一肚子的委屈终于找到了可靠的倾诉者,"暮山财富表面上是安岛集团的金融板块,实际上这些年也不完全受我控制。"

"哦?"彭大为马上又生出警惕心,他想起了老赵调查到安岛集团经过三道股权手段,隐藏投资主体,通过美国的MAD投资公司控制清宁海洋动物馆,郭孚应该对金融手段和资本运作十分娴熟。

"首先,我是一个搞实业的人,并不懂得金融资本运作,这一块业务并不是我负责。其次,暮山财富暴露出来的问题归根结底也不是我能解决的。"

这些话出乎了彭大为的意料,他望着润展开来的茶叶悬浮在杯中,手指慢慢转动着杯子,试探着问道:"您的意思是暮山财富失控了?"

"没有失控,是一直被一个叫贾文军的黑恶势力团伙老大原来的马仔在利用。"郭孚似乎打算把所有的烦恼一吐为快,"之前不断有人举报,当然也有报案的,外界对我也有许多负面评价和传闻,但那些犯罪事实我确实不知情。"

彭大为的目光下意识地扫向架子上的照片，他没有料到此行如此顺利。

郭孚起身站在落地玻璃前，望着被东升的太阳照得金光灿灿的海面，一架飞机正昂首冲向天穹。"我的事业是伴随着清宁市经济的腾飞而发展起来的，对这座城市充满了感情，也对这里的市民有着深厚的感情，但是有光明就会有黑暗，有真情就会有罪恶。"他说。

既然郭孚如此坦承，彭大为也不想再扭扭捏捏了："那您和贾文军有什么渊源吗？"

"我刚入行的时候，给贾文军做过一段时间会计。"郭孚深深地叹了一口气，悔不当初，"那时候的我比您现在还要年轻，并不知道他这个人的本质。"

"那您跟郑强东认识吗？"

"认识，好多年前他曾在安岛的产品开发部工作过。"郭孚转过身来，背着光，彭大为一时间看不清郭孚的神情。

"近期有过什么往来吗？"

"他的浩宇保险前段时间跟我们达成了一个协议，在签约仪式上见过。"郭孚从容地坐回沙发，身体朝着彭大为倾斜，像要悄悄地诉说一个秘密，"他自杀后，我才敢相信之前的传闻都是真的，之前我以为那都只是他的隐私，现在看来没那么简单。"

"什么传闻？"彭大为猜到郭孚说的应该是郑强东阁楼上的那些秘密。

"性瘾跟性欲旺盛可不是一个概念，那是一种侵占和强迫思维，过后会让人沮丧和羞愧。"郭孚直起腰，像是在学术研讨会上发表对一个科学问题的观点。

彭大为之前在学校的课堂上接触过这个问题。性瘾和毒瘾、酒瘾类似，会让成瘾者紧张，比起与众不同的生理不适，更恐怖的是那种失控感。但这个问题显然并不是谈话的重点。

"能再谈谈您和贾文军的关系吗？"

"不是每个人都能像彭警官这样刚入社会就走上了一条阳光大道。"郭孚仿佛陷入了对往事的回忆中。

"可以跟我讲讲您当年是怎么跟他认识的吗?"彭大为欠欠身,"您这里可以吸烟吗?关于这个人的问题,我会问得比较多。"

郭孚从茶几下面摸出一条高档烟,边开塑封边道:"我愿意将所有事情坦诚相告,其实这些也没有什么不能说的。"

3

彭大为走出电梯间时,前台姑娘刚好在给一位客人指电梯间的方向,当她看到彭大为时,两人双双点头示意。

彭大为出门左转,滑动手机时跟一个低头看手机的姑娘撞到了一起。

"彭警官!"郭晓冉愕然地望着彭大为,刚才屏幕上的人此刻就出现在眼前,只是今天他出门没有刮胡子,下巴冒着胡茬。

"郭晓冉?"彭大为也很意外,"你来这里做什么?"

"这个问题应该是我问的。"郭晓冉调皮地眨眨眼。

彭大为一拍脑门儿:"你是郭孚的女儿!"

"恭喜你,答对了!"郭晓冉看到彭大为的样子有点儿傻,想笑,又突然意识到什么,"彭警官来这里是为了查案子?"

彭大为还没吭声,肚子"咕咕"叫了起来,"唰"地脸红了,也忘记了要说啥,谁知这时候郭晓冉的肚子也"咕咕"叫了一声。

"刚才你爸喂了我一肚子茶水。"彭大为尴尬地摸摸肚子。

"他早上可是没少吃!"郭晓冉落落大方道,"为了尽地主之谊,我请辛苦的彭警官吃早餐吧!"

"这里有餐厅?"

"这里只有钱。"郭晓冉鼻头微皱。

彭大为挠挠头,反应过来:"为了感谢你提供的线索和帮助,还是我这个挣工资的请你吃早餐吧。"

彭大为上了车子,瞄了一眼反光镜,自己胡子拉碴的很憔悴,显老。

他发动车子时,还在后悔刚才自己怎么会挠头,这个动作太幼稚了。

郭晓冉吸吸鼻子,烟味儿、方便面味儿、汗味儿、脚臭味儿,各种味道掺杂在一起,渗透进了车子的每个角落。

"你住在车上?"郭晓冉瞥了一眼车后座上的警服,还有一双黑色的皮鞋。

彭大为的注意力倏地从视觉转移到嗅觉,脸开始发热:"我这两天才开始用这辆车。很多人曾在这辆车上住过,干我们这行嘛……"

"你穿警服时更帅。"郭晓冉打量着身着牛仔裤旅游鞋T恤衫的彭大为。

"你见过我穿警服?"彭大为第一次穿警服时就觉得特别熨帖,像是披上了一件有神奇魔力的战袍。

"你不知道自己今早上新闻了吗?"郭晓冉伸着脖子,打开汽车音响,钢琴曲流淌出来,是她也很喜欢的《梦中的婚礼》,"你也喜欢钢琴曲?"

彭大为还没来得及想好如何回答她前一个问题,就先回答了后一个问题:"嗯,一直爱听钢琴曲,但是不会弹。"

郭晓冉继续问道:"你知道这首曲子的创作背景吗"?

"不知道。"彭大为在等红灯时,发现车外的阳光照得郭晓冉嫩白的颈子似乎凝着一层柔滑的羊脂玉。

彭大为修长的手指随着钢琴旋律轻轻敲击方向盘:"我想应该是一个悲伤的爱情故事。"

"为什么这么觉得?"郭晓冉看着彭大为的手:修长、有力,却看不出骨节和青筋,皮肤还闪着亮泽。

她的心随着车子的发动而一颤,有股子莫名的感觉涌上来。

"难道你不这么觉得吗?"彭大为调皮地朝着郭晓冉眨了眨眼,他又忽地意识到自己这个表情似乎有些轻浮。

"或许吧,其实喜欢什么音乐和从事什么职业不同,还是跟人的心性有关。"郭晓冉若无其事地瞅了彭大为一眼,他的眼睛里似乎透着一丝若隐若现的迷茫。

她想起以前母亲曾跟她说喜欢钢琴的人自我认知感强却又不以自我为中心,有独立的内心空间。

"你也喜欢钢琴曲?"彭大为觉察到郭晓冉在观察自己,于是主动开口。

"喜欢,也弹。"

"哇,你还会弹钢琴啊!"彭大为很意外,也很惊喜,"你是我生活中认识的第一个会弹钢琴的女生。"

"不会吧!很多人都会弹钢琴的。"

"我是上大学时才喜欢钢琴曲的,大学里我们区队有个男同学倒是会弹钢琴。"彭大为补充道,"我读的是警校,我们的区队就是你们地方大学的班级。"

"是公安大学吗?"

"本科硕士都在那里读的,如假包换的警校生。你去过我们学校吗?"一有他校女生提到公安大学,彭大为就总会有种自豪感,读过公大的男生都懂得。

"年纪大的很多男生都有行侠仗义除暴安良的梦。"

"如果让我选择读博士的话,如果允许的话,我倒是想读个军校。"彭大为突然意识到郭晓冉之前的话里有其他的含义,"你是说现在的男生不喜欢当警察了?"

"好像都更喜欢学艺术,学经济,这种能得名得利。"

"可能是你的一点小偏见吧。就好像我以前以为学经济的女生都是很精明的。"

"你怎么知道我不精明呢?"郭晓冉忽闪着眼睛,"你是想说我笨?"

"不不不！不是这个意思，就是我觉得……"彭大为恨自己笨嘴笨舌，"就是你的这个气质和爱好，真的更像学艺术的，不像是跟钱有关的那类专业的。"

"任何科学都和艺术一样，都是将隐藏在繁杂表象内部的美用相对简单的形式表达出来，从而让所有人能够感受到。"郭晓冉没有意识到今天自己特别有表达的欲望，"马克思·普朗克喜欢弹钢琴，爱因斯坦喜欢拉小提琴，这种情况简直数不胜数。"

"我明白你的意思，科学和艺术虽然是理性和感性的两极，但其本质都是在纷乱中寻找秩序，在想象中寻找本质。"

郭晓冉雀跃地鼓掌："没错，就像你们刑事科学，其实侦破案件也是同样的道理。"

彭大为也笑了起来，感到一种自在的、享受的，拥有共鸣后的快乐。

郭晓冉也看出来了，如果彭大为没有开车的话，很可能会跟自己一起鼓起掌来。

她从反光镜中偷偷打量，试图把身边这个男子与十四年前的那个少年联系在一起，但还是没有把握，可能只是一种一厢情愿的联想吧，她在犹豫要不要开口问下……

彭大为点了一脚刹车，毫无防备的郭晓冉猛地往前栽了一下，一抬头看到车前方有一只大黄狗正昂首挺胸地穿过马路，怡然自得地迈上了行人道。

"上次因为一只猫。"彭大为抱歉地看着郭晓冉，"到了！"

郭晓冉这才发现已经到了曾经常来的地方，车门打开时，一股熟悉而诱人的香味扑面而来。

4

清宁人在味觉上尤为挑剔，无论经济发展速度快慢，当地人对于美食的追求和创新都从不曾改变。这其间，那些隐匿于街头巷尾、坚如磐石的老字号，历经了岁月和无数老饕们舌头的考验,其中就包括"盛记"。

"盛记"是清宁市的老字号,也是老清宁人的旧时记忆,最有名的是它的双绝:鲜鱼粥和鲜虾云吞面。店家每天深夜两点半就开始用大骨、干贝、瘦肉熬煮高汤,然后把汤一分为二,其一加入米后大火熬一个小时,再用文火煲四个小时完成,其间会加入当天的新鲜鱼片、鱼球、鱼鳔等粥料,这样精心熬出来的粥入口绵滑、鲜甜无比,一碗粥尽显功力;其二下鲜虾云吞面,面条细如秀发,每一颗云吞里都包裹着一个新鲜虾仁,撒一些胡椒粉,那浓郁的香味不要太好吃。

大家都叫"盛记"的老板"盛伯",他们两口子当年来清宁时刚结婚,如今已经六十岁了。盛伯长得像香港演员曾志伟,无论是敦实的身形,还是手舞足蹈的举止都像。

"哎,靓仔好久没见了!快坐!"盛伯热情地招呼彭大为,顺眼打量郭晓冉,边擦桌子边朝彭大为笑,好像在赞叹他找了个漂亮女朋友。

老板跟食客们都是老相识,殷勤地相互打招呼,抱着一摞碗筷往后厨走。

彭大为看到一个小桌上的客人刚吃完离开,立刻拉着郭晓冉健步迈过去:"你坐着,我去点。"

有那么一刹那,她不想让他松开手,他的手传递给她一种亲切的力量感和安全感,像一股电流从手心传到了心里。

店里都是浓汤和海鲜的味道,热闹而有人情味儿的市井景象。

郭晓冉看着彭大为排队,看着他跟老板寒暄着什么,过了一会儿又看到他自作主张地端着两个满汤的碗走过来,他高挑的身材在清宁当地人中鹤立鸡群,小心翼翼的动作像是踩着高跷耍杂技。

"一碗鲜虾云吞面,一碗鲜鱼粥,你先选!"

"我要云吞面!"郭晓冉恨不得欢呼雀跃。

彭大为三下五除二喝完了一大碗海鲜粥,擦着汗,意犹未尽地看着郭晓冉吃云吞面,恍然觉得自己好像很久很久没有跟女孩子单独一起吃饭了。

"你怎么吃得这么快?"郭晓冉惊讶道。

"以前在学校军训时养成的习惯,不快怕吃不饱。"

"有这么夸张?"

"对于警察这个职业,有时候时间就是生命。"

"那跟我一起吃饭,是浪费生命吗?"郭晓冉好像就没打算得到彭大为的回答,埋下头喝汤。

彭大为不知道该如何回答,她有点特别,关注的点跟很多人不太一样。

郭晓冉吃了两颗云吞和三分之一的面就饱了,歉意地抬头看彭大为。

彭大为也不见外,把碗端到自己面前,三下五除二吃得干干净净,仰脖子把汤也喝干净了。

郭晓冉看着他上下跳动的喉结,递给彭大为一张面巾纸:"你多久没吃饭了?"

"如果不是昨晚没睡好,我还能再来一碗!"彭大为一手摸摸肚子,一手向老板摇摇,毫不在意道:"当警察的不都这样?吃得比猪差睡得比狗晚。"

"很多行业也这样,像我爸这样,也还是起早贪黑的,表面风光,其实也不容易。"

老板殷勤地送上一壶茶,彭大为把收拾好的碗筷递过去:"再来两杯珍珠奶茶吧!"

"男警察也喝奶茶?"郭晓冉像是发现了新大陆。

"男警察也是人,普通人!我还爱吃冰激凌呢!"彭大为嘴巴上叼着一根还没点燃的烟,随着他嘴巴的翕动而摇摆。

郭晓冉越发觉得眼前的彭大为有着男孩子气与硬汉气质的奇妙融合,这使他不仅看上去没那么诡异,反而颇有些不同凡响。

"小时候我爸常带我来这吃,那时候这家店还没做奶茶。"彭大为望着街上车水马龙,指了指斜对面,"以前对面那个人民公园门口就有很多大排档。"

他眯起眼,突然想起了他失去处男之身的夜晚,也想起了张蕾……

听到"人民公园",郭晓冉的心猛地一跳,敏感地察觉到了彭大为眼中闪过的黯然,那种黯然像是一个受了委屈的小男孩,她不知道为何突然就对这个并不熟悉的男人说出了这样一句话:"我妈妈还活着的时候也常带我来这里吃云吞面。"

彭大为意识到自己不小心触动了郭晓冉的伤心事,有些不好意思,起身道:"我去取奶茶。"

等他端着两杯奶茶转回来,郭晓冉单手托着下巴抿嘴笑道:"感谢你!好久都没有人请我了。"

"怎么会?你这么漂亮!"彭大为脱口而出,忽然意识到什么,赶紧凑到吸管上猛吸了一口奶茶。

"没关系啦!我妈去世以后,我爸越来越富有,我也没再出来吃过。"郭晓冉低头喝了一口奶茶,惊喜道,"真好喝!"

"会让你变成胖妞的!"彭大为看着眼前的笑脸在晨光的照射下格外纯真甜美,不禁心有感慨,也许这就是当警察的意义所在吧,让身边的人每一天都能沐浴着阳光,灿烂地微笑。

"不会,我随我妈,怎么吃喝都不会胖!"郭晓冉打量彭大为瘦削的脸庞,"你应该多吃点儿。"

"其实我饭量很大的。刚才不是说了嘛,毕业就干刑警,上案子的时候饥一顿饱一顿的习惯了!"彭大为捂着嘴打了一个哈欠。

"你这个脸型适合留圆寸。"郭晓冉从第一次见到彭大为就发现他额头饱满宽阔,五官立体大气,头发又黑又粗,留圆寸简直太适合不过。

"我从小学就一直留圆寸的。"彭大为拂起额头上的刘海,"后来留了疤,怕丑,就把头发留长了一点儿。"

郭晓冉看到彭大为发际线边界上那个疤痕时,怔怔地问道:"你这个疤怎么弄的啊?"

"就在那儿弄的!"彭大为随手指向人民公园,"那时候我调皮,喜欢打打杀杀的。"

"那时候你多大?"郭晓冉的心怦怦直跳,低头喝奶茶。

"十七八吧。"彭大为不想回忆那段时光,转移话题,"还是谈谈鲁芊芊吧。"

郭晓冉握着吸管习惯性地搅动着奶茶里的黑珍珠,心湖涟漪悠悠荡荡。

"哎,别难过了。不愿意提就算了,我不强迫你。"

"你真的觉得芊芊的死跟我父亲有关?"

"你见过黄志广吗?"

"鲁芊芊第一次去海洋动物馆就是我带她去的,去年'五四'青年节我们有个志愿活动。你刚才为什么要去找我父亲?"

"你了解鲁芊芊和黄志广还有郑强东的关系吗?"

"什么关系?我不知道你到底想问什么?难道芊芊跟我父亲也有什么关系?"

"不一定是跟你父亲直接有关,但与跟你父亲集团的暮山财富相关联的那些'套路贷'公司有关。"面对郭晓冉纯洁的眼神,彭大为没有全盘托出自己的直觉和判断。

"你在说绕口令?"郭晓冉听出了彭大为话里有话。

"我在说人命。"彭大为加重语气,"你没有见到鲁芊芊的尸体,见到了就不会觉得我在开玩笑。"

"芊芊是我最好的朋友,我也很难过,但我父亲不可能是坏人,我了解他的。我愿意帮你调查,证明我父亲的清白。"郭晓冉像是小学生在向班主任做保证。

彭大为有些意外:"让你帮忙调查你父亲,如果一旦查出罪证会让你一生内疚……"

"你杀过人吗？"

彭大为一时间不知道该怎么回答这个问题。杀人在许多宗教中都是一种罪孽，但是法律赋予人们有些特定的条件下可以"合法"地杀人，比如警察在执行任务时。但是就这么一个简单的问题，之前也曾困扰过彭大为很久。

"你愿意听我讲我第一次见到杀人场景的经过吗？"彭大为不知道为何想对郭晓冉倾诉那次的经历，那件事情对他影响很大。

那是彭大为从警的第二年，在追捕一名背负七条人命的在逃犯。

当时，粤中农业银行的运钞车被一名戴着帽子的蒙面歹徒劫持，劫匪开枪打死了押车的三名保安和营业间准备交接头寸的两名出纳员，同时还抢走了两支微型冲锋枪和二十多发子弹。银行分理处的两名女职员按响了柜台下的警铃，慌乱之中歹徒将钥匙扭断在运钞车后厢门，抢劫未遂的匪徒仓皇跳上劫持的出租车夺路而逃。逃窜途中，丧心病狂的歹徒又开枪打死了一名过路行人，打伤三人，并将一名三岁小女孩严重撞伤。

当时，粤中警方在巨大的社会舆论压力下多月缄口不言，一直专注破案。最终把目光紧紧盯在一个与嫌犯有关系的女人身上。

警方紧追不舍，终于在一个夜晚包围了一个山窝里的院子。冲进去后，却只按住了被窝里的那个女人。

那天晚上是彭大为所在的省厅刑侦总队和钊阳所在的清宁市局特警支队的联合行动。那个女人被控制住时，居然回头狞笑，钊阳一枪托狠狠捣在她脸上，那女人闷哼了一声窝在了墙角，脸痛得变了形，额角的血滴答滴答地淌了下来。

彭大为催问嫌犯下落，这名女子就是不说，只是狠狠地瞪着钊阳。就在彭大为束手无策之际，那个女人突然探身从枕头底下摸出了什么。

说时迟，那时快，钊阳搂抱着彭大为腾空向后仰倒的同时，向那个女人射击。一声巨响掩盖了枪声,随之而来的猛烈的气浪将在场民警生生掀飞。

"我不确定到底在空中飞了多久才着的地,耳朵里只有嗡嗡的声音,我再次失去了知觉。那种嗡嗡声一直伴随着我,一时间我忘了身在何处。当视听功能逐渐恢复后,就感到后背和手臂一阵刺痛。我慢慢地坐了起来,整个头颅像是要炸开一样疼痛。"回忆起那段经历,彭大为记忆犹新。

"那个女人做了什么?"

"她引爆了一个仿制手雷。当时我于心不忍,如果不是我大哥见机行事,我可能早死了。"

"那个劫匪呢?"

"两天后被我当场击毙,当时他在幼儿园看他女儿。"

"你们当着他女儿的面开的枪?"郭晓冉不愿相信。

"没有办法,他先开的枪。"

"是你开的枪?"

"我和另外一名同事同时开的枪,也都打中了他,但法医说应该是我的那颗子弹要了他的命。"

"如果有一天我父亲真的犯了罪,你也会杀他吗?"

"出于警察的职责会。"

"我父亲绝对不会犯罪!"郭晓冉按捺不住站起来,这次她的口吻虽然笃定,但还是像一个孩子,一个为父亲辩解的孩子。

"你父亲认识鲁芊芊吗?"

"不认识!"郭晓冉毫不迟疑。

"鲁芊芊原本要去你父亲的公司实习,后来又怎么去了郑强东的公司实习?"

"当时我帮芊芊联系了去我父亲那里实习,但是她没去过一天。我也是过了一周才知道她去了保险公司……"郭晓冉慢慢地坐下,似乎找到了一个合适的解答,"我想是实习薪金的问题吧,这个芊芊没有跟我直接说,我猜的。"

郭晓冉观察彭大为的表情,补充道:"安岛这种大型企业知名度高,但是薪酬并不高,实习生的补贴就更低了。所以,芊芊选择去郑叔叔那里并不奇怪。"

"郑叔叔?你跟郑强东很熟?"

"他就住在我家小区,是邻居。"

彭大为用眼神质问郭晓冉:"你为什么不早说?"

郭晓冉和彭大为对视,渐渐地眼眸中漫上了一层水雾,继而有泪珠从眼角滚落下来。

彭大为的心软了下来,他从小害怕见女性掉眼泪,但今天才第一次体会到了一种感觉,叫怜惜。

彭大为送郭晓冉回安岛大厦时,郭晓冉下了车,让彭大为开车走。彭大为催着让她进楼,郭晓冉一边往楼里走一边回头,直到有车子直按喇叭催促,彭大为才驶离。

5

"我会犯罪?"郭孚伏在办公桌上,匆忙地翻阅着一个复杂的计划书。

"那你敢看着我的眼睛保证吗?"郭晓冉双手撑在办公桌上,她突然发现父亲的头顶居然出现了几根白头发,这是什么时候的事?父亲年轻有为,英俊倜傥,怎么会有白头发呢?对了,他什么时候居然戴上老花镜了?他的视力不是特别好的吗?

郭孚摘下老花镜,闭眼靠着椅背,叹了一口气:"晓冉,社会上现在流行一种仇富心理,你知道的。"他慢慢睁开眼道,"我是如何从底层摸爬滚打到这个位置的,你从小到大是看到的。"

"那你能发誓自己从来没有放'套路贷'害人吗?"郭晓冉想起刚才自己在彭大为面前的信誓旦旦,她需要父亲给自己一个明确的答案。

郭孚拍案怒道："那个小警察竟然靠欺骗你这样的小姑娘来调查我,真卑鄙！一定是他跟你说了什么！"

"彭大为不是卑鄙的人！"郭晓冉不假思索地继续质问,"我问你郑强东叔叔为何突然自杀了？"

"我怎么知道？我还奇怪呢！"郭孚被逼无奈一般,"我听说,好像是跟你那个跳楼的女同学……"

"爸爸,我看到郑强东叔叔死之前曾与你发生过争吵,就在咱们家。"郭晓冉鼓起勇气说了出来。

郭孚站起来,瞳孔慢慢地缩小,强压住怒火："我跟你妈妈还争吵……"

"她不是我妈,我跟你说过一万遍了！"郭晓冉手指着关公像说,"你让我跟成小山在一起,是不是因为你做了亏心事,被人抓住了把柄,你敢在关公面前说实话吗？"

"啪！"郭孚抽了郭晓冉一巴掌,但立刻就后悔了。

郭晓冉倔强地与郭孚对视,左脸颊上渐渐出现了一个红掌印,她恨恨道："从你跟那个女人结婚开始,我就知道你会越来越坏！"

"你太天真了,活在温室里,以为简单的良心就可以让人一生过得心安理得。"郭孚第一次用沉重的口吻对女儿说话。

"可是人必须摆脱良心的谴责,否则只会造成更大的罪孽。"郭晓冉针锋相对,毫不退缩。

"良心？我可以对你讲良心,因为我爱你！因为一个才认识两天的小警察就怀疑你的父亲,你对我这个做父亲的讲良心了吗？！"

6

杨韵颖到清宁大学时有点紧张,今天是她报的金融高级总裁研修班第一次上课。

学术报告厅前的停车场停满了车。杨韵颖开着车子绕着停车场转了两圈，好不容易看到有一辆车子要走，赶紧绕过去，就在她准备往那个车位倒车时，一辆黑色的福特越野车抢先一把倒了进去。

杨韵颖摇下车窗，按喇叭，那辆黑色福特越野车上下来一个气质儒雅的男子，听到喇叭声，闻声看来，两人眼神一对，杨韵颖立刻不按喇叭了。

王宇明踱到杨韵颖的车前，像一个亲近的老朋友般问候："没想到在这遇到你。"

杨韵颖没正眼看王宇明，目视车前方："你何时回来的？"

"你真是深闺贵妇，大门不出二门不迈啊！"王宇明一副难以置信的表情，"你现在不看新闻了吗？"

"你的意思是混出点名堂来了？"杨韵颖无声地冷笑，"你也报了总裁班？"

"前些年，在国外混了个经济学博士，清宁大学聘我回来。"王宇明把夹在腋下的教案抱到怀里，以兹证明身份似的，"我是给总裁班授课的，你还下车吗？"

"这个班学费贵，据说现在国外的经济学博士学士得来也不经济。"杨韵颖看到前方终于有一辆车驶离，一脚油门停了进去，拿了车钥匙，昂首挺胸地迈上了学术报告厅前的台阶。

王宇明每次给总裁班授课，都会忍不住感慨：现在中国怎么会有这么多的总裁？

清宁大学办的这个研修班以学费昂贵著称，还期期爆满。现在经济蒸蒸日上的速度有这么快吗？

学员们与其说像是坐在课堂上听课，倒更像是来参加交际晚会的。加之许多学员原本就相互认识，呼朋引伴，寒暄介绍，一派其乐融融的氛围。

杨韵颖坐在报告厅的最后一排，腰板挺得很直，因为这座报告厅是安岛集团捐赠的。捐赠的理由没几个人知道，但杨韵颖记得很清楚：那正是郭晓冉高考前举行的仪式。

一个丰满的女老板迟到了几分钟,从后门直奔到杨韵颖旁边落座,悄悄说起话来。

今天王宇明是头讲,题目为《经济金融形势与企业家金融思维》。

"由于新冠肺炎疫情暴发,各国过去十几年来所累积的各式各样的金融风险问题不断暴露和爆发。而这一切还只不过是下一场更大的暴风雨前的平静。"王宇明依然在围绕他的"临界点"概念展开观点。

"哇,这老师挺有男人味儿的啊!"杨韵颖身边的女老板刚刚办完了离婚,从前夫那里分得了一大笔财产,正在迎接新生活。

"现在都是老少配,你应该再找个年轻的。"杨韵颖的嘴唇几乎没有动,目不转睛地盯着前方大屏幕上的PPT,像是怕那位女老板听不懂,她又补充了一句:"要找大的,那也没必要找个教书匠。"

"呦,杨总!你是真不知道还是假不知道,现在可不是从前那个年代了,经管学院的教授哪有穷人啊,个个都是绝对的长线潜力股!"女老板话音未落,手机铃声突然响了,有人扭头向后看来,女老板慌忙挂断手机,抱歉地看着总裁同学们,她可不想花了这么多钱来这里还被人鄙视。

杨韵颖目不转睛地望着前方大屏幕,像是被一道题迷住了。

7

彭大为送郭晓冉回安岛大厦后,直奔清宁海洋动物馆。

车子行驶在滨海大道上时,他眼前不断浮现出郭晓冉的一颦一笑,那神情似曾相识,但又说不上到底在哪里见过,难道这就是传说中的自作多情?

这时,有电话进来,彭大为的心猛地跳了起来,下意识地接起来,没想到是张蕾,彭大为不免有些失望,还有一些说不出的奇怪。

"你为什么不接我电话?"张蕾总是这样直来直去。

"我在忙案子。"彭大为不知何时开始抗拒与张蕾,以及和她有关的人和事接触。

"就像你当年逃学时总跟老师说你被自行车撞了一样,幼稚。"

彭大为看到了前方的景点交通指示牌:"我现在真的在办案子,这几天迫在眉睫了。"

"你是不是总拿忙于破案,来当作自己不知如何处理感情问题的借口啊?"

"我真的在破案,要挂电话了。"彭大为挂了电话。

他见过不少在事业上风风火火、干脆利索的姑娘,在感情上反倒总是纠缠不清,而且她们大多被人看作是女强人。

但对于张蕾,彭大为总有一些愧疚感。

"你认识郭孚吗?"彭大为单刀直入。

"我有回答这个问题的义务吗?"黄志广倒茶的手微微一颤,但下一句就肯定了这个问题,"这与鲁芊芊的自杀有什么关系?"

"是否有关系,由我们公安来研判。"彭大为想要一个正面的回答,再次质问,"你认识郭孚吗?"

"安岛集团的郭孚?清宁谁不认识他?大概在一些商务场合见过吧,我记不清楚了。"黄志广接了一个电话,刻意压低声音却又保证让彭大为能听清楚,"别催了,让司机在门口再等我一会儿,最多五分钟!"

"鲁芊芊手机里联系最多的是你和另外一个人,那个人现在也死了。"

"你是担心我也会死?"黄志广一笑,拎起西装外套,站起身。

"黄总,从我们专业角度讲,超过一半的被杀的人并没有意识到自己的生命有危险。"

"被害人学?我好像看过这方面的书,前提是得有被害因素,我有吗?只是因为一个我认识的女大学生自杀了,然后就有人要杀我?你不觉得这个说法很不符合逻辑吗?"黄志广往门口走。

"你要去哪里?"

"我现在已经是犯罪嫌疑人了吗？彭警官是要限制我的人身自由吗?"黄志广有生怕没有利用好法律手段保护好自己的那种敏感。

"如果你不配合,我只能再向你的妻子了解情况了。"彭大为早已了解到黄志广的岳父是香港地产大亨,他对岳父家很是忌惮。

"你威胁我?"黄志广瞪着彭大为,犹如见到了一个卑鄙小人。

"你怎么理解都可以,但是我需要你把所知道的一切告诉我。"

"无可奉告！有问题直接联系我的律师。"黄志广疾步穿过水族馆,逆着进门的游客而走。

"0085229232588……"彭大为低头念着手机上的一个香港电话号码。

黄志广站在地下馆门口,停下脚步,犹豫了一会儿道:"鲁芊芊问我要钱,我不想给。"

"她要多少钱?"

"三百万吧,人民币。"

"她需要钱还债,你给不了这么多吗?"

"我当然给得了,这些钱在清宁也就够买一个大点儿的厕所吧！但是,我不想给。"

"为什么?"

"成年男女两相情愿,我当然不该给钱。三百万,我可以找多少比她还漂亮的姑娘?"

"这笔钱可能会救了她的命啊！"

"这就是她的命！谁都救不了。"

彭大为在海洋动物馆门口,看着黄志广上了黑色的奔驰车离开,这才觉得此人如此卑劣,免费"嫖"一个女大学生,即使鲁芊芊被逼债自杀也毫无怜悯之心,这个世界上怎么会有这样的男人?

彭大为开车,刚出了海洋动物馆左胎就爆了,车子歪歪扭扭地跑偏了数十米才抛锚。

彭大为定了定神,到车的后备厢取出备胎和千斤顶,蹲在地上,眼睛盯着手中旋转千斤顶的摇柄,脑海中试图勾画一幅与鲁芊芊有关的人物关系图:黄志广和郑强东都与郭孚有过商业合作,鲁芊芊和黄志广有过男女关系,郑强东被杀后伪造的遗书说他强奸了鲁芊芊,鲁芊芊当初要去郭孚那里实习却最终没去……

郭孚似乎与一切麻烦都撇得很清,但真的是那么清吗?

突破口到底在哪里?

8

"贾文军被抓进去以后,黑道的气焰消停了一段时间,很快就又开始暗流涌动。"刑侦支队政委老牛右手拧灭烟头,左手又接过彭大为递过来的一支烟,叹口气道,"这是我退休前最后一次戒烟,你还拉后腿!"

"戒烟的梗在警队都俗得没人愿意提了吧!"彭大为试图把老牛手上的烟抽回来,却被老牛拦住。

"我下个月就办理退休手续了,以后这个梗我不掺和了。"老牛给自己点上烟,美美地吸了一口,"话说,你爸才是个有毅力的人!当年说戒烟就戒烟!你知道他为什么戒烟?"

"因为我。"彭大为摆弄着手里的打火机,突然不知道该不该点这支烟。

"为了生个健康聪明的孩子,他强行戒烟。当时我比你现在还要年轻,也根本不信。"老牛吐出一口青烟,烟雾弥漫在他的脸前,前尘往事袅袅而来,"我乍一看你,真是跟你爸年轻时候几乎一模一样。"

"人类拥有强大的基因。"彭大为想起在学校有老师专门研究基因对犯罪的影响,西方一个大学的团队对比两千个青少年的基因,发现其中某一种基因突变的青少年加入黑社会的概率是那些该基因正常的人的两倍,而且那些基因变异的帮派成员使用暴力的可能性也更大。

老牛端详着彭大为的五官,好一会儿才说话:"虽说干咱们这行的牺牲并不罕见,但我从警半辈子见过同行牺牲的有三个。我就是觉得你父亲的死有蹊跷。"

"什么蹊跷?"彭大为的血液忽地燃烧起来。

"我没有具体的证据,就是一种感觉。"老牛起身把办公室门关上,坐回来后小声道,"我也是要退休了,才忍不住把憋在心里的话说出来,希望这都是我的胡思乱想……"

彭大为咽了一口口水,下意识地抿了抿嘴唇,他期待又害怕老牛说出什么骇人听闻的事情来。

"你知道那晚现场活着的人只有隋震霆和贾文军。"老牛把烟掐灭,又给自己点上一根,"你父亲和贾文军的保镖都是中弹身亡。"

"有什么疑点吗?"

老牛帮彭大为点上烟,道:"你爸和隋震霆当年可是'扫黑双雄'啊!在警校的时候他俩都是神枪手。后来隋震霆和贾文军的证词居然出奇地一致,说是贾文军的保镖开枪打死了你父亲,然后隋震霆打死保镖,然后隋震霆又当场擒获了贾文军。"

"我琢磨过无数遍,逻辑上讲得通。"彭大为用力地抽了三口烟,但是他也敏感地捕捉到老牛用到了"居然"这个词。

老牛下面的话再次用到了这个词:"你不觉得以贾文军的为人,居然会如此配合地供述出跟隋震霆完全一样的证词,很不符合他的风格习惯吗?要知道,在此之前,贾文军因为涉黑,多次被公安传唤但最终都得以逃脱,最重要的是他有一套对付我们警察的策略和办法。"

"但那一次他没有使用任何策略和办法……"彭大为意识到这确实是一个问题。

老牛凝重地点点头："我这辈子当警察，跟很多黑道上的人打过交道，对他们的狡猾和凶残有深刻的了解。"

"按照这个逻辑，您是不是也怀疑隋……"

老牛缓缓地摇头："如果谈到怀疑，或许就没这么简单了。要知道当年主办贾文军案的是时任公安局局长刘强。"

彭大为明白了老牛的逻辑，如果说连老牛都意识到了贾文军非比寻常的表现，以刘强的水平和能力更不可能没有任何察觉。

彭大为难以置信地看着老牛，等待他继续说下去。

谁知，老牛摆出暂停的手势："或许是我多虑了。"

老牛提出的疑点无异于晴天霹雳，完全颠覆了彭大为十几年的认知。

人往往就是这样，对自己身边存在的危险和疑点习以为常，乃至视而不见。

两个人谁都没有说话，只有墙上的挂钟在"咔嚓咔嚓"地走着。

彭大为稳下心神，掐灭烟头，打破沉默："您对贾文军有多了解？"

"我知道的贾文军和清宁老百姓茶余饭后说的那些差不多，江湖传闻有时候比官方报道还真实。"老牛起身，推开窗子，深吸了一口气，望着窗外的车水马龙道，"三十多年前，清宁正在急速发展期，贾文军从垄断建筑行业的工地发家，最终涉足黄赌毒，坐上了清宁当地最大的黑恶势力团伙'山义帮'的第一把交椅。贾文军这个人不简单，从一个一无所有的农家孩子赤手空拳打出了一片天地，甚至与香港黑社会组织平起平坐。"

"怎么听您的口气，好像把他当英雄了？"

"他算得上枭雄，走的黑道，永远成不了像你父亲那样堂堂正正的英雄。"

听到老牛提到父亲,彭大为的心脏怦怦地跳,血向上涌。

但是,英雄无畏那是假话,英雄最怕背后有人捅刀子。

"根据现在了解的情况来看,我想知道的是贾文军作为'山义帮'的头子,即便是他的保镖杀死了我父亲,难道他不应该也是主犯吗?为何过后没有被判死刑却只判了无期?"

"这个问题你该去问法官,而且,据我所知,当时检察院提起公诉时就建议无期。"

"我就不明白,我们公安流血牺牲,检察院和法院就能无动于衷吗?"彭大为站了起来,血脉偾张。

"又起雾了!"老牛关上窗户,转回来坐下,没有正面回答彭大为刚才的问题,"当时刘强还是清宁市公安局局长,他最器重你父亲的。你父亲牺牲后,隋震霆因为荡平了清宁'山义帮'的功绩,一路平步青云,一直坐到现在的公安局局长的位子。还有,当时的公诉人现在也已经成为咱们市的检察院副检察长,当时的主审法官现在也已经成为咱们中级人民法院立案庭庭长了。"

"谁是怎么当上官儿的我不关心,我想知道的是当时贾文军为何没有被判死刑!"

"不关心?可能吗?"老牛一针见血道,"但你总该关心下你自己是怎么当上这个扫黑支队长的吧!"

"什么意思?"彭大为愣了。

"先不说你这个年纪。就凭你父亲和隋震霆、刘强的关系,还有你跟省政法委书记张立国女儿的什么感情纠葛,光这些就够大家茶余饭后的聊资了吧!胡光耀对你的态度可见一斑吧!"

"我不在乎当不当这个支队长,也不管别人怎么说,我只想找到真相!"彭大为怒目圆睁,"您跟我说这些事到底想说明什么?不管这些事是谣言还是事实,这都跟贾文军有什么关系?"

"关系。"老牛一个字一个字地念道,"关,系,没错,就是关系,这就是你和他的问题都回避不了的关键。"

彭大为有些听懂了,贾文军一案当年之所以能有那样一个结果,一定是他背后有些不为人知的"关系",就如同很多人看待自己这次被提拔的背后一定也存在某种"关系"一样。

人在社会里,就是在关系网里。

"小彭,我马上退休了,事情见得比你多。有些事情怀疑归怀疑,但一定不是表面看上去的那种简单的因果关系。"老牛叹口气,望着窗外阴沉沉的天,沉吟了一会儿,仿佛下定决心,"贾文军被判无期徒刑后还减过几次刑,据说马上就要出狱了。"

彭大为愣住了,他想掩饰内心的惊愕,摸出一支烟,掏出打火机点上,谁知打火机火苗太大,差点烧着了他的眉毛,气得他把打火机扔到了垃圾桶里。

"你是公大的高才生,应该很清楚,贾文军这样的情况能减刑,没有公检法司几家的一致意见,根本是实现不了的。"老牛递上火,不无担心地叮嘱道,"如果你信得过我,记得紧紧抓住贾文军这条线索不放,在有完全把握后再对我们内部的某些人提出质疑,否则只会让你自己陷入孤立无援的境地。"

彭大为呆呆地看着老牛,他不傻,当然明白老牛不是在危言耸听,喃喃道:"解铃还须系铃人,擒贼先擒王。"

"眼下,你需要团结一切可以团结的力量,而不是从内部人下手。"

9

扫黑支队的会议室墙上挂满了宣传画,都是扫黑除恶这两年多来的成绩展示,里面的每一个文字都是胡光耀一个字一个字推敲过的,每一个图片都是他一帧一帧挑选过的,既能展示清宁扫黑除恶工作的成绩,又不会被看出有过于自满炫耀的意味。

表面工作也不意味着就是简单的事儿。

张蕾把摄制组的同事送走,回到会议室道:"不来不知道,钊阳和你这两年干出这么多成绩!"

"都是全支队上下共同努力的成果。"胡光耀谦虚道,"钊哥今天上午有会,专门叮嘱我接待好你。我跟他说根本不用叮嘱,我跟你认识时间比跟他长,咱俩是正经老同学呢!"

"你还有不正经老同学吗?"张蕾伸了个懒腰,一屁股坐进沙发,解开皮筋儿,把头发放开,"怎么一上午都没见到彭大为?"

"谁知道!天天在忙啥,上午的廉政学习会我去叫他,他居然在休息室里发呆,会也没参加,连你摄制的专题节目都缺席。"

"你跟钊阳处得比跟彭大为亲近啊,你不会还像上学时那么讨厌大为吧?"

"谈不上讨厌。你知道的,我们俩就不是一路人。"胡光耀不想再谈这个话题,弯腰从办公桌下拎起一个精美的红色纸袋子,"这是钊哥前段时间去香港办案带回来的,让我转给你。"

张蕾大大方方地接过来,打开一看是一条浅紫色的丝巾:"呦,爱马仕的啊!钊阳什么时候也这么有品位了!"

"宝剑配英雄,丝巾配美人。"胡光耀看张蕾把丝巾绕在洁白的颈子上,轻松地打了一个结。

"好看吗?"张蕾笑靥如花。

胡光耀点点头:"比明星戴着还好看。"

"你上学的时候可不是这么花言巧语的!你最适合当政委。"张蕾解开丝巾,"你要是对你媳妇这样,也不至于离了吧!"

"她比我还爱岗敬业,去年还评了个省里的巾帼英雄荣誉称号。就我们俩这样,这家谁管?"胡光耀一肚子苦水,但也看得很透。

"按你的说法,男女都有事业心就没法结婚过日子了?"张蕾把丝巾放回包装盒里,"还给钊阳吧,让他送女朋友!"

"我哪有女朋友,当时买回来就想送你的,约了你多少次,你总是说忙。"钊阳出现在门口,把警帽挂在衣架上,顺手摘下墨镜道,"散会就直接过来了,还好你没走。"

"你都不当扫黑支队支队长了,还来这干吗!"张蕾高中时就跟着彭大为认识了钊阳,一直没大没小的。

"专程来感谢你上次给我做的那期节目,请你吃顿午饭。"

"俗!请吃饭最俗了!"张蕾嘴巴一拧。

"有时候我都不知道怎么样才能不俗,不过我们老家人说对人好就得实在,是不是实在就会显得俗啊?"钊阳一脸无辜和无奈。

张蕾也意识到自己有点过分,绽放笑容道:"话说上次你解救人质那次确实够帅的,那期节目我做得也开心,对你刮目相看。"

钊阳倏地脸就红了,一时间手足无措,不知道是不是该谦虚几句。

"哟,多大的人了,还会脸红呢!"张蕾戏谑道,"现在这个世道,男人知道脸红就说明还有良心底线。"

胡光耀笑了笑,起身在茶歇台上按了一下咖啡机的按钮,机器发出"沙沙"的研磨声。

"你什么时候开始喝咖啡了?这机器是德国的吧!"张蕾一直爱喝咖啡,她的印象里胡光耀可不是这样有品位的人。

"经侦支队老赵送的,他洋气。"胡光耀递给钊阳一杯咖啡。

"人是会变的。"钊阳把咖啡杯放到张蕾面前,又补充道,"但有些感情永远不会变。"

"你一认真说话,我就总想笑。"张蕾克制住笑意,端起咖啡杯,闻了一下,是昂贵的"猫屎咖啡",美美地呷了一口,随口问道,"彭大为在追那个女大学生跳楼案吧?"

"没头苍蝇似的,没个方向。"胡光耀鼻子一皱。

"也不能这么说,很多复杂的案子最好不要一开始就圈定方向,否则会束缚了侦查思维。"钊阳接过一杯咖啡,也学着凑到鼻子下面细细地闻,好像苦味中还真有点香气,以前可从来没有注意到。

"你穿着警服喝咖啡,看上去怪怪的。"张蕾打量着钊阳,总觉得这个男人应该跟烈酒香烟联系在一起才对。

"什么时候咱们俩请张蕾的爸爸一起吃顿饭吧!一年到头的,总得感谢下叔叔一直以来对我们的关心啊!"钊阳朝着胡光耀眨眨眼。

"说你俗,你还真就不装了!你不知道我妈最讨厌我爸跟你们这些年轻警察吃饭喝酒了吗?他都多大年纪了!"

"不喝酒,喝茶也行啊!"胡光耀心里知道钊阳为啥有这个提议,省政法委书记张立国的秘书被提拔调走了,缺一个秘书,钊阳之前就一直说胡光耀适合这个职位。起初,胡光耀也没特别上心,但如今支队长一职落空后,他确实又开始考虑钊阳建议的可行性了。

"那没问题!"张蕾很自信,她提的要求父亲几乎从来不反对,"前提是先叫咱们班同学一起吃顿饭,今年疫情弄的,春节都没聚上!"

"嘁!"胡光耀苦笑着应承下来。

"以后这就是你的小主啊!"钊阳朝着胡光耀挤挤眼,一语双关。

钊阳坚持开车送张蕾回台里,张蕾坚持自己坐出租车走。

钊阳没辙,只好送她到市局大院门口。

等车的时候,张蕾随口问道:"关于那个跳楼女大学生的案子你就没点儿内部消息?"

"彭大为承办,怎么不直接问他?"

"他能告诉我?否则我会问你?"张蕾没好气地哼了一声。

"那你还不如直接问你爸!"

"笑话!我工作上的事儿从来没找过我爸。"张蕾对这类话题已经毫无解释的热情了。

"你跟彭大为就这样了吧?"

"哪样了啊?"张蕾的下巴仰起来,一脸挑衅。

"从我师傅牺牲到现在,十四年了,马拉松也得有个头儿不是?"

"你替我们着什么急啊!"张蕾远远地朝着驶来的出租车招手,"你比我们还大不也还没定下来嘛!"

钊阳看着张蕾上车后扬长而去,呆立了好一会儿,这时胡光耀捧着盒子追出来:"哎,丝巾没拿呢!"

钊阳回到特警支队,先去训练场看了一眼射击训练,然后去食堂吃了三碗面,打着饱嗝回到办公室。

内勤拿来几份文件让他签字,钊阳签完盖上笔帽时,发现胖子在门口探头探脑。

胖子一进办公室,随手把门关上,扔给钊阳两条烟:"市面上还没有呢!就当提前给你生日礼物了啊!"

"你给我办事儿还给我烟,没这道理!"钊阳把烟推回去,转身从身后的柜子里拿出两条一模一样的烟给胖子:"再说了,哪有过生日送人烟的,不吉利!"

"你这不是打兄弟的脸吗?"胖子看着桌上四条一模一样的烟道,"还是你们戴大檐帽的牛逼,啥都有!"

"啥都有?"钊阳隔空抛给胖子一支烟,低头点烟,深吸了一口,"我们才是啥都没有!"

"说点儿开心事儿!今年生日打算怎么过?"胖子一脸坏笑,"可不能像去年那么瞎胡闹了啊,倒不是我怕花钱,实在是有点儿不成体统了!"

"还不都是你们几个瞎撺掇！我一个大老爷们儿，过啥生日啊！"钊阳摇摇头，夹在嘴里的香烟也跟着乱颤。

"呦，从青龙观回来后看淡人生了？"胖子吸了一口烟。

早晨老道长给他画的那张符，现在就放在钊阳贴心的警用内衬口袋里，有了这张符心里确实踏实很多："今年还是平平淡淡的吧。"

"是啊，人总得有点敬畏心！"胖子抽着烟，眯眼道，"你这才离开扫黑支队几天啊，我那同学就端了这么多公司！毫无畏惧，挺生猛！"

"别你那同学啥的，不就是大为嘛，你别小心眼儿！"钊阳转而担忧道，"大为这么干只怕会得罪不少人。"

"操，他得罪人的事儿还干得少啊！"胖子拖着椅子坐到钊阳身边，小声道，"钊哥，这不会出啥事儿吧？"

"你一个批发海鲜的，又不懂金融，怕什么？"钊阳吐出一口烟，"你不是时不时地去青龙观吗，你有天兵护法！"

胖子深吸一口气，闭上眼睛，好像要进入睡眠前的呢喃："我现在总是心里慌，这段时间也睡不好觉，总觉得还是得跟彭大为交交心踏实些。"

"你跟我说实话，你没干啥见不得人的事儿吧？"钊阳想起今早胖子求符后，在屋里跟老道长嘀嘀咕咕了很久。

胖子倏地睁开眼，蹭地站起来，手里举着烟朝天发誓："我堂堂正正做生意，当然不会做见不得人的事儿！我就问你，这些年我找你办过什么徇私枉法的私事儿吗？"

"哎，哎，别这么激动嘛！我不信任你，你能在我这特警支队天天进进出出畅通无阻啊！"钊阳赶紧拉扯胖子坐下。

"我从小到大就与人为善，胆子又小，你让我犯罪我都不敢呢！"胖子好像蒙受了天大的不白之冤。

胖子的手机响了，他歪头看看钊阳："胡光耀。"

"接啊,你老同学电话你也怕?"钊阳眯眯眼笑着,他知道胡光耀打电话有啥事儿。

10

刘强和隋震霆共同参加全省扫黑除恶专项斗争会议,会场气氛严肃。

从2018年1月中共中央、国务院下发《关于开展扫黑除恶专项斗争的通知》至今已是第三年,也是专项斗争的收官之年,全国上下形成了一股反腐败斗争和基层"拍蝇"结合、深挖"保护伞"的高压氛围。

粤中省委常委、政法委书记张立国润润嗓子,盖上茶杯盖,掷地有声地指出:"'伞网清除'要彻底围歼。'打伞'的程度直接影响扫黑除恶专项斗争的成效,'伞'打得越深,犯罪分子缴械就越快。全省各地市要围绕黑恶犯罪组织坐大成势的发迹史,抓住黑恶犯罪组织财富爆发式增长等关键节点,逐条梳理研判,突破裙带、宗亲和利益交织的层层关系网,推动一查到底。"

省公安厅常务副厅长、省扫黑办主任刘强也直指问题所在:"之前全国扫黑办就收到了许多举报信,指出我省存在黑恶势力。加之前天女大学生鲁芊芊被暴力催债居然跳楼摔死在公安厅大门口,我们已陷入舆论漩涡,全国扫黑办特派督导组也即将进驻我省开展督导,这无异于给我们扫黑除恶收官之年投下了浓重的阴影。"

刘强发言完毕,手捂着麦克风,与张立国耳语几句后对着麦克风道:"下面请隋震霆局长就清宁市的情况做简单报告。"

与会领导都看向隋震霆,想看看隋震霆对于刘强指出的问题如何应对。

以前隋震霆参加这种会议,常见的是对上级放礼炮,对平级放空炮,对自己放哑炮,你好我好大家好皆大欢喜,有事儿也差不多过去就得了,但今天的会场气氛很凝重,甚至有些隐隐的敌意。

"各位领导,各位同事,举报信这东西,不能不信一点儿,但不能全信,更不能迷信。举报信假中有真,真中有假,我们最终还是要以客观事实为最终依据。"隋震霆用近乎庄严的口吻说,"今年清宁市共打掉涉黑团伙 9 个、恶势力犯罪集团 54 个,打掉九类涉恶团伙 451 个,刑拘团伙成员 1953 人;破获涉恶案件 1979 宗,刑拘九类涉恶犯罪嫌疑人 2524 人,各项打击数全省最多。尤其是打掉'套路贷'犯罪团伙 19 个,逮捕 177 人。被列入全国扫黑除恶'百日追逃'攻坚行动的 13 名逃犯全部抓获归案,追逃目标数、到案数均为全省各市第一。全年共立案查处涉黑涉恶'保护伞'案件 52 宗 52 人,打'伞'问责力度全省最大。"

张立国手一挥:"今天都是我们自己人,隋局长不要只摆成绩了,直接剖析存在的问题。"

"是,立国书记。"隋震霆愣了一下,内心颇为懊恼,对自己十分不满意,一有针对自己的苗头,修炼火候不够的问题就暴露出来,就忍不住诉委屈一般地为自己辩解。他默默地深吸一口气:"关于鲁芊芊被暴力催债导致跳楼一事所造成的社会负面影响,我做深刻检讨!"

隋震霆简单报告了近期的侦查方向和进展,尤其指出这两天扫除的"套路贷"公司背后就隐藏着公安、税务等多个部门的国家工作人员。

他义正词严地指出:"黑恶势力长期盘踞一方,大多与'保护伞'深度勾连,彻底查办阻力重重。在破案攻坚中,必须坚持'扫黑'和'打伞'系统推进,突破黑恶势力的最后防线。只有清除了内部的'害群之马',才能切实增强政法队伍的凝聚力和战斗力。"

隋震霆是公安系统的,所以刘强接过话筒继续补充:"隋局长对问题有深刻而清醒的认识。涉黑涉恶的'保护伞''关系网'往往盘根错节,有的为蒙混过关,甚至推出'小喽啰'顶包替罪,对此中央纪委国家监察委要求各地全面回溯检查'有黑无伞''大黑小伞'案件,对进展缓慢或草率结案的逐案筛查、深挖彻查。"

省检察院、省高级法院和省司法厅的负责人也分别就相关具体问题进行了报告。

张立国强调："要紧盯黑恶犯罪易发、治理乱象较多的重点行业和领域，发挥好监察、司法、检察建议书和公安提示函的'三书一函'的作用，堵塞漏洞，完善制度，尤其要对群众举报的涉黑涉恶线索可能涉及'保护伞'苗头问题的，实行提级核查，做到早发现、早警示、早纠正、早处理。最后，我再次提醒我们政法系统的各级领导干部要主动查摆问题，紧握法纪戒尺、强化固本培元，自觉抵制诱惑，增强自身'免疫力'。"

最后，张立国想调节下过于沉重的氛围，给大家鼓鼓劲儿："把坏事变好事，化危机为机遇，我们党有这样的大智慧。我入党近四十年了，就认准了一条，只要我们党下定决心想干成的事，就没有干不成的！"

严肃而沉重的会议终于结束了，众政法系统领导纷纷离场，一眨眼走廊里就安静了下来。

隋震霆跟在刘强身后，向走廊另外一头走去，他想跟领导私下沟通一些具体想法。

"刘厅长留一下。"张立国在会场门口叫道。

隋震霆进电梯时，余光看了一眼张立国和刘强在交谈着什么，张立国好像还瞥了自己一眼，还没看真切，电梯门就关闭了。

隋震霆茫然地望着电梯门上映出的自己，现在只有他一个人了，突然松懈了下来，面容立刻呈现老态，腰身都萎缩了一圈。

他总觉得今天会上张立国书记表面上好像在传达精神，就事论事，但又似乎若有所指，意味深长。

隋震霆平日里专门观察过，张立国要么笑容满面，要么就黑沉着脸。那笑容和黑沉着的脸之间基本没有过渡，刚才还如沐春风，紧接着下一秒就冷若冰霜了。

电梯微微颤动,隋震霆感到自己的两条腿有些虚,没有力量。

中央的扫黑除恶专项斗争的决定是英明的,但在这个过程中有许多公检法的官员纷纷落马,导致每个在位的政法领导都有一种莫名的危机感,不知道从前有哪一个案子哪一个人会牵扯到自己。

近来传出各种版本的小道消息,山雨欲来的压迫感逐渐逼近,隋震霆告诫自己绝对不可以在这个时候软下来,如果有人暗中想借机打击自己也绝不允许,毕竟这些年自己的业绩和能力有目共睹。

张立国和刘强进了会客室,秘书给二人端上茶杯后离开,两人并坐在沙发上。

沙发后面挂着巨幅万里江山图,配的诗歌则是毛泽东的《沁园春·雪》。

刘强歪头看着挂画,犹如第一次发现:"北国风光,千里冰封,万里雪飘。"

"毛主席当年如果来咱们粤中省的话就写不出这气势磅礴的诗了!"张立国说的是实情,因为粤中省的冬天从来不下雪。

"江山如此多娇,引无数英雄竞折腰。"刘强赞叹这句话写得太精彩。

"数风流人物,还看今朝。"张立国朝着刘强心领神会地笑笑。

张立国和刘强是同年入职,只是张立国进入的第一个单位是省委办公厅,而刘强则进入了省公安厅。后来在一次会议上两个人相识,一聊,两人的父亲居然当年都在青岛北海舰队当过兵。随后,两对父子聚了一回,两个老战友喝得老泪纵横,两个年轻人也相见恨晚。

张立国毕业于粤中大学法律系,喜欢读书,没事儿写写文章,时不时地在省报发几篇依法治国、司法改革的文章,很快引起了时任省委副书记的注意,将其招纳到身边做秘书,自此张立国就坐上了晋升快车道,直到十九大跻身副部级领导干部行列。

刘强是省警校毕业的,从在公安厅刑侦总队做侦查员开始,办了无数大案,后到清宁市公安局任分管刑侦工作的副局长,又是战功显赫,很快就当了公安局局长,然后又回到公安厅任常务副厅长至今。

"咱俩上次打球还是在去年省直机关的比赛上吧?"张立国不断用茶杯盖子划着茶水,似乎在闲聊。他和刘强年轻的时候都是体育健将,疫情前省直机关乒乓球赛上,两个人还对阵过一场,张立国险赢。

"咱俩应该找机会比试下游泳。"刘强知道此话一出张立国必笑无疑。

张立国果真哈哈大笑:"你是游得又快又好啊!明知道我是旱鸭子,是要拿这个逗我一辈子赢我一辈子嘛!"

"前段时间忙着抗击疫情,现在疫情控制住了,扫黑除恶攻坚阶段又来了。"刘强想到这段时间自己血压也高,是得恢复锻炼了。

"老刘啊,关键时刻不能松一口气啊!"张立国主动提敏感话题,"闫厅长退休后,到现在还没有任命新厅长,你心里有没有什么想法啊?"

"虽然比不了你,但是放在当年,今天的位子打破脑瓜子都已经想不到了,我们这种人的价值观也很简单,不钻营关系,只经营工作,从来没有后台,只有责任平台。"刘强看张立国露出"我还不知道你"的那种微笑,便苦笑着坦承,"说没想法,没有人信。还是先干好本职工作吧。"

"眼下清宁市金融创新区成立大会活动在即,届时国家领导人也要莅临江湾,一方面要保证活动顺利举行,另一方面还要抓住女大学生鲁芊芊跳楼事件的幕后黑手,争取在活动举行前破案,如果能借此机会根除黑恶势力、打掉他们的保护伞可彰显工作能力。"张立国也觉得自己说的这些没啥新意,估计刘强心里早想到了,他拍拍刘强的胳膊道,"这次扫黑除恶专项斗争能否取得预期效果,你责任重大,我代表省委拜托你了!"

"是不是外面有什么传闻?"刘强的心一紧,觉得张立国的这番话说得冠冕堂皇,好似周围有许多双眼睛在现场看着一样。

"说咱们粤中公安队伍里有'保护伞'啊!还是一把'大伞'!而且这把'大伞'就在咱们粤中的省会清宁。"张立国把手从刘强的胳膊上拿开,掸了掸裤脚上的一根线头。

刘强看着张立国的侧脸,突然觉得官场可以彻头彻尾地改变一个人,眼前这个张立国早已不是当年的小张了。当然,刘强自己也不再是当年的小刘了。

两个人又聊起了近期省委的一些动向,包括即将到来的中央督导组的人员构成情况。

然后,两人又都不言语了,各自默默地喝茶。

官居省部级,能是凡人吗?

刘强在哪本书上看到过,说成熟的政治家不会敞开自己的心扉,旁人也无法知道他们心里究竟在想些什么。

张立国像是为了缓和凝重的气氛,扯起了家常:"这个彭大为回来也不去我们家,不知道跟我们家张蕾闹啥矛盾呢!"

"彭大为是个好苗子,但是心思基本上全在案子上了。"刘强知道张立国两口子现在最着急的就是他们这个独女张蕾,眼看三十多岁了也不结婚,跟彭大为的感情断断续续的,也不知道有没有个结果。

领导干部可以管好下属,但是往往管不了自己的孩子。

"实话实说,你嫂子一直不太想让蕾蕾跟他在一起,说之前跟他接触时感觉这孩子不稳定,变数大。"张立国出了一会儿神,"其实我倒是挺喜欢这个孩子的,就是还不成熟。"

"上次跟嫂子一起吃饭,我就听出她的意思来了。感觉嫂子并不想找个警察当女婿。"刘强说的是上次两家人一起吃饭的事,当时自己的老婆跟张立国的老婆嘀咕了好久,话里话外都在抱怨自家男人干政法工作风里来雨里去的,尤其警察最是顾不上家,离婚率也高。

"你嫂子这个人是个好心肠,这些年为家里做了牺牲,现在最操心的就是女婿问题。之前为此跟我没少吵,我从中央党校学习回来还催我约小彭聊一聊,但还没行动,一来我忙,二来我找年轻人谈什么呢,有没有施压的嫌疑呢?"

"清官难断家务事,我们家不也一样?都有本难念的经。"刘强还是想替彭大为做些解释,"成熟也不是一蹴而就的,有人快有人晚,重要的还是看人品正不正,可不可靠。"

"老刘,你说的这个我很赞成。"张立国站起来,舒展下臂膀,"当年我像他这么大的时候,领导也批评过我不成熟。"

刘强还想说点什么,但张立国已轻拍刘强的肩膀:"咱们改天一起打球啊!"

11

刘强站在办公室里练习乒乓球,直拍正面对墙击球,嘴里下意识地数着:"……52,53,54,55,56……"

之前他打乒乓球的时候,思绪也会像眼前的这个小白球一样不断弹跳、飞跃,这时思维就会随之活跃起来,身心则会相应地舒缓平和下来,今天张立国跟他说的那些话,都需要里里外外地反复琢磨。

说不想去掉这个"常务副"那也是假的,毕竟工作干了,资历到了,业绩也够了,如今也该水到渠成了,但仕途的事情谁又说得准呢?

就好像自己之前跟隋震霆沟通彭大为的任命意向时,隋震霆提到胡光耀工作干了,资历到了,业绩也够了,也该水到渠成了,但结果呢,还不是彭大为做了支队长?

刘强想起闫厅长退休前几天,跟自己有过一次推心置腹的交流。

那天是个周一,两人下班后在人民公园里遛弯,闫厅长看上去依然矍铄挺拔,但是说话的口吻却已然没有了位高权重时的霸气。

"不知道怎的,近来就总是想起刚工作的时候,原本以为忘记的人和事儿又都想起来了。"当时闫厅长站在公园的树林边,观望两只黑天鹅在波光粼粼的湖面上游弋。

"您记忆力好!"刘强尽量不去触碰伤感的话题。

"这段时间又开始喜欢唐诗宋词了。这些年忙得都没了情趣。"闫厅长怅惘道。

"鹅鹅鹅,曲项向天歌。"刘强笑道。

"春来春去催人老,夕阳无限好,时光只解催人老。"

"啥老不老的,您比我也大不了几岁。"刘强嘴上这么说,但还是从闫厅长身上读出了意兴阑珊。

"那对石狮子摆在厅门口可能会很久,可咱们这些职位都是临时的。都说咱们共产党人活到老干到老,奋斗一辈子,真临到退休,却突然不知道该干些什么了。你嫂子总说我退下来就可以多陪陪她和孩子了,但是我不知道突然早上不用上班,晚上不用加班的日子是不是真的能习惯。"闫厅长深深地叹了一口气。

连闫厅长都会有遗憾,如果自己只是个"常务副"就退休,会不会更失落呢?

闪念之间,手不稳,球碰飞了,今天居然打到"57"就失误了。

刘强懊恼,立刻重整精神,捡起球准备重新开始,这一次计数到"57"时,门口有人喊报告,刘强一走神,乒乓球又弹飞了。

"进来!"刘强头也没回,朝着墙喃喃,"得超过57啊!"也不知道是不是巧合,刘强今年五十七岁,这是一个在提职时尴尬而关键的年纪了。

彭大为大步走进来,朝着刘强的侧身立正,敬礼。

刘强拿下挂在墙上的白毛巾,擦擦汗,朝着彭大为招招手,示意跟着他走到窗前。

"你看到了什么?"

彭大为向窗外望去,揣摩刘强想要的答案:大院中飘展着鲜红的国旗,大门口的人民路上车水马龙,对面的浩宇保险大厦的外墙体上有两个清洁工正扶着绳索从楼顶跃下。

"国泰才能民安。"

"怎么讲?"

"咱们干警察的,心中有国家,才能全力以赴,保人民安居乐业。"

"去公大读了硕士,语言表达能力见长啊!"刘强指了指那两个外墙体清洁工,"大家叫他们'蜘蛛侠'吧?"

"有点儿像我在学校时候的反恐训练科目。"彭大为回忆起那种凌空飘浮的感觉,"高空作业讲求身体平衡和四肢协调,对身体条件要求很高。"

"也是超越了凡人对高度的临界点。"刘强引用王宇明在公安厅做报告时提到的概念。

"能力越大,责任越大。"彭大为想起了电影《蜘蛛侠》里的那句经典台词。

"我们每一个人都面临选择,我们是什么样的人,取决于你选择做什么样的人。"

彭大为有些不敢相信:"您也看《蜘蛛侠》?"

刘强慈爱地笑了:"陪孙子看了好多遍。他看的是英雄打倒邪恶,我看的是人世间相同的道理。"

"您叫我来是为了告诉我这些道理吗?"

刘强坐回办公桌后,双手搭在椅子扶手上,言归正传:"我今天是要给你打气。要抓住鲁芊芊一案,破除一切阻力,盯住中央督导组提供的线索和眼下的证据,一查到底。"

"刘伯,鲁芊芊一案追查到郑强东和黄志广,又从这两人追查到了郭孚,但是这个人物似乎不好动。"

"郑强东和黄志广的底细摸清楚了吗?小鬼的脉门没摸着就想动老妖?"

"现在时间很紧迫,我们来不及气定神闲,该果断出手时就不能犹豫,擒贼先擒王!"

"越紧急,越不能急。"刘强直视彭大为急切的眼神,"你的优点就是办案时有一股韧劲儿,但缺乏一种全局观。先不说郭孚有全国政协委员的身份,就说四天后金融创新区成立大会,届时国家领导人也要到场,全世界都在看着清宁,安岛集团又是这次金融创新区的重要示范企业,领导都要去视察的。"

刘强静静地看着彭大为,彭大为没有避开他的眼神,办公室里静得出奇。过了好一会儿,刘强拿起一摞文件道:"彭支队长,我们现在是在我的办公室里谈工作,你明白?"

"明白,刘厅长!"彭大为直起身,目视刘强身后挂着的国旗,以请示的口吻道,"我现在拿到确凿证据也不能动郭孚吗,请厅长指示!"

"你这个性急的脾气跟你爸当年一模一样。"刘强无奈地摇摇头,眼神中却很欣慰,"彻查涉黑案件是你的职责所在,对涉及郭孚这样有社会影响力的人物,采取任何行动前都要及时向我汇报。"

"是!"彭大为一挺胸脯。

"做事情不要着急,别一有想法就破裤子露腚的,你在市局中层是个新人,很容易被关注。"刘强口气缓和了下来,他盯着彭大为认真的眼睛,似乎在琢磨眼前这个年轻人到底成没成熟、可不可靠,又接着说,"过两天还有个大动作,到了合适的时机我自然会跟你说。"

"是!"彭大为又是一挺胸脯。

"你能放轻松些吗?"

"刘伯,有一件事我想请教您!"

"讲!"

"十四年前,贾文军一案。"

"怎么了?"

彭大为仔细观察刘强,想从他的表情或动作中寻找一些蛛丝马迹或者信号,以决定自己到底该如何提出问题,思忖间他的手机响了,刘强示意他先看短信。

彭大为低头看手机屏幕:"市局通知我现在立刻回去开会。"

"他还是老作风,下班时间开大会。"刘强挥挥手示意彭大为可以离开,"你所有的问题可以在以后随时来找我。"

彭大为刚走到门口,刘强又叫住了他,彭大为猛地转过身来,期待地望着刘强。

刘强语重心长道:"工作再忙,也该考虑成家了,感情问题得重视起来。"

12

彭大为的车子进市局大院时,楼前的停车场上已经没有车位了。他只好把车倒出去,停到了市局大院门口的马路边上。

这些年,公安工作越来越受到重视,办公条件逐年改善,比如眼前这个市局大楼就是五年前在隋震霆的努力下建起来的,看上去比公安厅还宏伟,内部的各方面硬件更是一流。

据说市局的大门楼子使用的花岗岩是隋震霆指定的,因为"朴实、坚硬、有气概",或许这也是他对全市民警寄予的期望。

只是,随着清宁市地皮价格的高涨,楼建得大了,院子就更小了,现在随便开个全体处级以上干部会就找不到车位。看今天这个架势,估计全市科级以上的干部都来了。

彭大为进入会场时,主持会议的政治部主任已将发言权转给了市局纪委王书记。

"我们的队伍里,尤其是有的领导,私下说现在的大环境只能睁只眼闭只眼,如果眼睁得太大就会被灼伤,而且现实并不会因为自己受伤就变得更好。

这种观点很狭隘,很不正确！想跟同志们通个气,中央马上要开展政法队伍的教育整顿工作,自查从宽,被查从严。那些有得过且过想法的同志,我奉劝你不要在这次刮骨疗毒式的革命中存有侥幸心理。"

王书记讲了一个故事作例子:"从前有个穿了新鞋的轿夫,开始很爱惜新鞋,走路专挑干净的地方走,有一次不小心踩到了泥水里,有一只鞋子脏了,于是他就彻底不管不顾了,两只鞋子一起在泥水里踩起来……"

王书记又着重提到了扫黑支队:"就在上周,中央纪委监察委专门通报了我们邻省某市公安局局长,无视中央决策部署,从未对全市的扫黑除恶工作进行统筹安排,从未调研扫黑支队,让分管的副职局领导和相关警种负责人对照上级文件随便开个会,还经常抽调扫黑除恶警力去完成那些考核权重占比较高的工作。"

"也就是说,我们的公安领导干部,有的到现在还认为扫黑除恶是一项'吃力不讨好'的工作,因此还做起了'甩手掌柜'。"王书记放下手中的材料,看向彭大为这边,"当下形势,我们市局的各级纪委干部必须压实责任,敢于担当,推进扫黑除恶专项斗争收官阶段的工作继续向纵深发展。"

彭大为弯腰挤到扫黑支队的就座区域,朝着胡光耀点了点头。

胡光耀望着前方主席台,面无表情。

王书记翻到其中一页材料道:"我们这两年对一般性工作失误和非主观故意的失职失策行为,在纪法允许范围内,运用批评教育、诫勉等手段对内进行整治,也处理了一些人。我们市局纪委要进行常态化'体检',提高发现问题的自觉和敢于刀刃向内的勇气,发现内部苗头性问题立即整治,不能留隐患死角,彻查'警伞',清除'害群之马'。"

最后是主席台正中位置上的隋震霆讲话,他调整下麦克风的角度,举起拳头,跷起大拇指,深沉地望着台下众警官,口吻严肃:"刚才王书记的讲话,也是我们市局党委长期坚持的立场和态度。我们要有忧患意识。不能浮躁,而且要有荣誉感。"

隋震霆停顿了几秒钟，口气一转："我反复强调一句话，公安工作是什么？不只是打打杀杀，还有老百姓的评价，这种评价是人心，平日里好像看不见、摸不着，但绝非来无影、去无踪。"

隋震霆放下手里的文件，开始他最擅长的临场发挥："我们要清醒面对扫黑除恶的严峻性，形由人塑，势由人造，扫黑除恶决战之年必须要全胜。三年了，我们扫黑除恶的战斗一直是赢的，到了收官之年了，我们绝对不能做兔子，短尾巴！"

"可能有的同志也听说了，上面有人对我们的工作有些看法。"隋震霆示意会务负责人关掉会议室嗡嗡作响的中央空调，他的声音更清晰和有穿透力了，"我们难免会有些情绪，抱怨上级部门和群众对我们有这样那样的不理解。但是，有的人甚至抱怨说自己生不逢时，没赶上当警察最舒服的时代，我只能说在这个时代这种人就不是人才，连庸才都算不上。抱怨从来没有任何用处，我们要把上级的批评和督促作为动力。我们清宁公安这些年始终走在粤中公安工作的前头，我们不能懈怠，更不能不作为！"

彭大为感觉到隋震霆的目光停留在自己身上时，麦克风已经传出声音："正好借今天这个机会，大家也都见见我们市局新上任的扫黑支队支队长彭大为！彭支队，站起来，让大家记个脸，后面办起事儿来也方便！"

大会结束后，隋震霆回到办公室，反复看着有几个领导批示下来的举报信，越看越沉重，索性把信扔到一边，拿起毛笔，练起字来。

隋震霆从省警校毕业，在侦查口一直以高效果断办案著称，尤其是十四年前端掉"山义帮"后更令人对他的雷霆手段钦佩不已。那一役后，他顺风顺水，一直坐到清宁市公安局局长的位置上。

第一天坐到这个局长办公室，市书协主席就赠送了他一幅字——胸怀大志，他当即把那幅大字挂在了办公室里，并拜在书协主席门下，耐心地从头学写毛笔字。因为师傅水平高，几年时间下来，他的毛笔字也有小成，现在还兼着省公安文联书协主席的头衔。

曾经有个专门做字画艺术品的老板，恭维隋震霆的书法功力了得，要高价收购隋震霆的字，他甚至在酒后毫不遮掩地说隋震霆的字随着官位越高越值钱，有巨大的升值潜力……

这几年，也确实不断有企业老板通过各种关系来求隋震霆题字，有的是求题写公司名，有的则说是要挂在书房收藏或镇宅。隋震霆知道这些人与其说是仰慕自己的字，不如说是仰慕自己手中的权力，一概都拒绝了。

因为越来越喜爱书法，越来越爱读古书，隋震霆已经与当年冲锋陷阵的他不是同一个人了，他的形象也迥异于官场许多除了工作就没有任何生活情趣和精神追求的官僚，而时不时地透露出儒雅气质。

还有一次，遇到一个老家商会会长，颇为风雅，求字时提及"萧何深思题匾"的典故，隋震霆一时高兴就现场挥墨写了八个字："胸怀大志，腹有良谋"。

"萧何深思题匾"说的是协助刘邦建立汉王朝的功臣萧何擅长用秃笔在牌匾上题字，有人请他为一座新落成的宫殿写一个殿名，萧何冥思苦想三个月才决定动笔，动笔那天，现场人潮汹涌，只见萧何如同带兵打仗一样，手腕的变动像在指挥千军万马，写出来的字如同他所带领的文臣武将，这就是所谓的"变通并在腕前，文武遗于笔下"。

这时办公室的电话响起来，隋震霆按下免提，是经侦支队长老赵说要来汇报工作。

隋震霆看看时间，就同意了。

老赵轻轻地喊报告，得到批准后，轻手轻脚地进来，反手轻轻关上门，走到桌前，毕恭毕敬地敬礼。

"赵支队，喝杯水？"隋震霆指了指沙发。

没承想，老赵居然连声道："好好好，谢谢局长！"

隋震霆一看这架势，知道老赵要说的事儿不是三言两语。

隋震霆从桌后绕过来，坐到沙发主位上，拎起水壶。

"我来我来，局长我来！"老赵放下手中的牛皮纸文件袋，欠身而起，伸出双手。

"一杯水，搞这么拘谨做什么。"隋震霆的口吻与其说是批评，不如说是一种亲近的嗔怪。

"谢谢局长！"老赵一屁股坐在沙发沿儿上，捧起水杯喝了一口，似乎想用温水将胸口冲得舒坦些，居然还真有效果。

隋震霆这种亲和力可不是每个领导都有，老赵跟之前分管经侦的副局长坐在一起时，他要么说几句话，要么就一言不发，还经常面无表情，让人闷得发慌，如坐针毡。

隋震霆放下水壶，微笑着看老赵，一只手优雅地敲着沙发扶手。

老赵抬头碰触到隋震霆的眼神，恍然大悟般把身边的牛皮纸文件袋双手递上："局长，我前段时间对部经侦局的会议精神有一些思考，上次到省厅听了王宇明教授的报告后，又结合咱们清宁本地的工作实际，写了一篇研究报告，想请您指教一下！"

"很好！公安工作同样需要勤思考、勤动笔！"隋震霆接过文件袋，放在了茶几上，继续看着老赵，"我是老刑警出身，经济上的事是外行。有人开玩笑说我现在越来越不像公安局长了，倒像是大学教师，其实这又有什么不好呢？你身上有些知识分子的气质，也没给你减分啊。"

听到这番话，老赵感到五脏六腑在慢慢地舒展开来。他没想到局长居然会把自己跟他归为一类人，同一类"有知识的人"，不禁深深地吸了一口气，却一时间不知道该说些什么好。

都说无欲则刚，人一旦有了欲望，难免会患得患失起来。

"你才刚换了白衬,肚子就开始大了,这可不行啊!得加强锻炼,给以后留有余地才行啊!"隋震霆像是在说笑,拍了拍牛皮纸文件袋,站起身,"等我好好看了,再找你交流!"

"是是是,得向您学习,锻炼好身体,才能干好工作。"老赵也发现级别越高的领导现在越注重锻炼,身型都保持得蛮好。

老赵长鞠了个躬,吸着腹部,后退着出门,关门前莫名其妙地说了一句:"党中央国务院把2021年1月10日定为第一个人民警察节,非常英明!"

隋震霆寻思了一会儿,坐到办公桌后,打开文件袋,抽出里面的一摞装订成册的报告,题目为《金融创新区的新兴经济犯罪预防与打击》,谁知袋里还掉出一个小红包,打开一看,是一张清宁商业银行的银行卡。

隋震霆知道,分管经侦的副局长正在办理退休手续,有不少人动了心思,老赵作为经侦支队长有想法也正常,毕竟学历、资历、能力也都到了。

以前每次人事上有调整的时候,总有人通过各种途径打招呼,有时一个职位会有十几个人来争。

尤其是公安局副局长,权力比不少其他市直业务局的局长还大。前段时间,市里考虑要把市公安局的一个老资历的副局长调任市司法局任一把手,这个副局长愣是通过各种关系推掉了这次提拔,因为他认为这是"明升暗降"。

隋震霆拿起桌上的电话,让秘书把经侦支队长叫回来,当面把银行卡退回去。

老赵诚惶诚恐地鞠躬:"看到您从抗击疫情到现在,连轴工作,白头发都多了很多,想给您买点儿营养品,又不知买什么好,只能用这种低级庸俗的方式表达诚挚的尊敬和爱戴啊!"

"赵支队长,你的心意我心领了,这个还是拿回去吧。你把经侦工作负责好,就是对我个人最大的关心与帮助。"隋震霆挥挥手,示意经侦支队长可以走了。

老赵不甘心:"局长,这里面也没有多少,而且都是我攒下的工资……"

隋震霆有些不耐烦了,眼睛一瞪:"我当年提你当支队长收过你钱吗?你把我当什么人了!"

老赵不甘心,还想做些说服,便摆出由衷的表情:"以您的人品、能力和工作经验,不仅是现在清宁公安工作离不开您的操劳,未来公安厅厅长也非您莫属。您工作忙,得注重身体保养……"

"我现在就要休息。"隋震霆站起身下了逐客令。

老赵脸色发灰、大汗淋漓,不敢再坚持,只好一个劲儿地鞠躬,慌不择路地退出去。

其实,老赵不是一个擅长阿谀钻营的人,尤其是从国外留学回来后,时常自诩为知识分子,还带些不合时宜的傲气。

但是面对学而优则仕的重大问题,他也不得不百费思量,尤其是昨晚他媳妇儿的一番枕边风更是吹得他拿定了今天这个主意。

他媳妇的大意是说给领导送礼原本就是天经地义的,根本就不需要理由,千言万理,送是硬道理,而且没必要送东西,要送就送硬通货——钱。

"没有不收礼的领导,如果不收就是因为你没送到领导心里,与其翻来覆去、猜来猜去,不如给领导钱让他自己按着心里的想法去支配。"他媳妇临睡前的最后一句话,一锤定音。

隋震霆看到经侦支队长出门前,双腿在微微打战,只怕今晚老赵是睡不了踏实觉了。

其实,隋震霆理解经侦支队长的做法:在世俗社会里,一个人要找到并把握机会实现人生的突破并不是一件易事,尤其奔跑在事业的道路上,没有更高层次的人的关心与实质帮助,一个普通出身的人每向上爬一步都艰难万分。在这条道上走,不怕自吹自擂跟上头领导关系如何好,甚至可以毫无顾忌地在

第二章 倒数第五天

领导面前赤裸裸地溜须拍马,但最怕的是让大家知道你没有后台。

大凡在官场久了,做任何事情都会有关系思维,越是在官场得意的人,越不相信世上有什么摆不定的关系。

隋震霆知道有一种说法:领导不收钱,下边人为难;领导不收礼,下边人着急。而且有不少在领导岗位上的人,当拥有决定他人升迁提拔的决定权时都特别兴奋,那种滋味比蜜还甜,比吸了毒还嗨。

但隋震霆对此种权力带来的事情却经常感觉头痛。他不是不近人情,而是因为太了解公安工作的特点:公安系统领导职位是典型的"僧多粥少",压人压得厉害,尤其是当大家都干得很出色时,提谁不提谁?不被提的人往往会积极性受挫,慢慢地开始消极怠工。而且,当公安局局长,跟其他领导岗位上的人不一样,身边的主力干将的钱不能收,那会让这个警察体系烂透,一旦你身边亲近的助手都不再全身心投入到工作本身,那社会面立刻就会千疮百孔,到时你这个局长的位置也就岌岌可危了。

尤其是近来一个时期,更需要谨小慎微。从去年中央"不忘初心,牢记使命"主题教育开始,党内风气得到有效净化,领导干部之间的吃喝应酬"断崖式"减少,反腐力度却保持"高水准"不放松,再加上扫黑除恶近三年来,全国已经落马了诸多公检法司的各级领导,这些举措已经立竿见影地触及了每一个人。

近四十年来,粤中省也出了许多大领导,即将出席清宁金融创新区成立大会的这位国家领导人也曾当过粤中省委书记。

清宁本地经济好,还出高级领导干部,包括输送到北京的各大中央委办局的人才。以往这些人跟隋震霆互动频繁,说话也总是有说有笑的,有时隋震霆向他们了解一些内部精神和内部动态,他们也时常把话题尺度放得很宽。

但近期,尤其是疫情得到控制以来,许多原先热络的京官朋友们突然像统一了步调,说话口吻不冷不热起来。

前段时间有一位在中央政法委工作的老乡来粤中调研，隋震霆得知消息后专门去其驻地探望。没想到曾经熟稔的老乡居然以"时间太晚，已躺下休息"为由给他吃了闭门羹，甚至一直到离开清宁都没再联系隋震霆。

隋震霆毕竟出身寒微，政治背景薄弱，在官场上难免总有摇摇欲坠的危机感，而且这段时间他也多少听说了坊间的许多传闻，刚才经侦支队长说的那种传闻确实有，但是并不确定，似乎有些越来越渺茫。

隋震霆近期听到了另外一个版本的说法：粤中公安人事要大变动，刘强要被扶正当厅长，自己有可能要去市政协当个副主席，要从公安部下放一个人来清宁当局长……

类似这种传闻时不时地就会甚嚣尘上，虽说传闻不一定靠谱，但有时候也意味着一些信号，毕竟无风不起浪。

前天，为了试探虚实，隋震霆跟市委书记请示，希望能当面汇报工作。结果，市委书记很客气地说，这几天忙于金融创新区的成立大会，等这个活动结束了再说，让隋震霆等通知。

挂了电话，隋震霆举着发出"嘟嘟"忙音的话筒，浑身大汗淋漓，他觉得这不是一种好的信号，以前市委书记一接到他的电话，时常就会滔滔不绝地跟他说工作的。

十有八九是出现了什么特别的情况。

但是，隋震霆也从身边耳目中得到一些信息：中央现在选拔干部趋向年轻化，隋震霆越过刘强成为公安厅厅长也大有可能，只要这次扫黑除恶专项斗争取得圆满成功，只要这次金融创新区成立大会圆满成功。

什么是希望？

希望就像广袤草原上的一点火花，只要点燃就可能会燎原。

隋震霆希望在人生如此关键的时期再搏一回，人生能有几回搏？

钊阳笑嘻嘻地露出脑袋,反手关门,走过来,手扶着桌上厚厚的几摞文件俯首道:"老大,您这字越写越好啊!"

"知道谁说的吗?"

"您之前告诉过我的啊!曹操曰'胸怀大志,腹有良谋'嘛!"

"也不知道你真懂假懂。"隋震霆把毛笔架在砚台上,恨其不争地又引用了一句诸葛亮的话:"不学者,虽存,谓之行尸走肉耳。"

"老大,咱们当警察的不就是办事儿嘛!读那么多书知道那些历史有什么用!"钊阳下意识地想摸烟,犹豫地打量隋震霆,又抽回了手。一般的下属都怕隋震霆,但跟他走近了就会知道他是一个有情有义的人,一旦认可你就会包容你的缺点,在关键的时候就会帮你。但是他跟你说过的事情你必须要记得,比如远离香烟。

钊阳拿起水壶,给窗前的富贵竹浇水。他当初送来这盆富贵竹时只有半米高,现在已经蹿到了近一米高。

钊阳顺手剥枯叶时发现有两棵竹子顶部的芽儿有腐烂的迹象,他正在思忖要不要把这两根抽出来扔掉,隋震霆咳了一声。

钊阳回过头,发现隋震霆用眼神瞥了瞥桌上的几封信。

钊阳放下水壶,走过来捧起来看,几页纸翻得很快,愤愤不平:"我们在这里冲锋陷阵,没有功劳也有苦劳,他们就信这些?"

"时代变了,道理不变。"

"这也太扯了!咱们清宁市局扫黑除恶的业绩全省第一,最后竟然还要被人怀疑,这是什么意思啊!"钊阳气愤道,"我今天下午听您会上讲的那些话,就知道有人在背后捅刀子!"

"特殊时期,埋头走路不看路,会把路走没了的。"隋震霆像是在自言自语,"被写举报信也得够格,战场上谁能没有伤?所有事情没有结论,还存在各种变局的可能。"

"您看看,扫黑除恶这两年多,全国落马了多少公安系统的人? 好歹给警察留点儿面子吧,以后出去老百姓都对我们指指画画的,多没面子!"

"面子? 面子值啥钱? 当警察,权力大,责任就大,就得经得起老百姓挑剔!"隋震霆背着手站起来,"身正不怕影子歪,这老话你总懂吧?"

"懂! 有人要是故意把您的身影照歪,我也不能轻饶了! 老大,您有啥担心的跟我说!"钊阳看到隋震霆振作起来,也吃了一颗定心丸。他想起早上在青龙观求的那个签上的话:"急水滩头放船归,风波作浪欲何为;若要安然求稳静,等待浪静道此危。"只要隋震霆这棵大树根深蒂固,自己自然安稳。

今天来见隋震霆,钊阳也是为了求得心里踏实。过去这些年,如果没有隋震霆的赏识和一路扶持,他一个西北农村来的外地人,十有八九现在还是个普通民警,很可能像有的老民警一样啥名位也没有,仍在清宁成千上万的小公务员中随波逐流。

"血染征袍透甲红,当阳谁敢与争锋!"隋震霆好像拿定了什么主意,目光炯炯,"关键时刻,你得拿出点儿亮眼的成绩!"

"是,老大! 我现在就回队里落实您的重要指示!"钊阳挺起胸膛,标准地立正敬礼。

隋震霆指了指沙发:"坐下,别整天毛毛躁躁。"

钊阳坐在沙发上望着隋震霆,等待下文。

谁知,隋震霆却陷入了沉默,手指有节奏地敲击着椅子扶手。

隋震霆在思考"关键时刻"的含义。关键时刻可能是生死存亡的时刻,也可能是发展的紧要关头。关键时刻永远是一把双刃剑,把握好了,披荆斩棘、大放异彩;把握不好,灰头土脸、一败涂地。

钊阳也在琢磨刚才隋震霆提到的"关键时刻"。关键时刻应该说的就是提拔的时间节点吧,在这个关键时刻必须要有亮眼的成绩让上面的人好说话,那就意味着飞黄腾达。

人生苦短,每一个关键时刻都不能错过,错一步步步慢。

隋震霆起身进了洗手间,一会儿出来,刚洗了的脸上容光焕发:"你还没吃饭吧?"

钊阳大嘴一咧,露出两排洁白的牙齿,放松下来:"没呢!"

"喊上彭大为一起!"隋震霆手一挥。

"彭大为今晚有同学会。我觉得咱们可以一起吃个夜宵。"钊阳看着隋震霆流露出一丝困惑的眼神,补充了一句,"他们同学里不是有张蕾嘛!这个饭局咱们不让他去不近人情呢!"

隋震霆想起今天在省里开会,散会后进电梯时,余光看到张立国和刘强在交谈着什么,张立国好像还瞥了自己一眼,当时还没看真切,电梯门就关闭了……

隋震霆拿起桌上的电话,把话筒放在耳边,朝着钊阳正色道:"刚才我在会上也说了,眼下上面都在盯着,侦破鲁芊芊案是当务之急,也是我们打开套路贷和暴力催债集团的重要切口。彭大为刚从厅里下来任扫黑支队支队长,前两年又在公安大学进修,对清宁市当地情况不熟悉,你这个特警支队支队长得多多支持帮助他。"

"您不叮嘱,我也得撑他啊,那可是我师傅的独子,我的亲兄弟!"钊阳早已习惯了隋震霆的领导风格,上一句在说一件稀松平常的家常话,下一句可能就急转直下到某一件重要的案子上来,前半截可能还在跟你谈笑风生,后半截可能就变成了批评指示。

隋震霆使了个眼色,对着话筒道:"喂,大为……"

13

"百年修得同船渡,千年修得共枕眠,五世修得同窗读!"班主任捋了捋灰白的刘海,激动道,"同学们,在茫茫人海中,我们相遇又分离,但是老师一直记挂着你们每一个人!"

看着老师满含热泪地喝下满满一杯啤酒,胡光耀招呼同学们都举起杯来。

"放开吃啊!今天我埋单!"胖子抹抹嘴,中气十足地招呼服务员抓紧上菜。

张蕾看着服务员给每个人端上来的鱼翅,忍不住道:"胖子,你行啊!这么高档的地方上这么实在的硬菜,不是应付我们!"

"蕾蕾,胖子他爸以前可给咱班每人赠送过一套运动服呢,这是良好的家风传承。"班主任四处张望,"哎,彭大为呢!彭大为怎么没来啊!"

"正要向您老报告呢,除了他,咱们班在清宁的都来了,我这也是散了会就直接杀过来的!"胡光耀起身给班主任添酒。

"那你没拉着彭大为一起来啊!"张蕾埋怨。

"拉他?拉得动吗?"胖子替胡光耀打抱不平,"要不是今天咱们老师出面打电话,咱们的电话他都不一定接呢!支队长,好大的官架子!"

"怪不得还没进门就直打喷嚏!"彭大为推门而入,"支队长不过是兵头将尾,算啥官儿啊!"

"坐我这,坐我这,坐我这!"作为今晚的东道主胖子小跑上前,拉着彭大为坐在了他和班主任中间。

"我这样的学生,坐在老师身边还真有点惭愧!"今天若不是因为班主任亲自打电话,彭大为还真就不参加这次同学会了。

"大支队长才是兵头将尾,那我更啥也不是喽!"胡光耀俨然回到了中学时班长的角色,指挥调度顺理成章,"别说虚的,来晚了先罚酒一壶!"

张蕾看彭大为拎着酒壶往肚子里倒,忍不住说:"用不着喝这么多,咱们这么多同学今天都没喝酒呢!"

"哟,你看看!班花也会怜香惜玉呢!"胖子对着班主任叫屈,"她什么时候平等对待过我们这些普通同学啊!"

"对对对,张蕾,你对待同学得一视同仁!"班主任红光满面,仿佛是桃李满天下的人生大赢家,尤其是这几天刚上新闻的彭大为到底是来了,这也让他这个做老师的面上有光啊。

其实,彭大为上学时并不喜欢这位班主任,原因很简单:教学方法简单粗暴,动不动就上纲上线,彭大为都记不得自己被罚站了多少回,还被这位老师不知道怎么练就的"百发百中"的粉笔头砸中过多少次脑门……

时过境迁,大家都好像忘记了儿时的不快,如今只剩下深厚的情谊。气氛很快热烈起来,十几年前的老同学们虽然从事着不同的行业,但此刻都像是回到了从前。

其中有两个同学结婚了,刚生了二胎,已经发福的女同学抱着男婴,美滋滋地享受着众人的关心和照顾。

张蕾趁胖子去邻桌敬酒的机会,落落大方地坐到了彭大为身旁:"咱俩也碰个杯吧!"

"咱俩就别喝了!"彭大为眼神躲闪,压低声音,"你也少喝。"

"为啥咱俩就可以不喝啊!咱俩怎么着不也是老同学吗?"张蕾感觉身体里的酒精在刺激着她平日里压抑的不快。

"你女孩子就别喝这么多了!我跟彭大为喝。"班主任去抢张蕾的酒杯。

彭大为眼疾手快,一把夺过张蕾的杯子,仰脖子倒进喉咙里,然后又把自己那杯也倒进去,擦擦嘴朝着班主任笑道:"怎么能让老师代喝呢,怎么也得是我这个当年班上学习倒数第一名来吧!"

"你是开窍晚,后来不是成绩突飞猛进了嘛,现在也是成功人士了!"班主任摘下眼镜,擦擦哈在镜片上的雾气,压低声音,"你们俩到底怎么回事?你看看人家俩,都生老二了!"

"这个得问他。"张蕾眼睛红了,她倒没有特别羡慕那两个结婚的同学,那种柴米油盐的日子也不是她想要的。

"老师,张蕾是事业型女性。"彭大为又开始倒酒,"咱们继续喝酒吧!"

"彭大为,你什么意思?"张蕾的声调提高了八度,喧闹的包间里突然安静了下来,一时间鸦雀无声。

"上学时就没正经回答过老师的提问。"胡光耀像是在打圆场,"咱们今天的主题是感谢师恩,大家一起举杯啊!"

大家喝下一杯后,胖子已然喝多了,搂着彭大为去包间外的厕所,顺便抽根烟。

两个人并排站在小便池边上,稀里哗啦一阵,胖子向下歪了一眼道:"这么大,除了尿尿还有别的用吗?"

"你该减肥了!腹部脂肪囤积多了,会让你那儿看上去更小的。"彭大为提上裤子。

"我不在意谁大谁小,我就在意咱们兄弟间的感情深不深。"胖子晃出厕所门,拖住彭大为的胳膊,"咋当官儿就忘了兄弟啊!苟富贵莫相忘啊!"

"我这叫当啥官儿?上任第一天就是那个女大学生跳楼的案子,压力很大。"彭大为回头,看着胖子灼热的眼神,想起少年时光,"再说了,要说富贵,那也是你啊!"

"我可从来没有忘记过兄弟!"胖子的眼睛红了,从手腕上摘下一块运动型腕表,拿起彭大为的手腕戴上。

彭大为试图缩回手腕:"你这是干什么?!"

"那年打篮球,我把你爸送你的那块电子表弄坏了,当时说要赔你的!"胖子不由分说,硬拉住彭大为的手腕把表套上,"除非你嫌弃这块表是旧的!"

"你们两男的在外面说什么悄悄话啊!"张蕾已呈醉态,指着彭大为道,"你算不算男人?怎么连点儿胆量都没有?不喜欢了可以直说,怎么总是躲躲藏藏?"

胖子在旁边尴尬地直搓手:"张蕾,大为从小就浑,你还不知道他?"

"不喜欢了。"彭大为点上烟,抽了一口,干脆地说了出来。

张蕾愣住了,以为自己听错了:"为什么?是因为我妈吗?"

"跟你妈没有关系。"彭大为别过头,继续抽烟,"那时候我不懂事,咱俩不合适,你找一个对你好的男人吧。"

14

"盛记"店面小、座位少、人气旺,隋震霆和钊阳下车的时候,门口还在排队等号。

"也就是彭大为,局长叫吃饭,还不提前到。"钊阳看看手表,差两分钟到十点,"我进去跟老板说说!"

"排队,跟别人一样等着。"隋震霆望着盛伯老两口忙里忙外,那种市井气透着温馨和人情味,看着都是一种享受。

钊阳看看手表,已经过了十点,忍不住嘀咕了一句:"也就是彭大为敢让局长等着!"

"你不了解他。再说今晚咱们也不是因为工作关系来吃饭。"隋震霆气定神闲地看着店里墙上挂着的电视机,屏幕上在报道即将到来的金融创新区,世界各国重量级嘉宾和中国国家领导人出席的名单。

来得早,不如来得巧。彭大为下出租车时,一桌客人刚结账离开。

钊阳当胸擂了彭大为一拳:"你小子牛!让局长等好久!"

"局长,我来晚了,我们班那些同学……"彭大为非常抱歉。

盛伯招呼隋震霆一行三人:"快来坐!"

那张桌子是早上彭大为和郭晓冉吃早餐的那张。

钊阳麻利地帮忙擦桌子和椅子,端茶壶,洗餐具。彭大为显得反而插不上手,帮不上忙,隋震霆招手示意彭大为坐下,任由钊阳去张罗点菜。

"你是学院派,动手能力就比钊阳这些省警校生差了些。"隋震霆语气宽厚,更像是一种平衡的安慰,也像有弦外之音。

"是是,我有很多欠缺,实践经验也不足。"彭大为想起刚才自己离开时,张蕾的失态与痛苦,几个女同学一边劝慰一边埋怨彭大为狼心狗肺。

隋震霆拍拍彭大为的肩膀:"我和你爸,还有你刘伯也都是省警校的,理论水平和专业素养就比不了你这个公大高才生了。"

"您和刘伯都来公安大学学习过很多次,理论和专业水准都很高,是我学习的榜样。"彭大为说的是实情,刘强和隋震霆晋升警监,新任公安局局长、厅长时都曾到公安大学短期学习过,在中国社会能坐到公安系统这样的位置上都不是庸才。

"我和你爸刚工作时,这家店刚开,一眨眼三十多年过去了。"隋震霆陷入了对往昔岁月的回忆。

早上和郭晓冉在这里吃早餐的场景,在彭大为眼前一闪而过……这个店承载着太多清宁人的记忆。

"你这次回公安大学读警务硕士,我以为你就不回粤中了。"隋震霆知道彭大为因为业务能力突出,在公安部都是挂了号的后备人才。

"回来前,也有领导问我要不要考虑先借调公安部国际合作局,出国做警务联络官的。"

"多好的机会,出去见见世面!"隋震霆发自肺腑地感叹。

"总感觉放不下家乡,主要还有我妈。"彭大为说的也是实情,这一出国任职没个三五年都回不来。

"当然现在也很好,在哪里都有战场让你发挥。"隋震霆转而关心道,"怎么样,你跟胡光耀搭档还合拍吗?"

"老同学了,本来就熟悉。"彭大为想起今晚的同学会气氛热烈,跟胡光耀也没在单位时那种拧巴劲儿了,尤其是胡光耀主动提及支队马上要提拔几个人,想听听彭大为的意见时,彭大为明确表示自己刚上任不了解情况,人事上的事还是以胡光耀的意见为主。

当时,胡光耀听到彭大为的表态,有些意外,当然也很满意,主动跟彭大为推杯换盏。

公安实行双正职领导结构,一个支队的支队长和政委都是政治领导,有所分工也很正常。加之,彭大为原本就对人事上的事不感兴趣,而且也有数,自己刚来队里,什么都不了解就发表意见,容易给人形成什么事情都想说了算的印象。

"你们都年轻,正是干事的好时候,又赶上了国家飞速发展的好时代,许多机会是我们这代人想都不敢想的。"

彭大为察觉到了隋震霆有些意兴阑珊,知道他说的还是自己有去公安部工作的机会,儿时他就听隋震霆跟父亲喝酒时提到"天够高,鸟才能飞得高"。

彭大为当然不能点破,便笑道:"哪里也没有咱们清宁好,哪里也吃不到咱们清宁的鲜虾云吞面啊!"

"没错!"钊阳拍了彭大为肩膀一下,也坐下来,"当年我刚入警时,跟着你父亲出来吃的第一家店就是这里!"

隋震霆认真地看着老板娘麻溜地切菜,老板炒着菜,像是在欣赏一种民俗艺术表演,甚至带有一种羡慕。

"我时常想吃这一口。"彭大为刚才在同学会上光喝酒了,都没怎么动筷子。

隋震霆点点头,跟正在炒菜的老板攀谈起来:"我一直都忘了问您,为何生意这么好也不雇个伙计?"

"现在年轻人哪里吃得了这个苦,请个伙计又不忍心用得太狠。"老板颠着勺盛出一盘清炒菜心,娴熟地刷锅、下油、爆锅,"儿子三十岁了才刚定下婚事,要在深圳买房子,上半年疫情已经耽误了很多生意,现在更得加把劲儿啊!"

彭大为听到"婚事"二字,心里五味杂陈。

刚才张蕾借酒发作,搞得他很尴尬,也让他心生愧疚。十几年的青春,对谁都是昂贵的,但是不合适的就应该"止损"吧。

老板把清炒菜心摆到桌上,钊阳随口说道:"您这店开成老字号了,应该扩大经营嘛!"

正给客人拿啤酒的老板娘听到这句话,"砰"的一声,失手摔碎了一瓶啤酒。

店里的客人们吓了一跳,但没介意,继续吃喝聊天。彭大为起身帮忙清扫碎玻璃,老板娘特别不好意思。

看着菜陆续地摆上桌,隋震霆道:"你们俩喝点儿吧,这段时间也把你们折腾得不轻,后面还有硬仗。"

"隋局,我晚上……"彭大为话音未落,就被钊阳捂住了嘴。

钊阳瞪了彭大为一眼,拎起一个矿泉水瓶子,先给隋震霆倒了一杯,又给彭大为倒了一杯:"能跟同学喝,就不能跟局长喝?今天还让局长等你这么久!你来报到,接风酒都没喝,今天就算补上了!你不喝都说不过去吧!"

"这不是一来就赶上案子了嘛!"彭大为之前几次三番地拒绝了钊阳的接风宴,确实有些过意不去。

钊阳很羡慕彭大为这样的本地人有各个阶段的同学圈,不像自己只有老乡圈,而自己的老乡圈基本上对自己都没什么助力,还得自己费尽心思地帮助他们。

隋震霆举起杯,把酒全倒进了嘴里,顺手又拿起矿泉水瓶子自斟一口:"钊阳啊!用农夫山泉的瓶子装茅台啊!"

钊阳把酒一口喝下去,抿抿嘴,挠挠头:"珍藏了好久……"

彭大为端着杯子,仰着脖子,突出的喉结在精瘦的皮囊上艰难地蠕动,他从来都没喝出茅台为啥好喝来。

"大为,作为长辈,我认为你人靠谱,做事也雷厉风行,但是对人情世故考虑得并不周全。"隋震霆夹了一粒花生米扔到嘴里嚼着，"警察是社会工作，社会里就是人情关系，你不考虑周全就会掣肘你的工作。"

彭大为没想到隋震霆会提到这个话题，想必也非临时有感而发。他联想到老牛提到对贾文军一案的怀疑，再结合隋震霆的这番话，彭大为别有一番滋味在心头："隋局，如果人情和法律发生冲突，该怎么选？"

"我们要尽量避免这种矛盾的发生，未雨绸缪。"隋震霆又夹起一粒花生米扔进嘴里。

"那是不是意味着，为了预防问题的发生，有时候就不得不在原则问题上妥协？"喝了酒的彭大为更固执。

"你是想说什么具体的事情吗？"隋震霆放下筷子。

"哎哎哎，大为，你这什么情况！说好的今晚不是工作餐，咱们桌上不谈工作。"钊阳招呼老板娘给自己和彭大为换两个大酒杯。

彭大为要求少倒一些，钊阳给他倒上半杯，给他自己的杯子全倒满了："这样可以了吧！"

"啥意思啊！嫌我老？还是因为酒太贵？"隋震霆招呼老板娘也给他换个大杯。

三人举起三两的大酒杯，轻轻一碰。

钊阳嘴角挂着笑，张口就把一杯酒倒进了喉咙，杯子一放道："大为，隋局都干了，你还不干了！刚才局长提点你的还没懂？喝酒留一口，这样的干部要调走；喝酒留一半，这样的干部要查办！"

这时，老板的手机铃声响起，老板忙得没听见，直到老板娘提醒他才在围裙上擦擦手，当他拿起手机时脸色大变。

盛伯背过身，弯腰捧着手机，刚才的满面笑容消失不见："拜托你们再容我几天吧！"

"盛老板,生意很好啊!"电话另外一头的男人像是在说恭维话。

盛伯惊恐地回头望向店外,收回视线时与老板娘担心的眼神对焦,嘴巴哆嗦:"我能借的全都借了,每天的收入连利息都还不上……"

隋震霆看着彭大为闷闷地喝下了一杯酒,也试着放松气氛:"以前你父亲还常带钊阳去你们家吃饭!"

彭大为点头:"我妈说那些年她的工资全都给我爸的同事和徒弟吃喝了。"

隋震霆哈哈大笑:"说得我们都是酒肉之徒一样!你妈做的鱼香肉丝是一绝啊!"

"我妈现在天天忙着炒股,估计都忘了鱼香肉丝该怎么炒了。"彭大为无奈地摇摇头,看了看背着身接电话的盛伯,"说是要攒钱给我买套大婚房。"

"天下父母心啊!我昨天还跟工会主席说给你们这些年轻人多举办些联谊活动,不能因为工作耽搁了人生大事啊!"隋震霆对青年民警的婚姻家庭问题非常关心,众人皆知。

"别像我这样,为了事业打光棍儿至今!"钊阳现身说法,"有一次我喝醉了,你妈把我赶到你屋里住,半夜醒来发现你还搂着我,把我当成你女朋友了吧?"

彭大为脸红:"我那时候还小……"

"我那时候还没晒黑……"钊阳满腹感情地回忆道,"那时候,基本上到每月下旬我就没钱了,然后你爸就带着我去你家吃饭,每次喝酒你父亲都会跟我背他的那句座右铭……"

隋震霆难得一笑,和彭大为不约而同地背诵道:"信仰就是在面临生死考验时依旧能坚持到底!"

"这是你爸上警校时的口头禅。"隋震霆怀念那时候的青春无敌和理想主义。

136

第二章 倒数第五天

"你刚来市局,有些不懂的事情就问我!"钊阳拍拍胸脯。

"不懂什么?"彭大为不服气。

"我讲不出局长那些有哲理的话。从我这个文化水平的理解来说,就是一种江湖气,你没在基层待过,不懂!"钊阳又举起杯,"这些我教你,高层次的让局长指导你。"

"教正了叫接地气,教反了就叫歪风邪气。"隋震霆也举起了杯,抿了一口后闲聊,"你跟张蕾怎么样了?"

彭大为摇摇头,没作声。

钊阳又喜又忧,来之前他就接到了胖子的线报,知道今晚彭大为和张蕾在同学会上闹得不欢而散。

"你爸不在了,有些唠叨的话只能我来说了。"隋震霆给彭大为夹了一口菜,"你们俩之前不是一直挺好的嘛,都这年纪了,知根知底的。"

彭大为沉默了一会儿才开口:"我们俩不合适。"

"怎么不合适?"钊阳不知道怎么会有彭大为这样糊涂的男人。

"有家庭理念的,还有价值观的,一时我也说不清楚,但就是感觉不合适。"彭大为自斟自饮了一杯酒,无声地叹口气,"不是一路人,走不到一起去。"

"少年不知愁滋味啊!"隋震霆摇摇头感慨道,"真搞不懂你们现在的年轻人!是不是文化越多越矫情了呢!"

"隋局,我可不矫情,我是没人要!"钊阳像是发现了新大陆,"呦,这还戴上表了!"

"我那个老同学胖子,非要给我!"彭大为想起刚才自己要提前走,胖子一直把自己送到酒店门口,还泪眼蒙眬的。

"老板,埋单!"有客人叫道,无人应答。

"老板娘,结账!"客人又叫,还是无人应答。

隋震霆看到老板和老板娘目瞪口呆地望着店外,好像看到了外星飞碟,顺着他俩的目光向外看去:一伙男子从马路对面的面包车上鱼贯而下,气势汹汹地穿过马路,路上司机摁喇叭,这些男子也不躲让。

等到钊阳和彭大为发现隋震霆神情发生变化时,这些凶神恶煞的男子已经进了店。

此时,店里还有三桌客人,其中一桌是刚才催着买单的中年夫妻,见形势不对,钱放桌上就走了。

还有一桌是两对青年男女,酒兴正浓,两个血气方刚的青年男子瞪了店里那几个不速之客几眼,那些男子立刻恶狠狠地围了过来,两个年轻女性赶紧硬拉着各自的男伴撤了。

店外的许多路人和街坊邻居在外面观望,指指点点。

这群男子中带头的是一个五十岁左右的壮男,脚蹬千层底黑布鞋,一身打太极拳的装扮,他笑眯眯地瞪着盛伯:"大老板啊,给兄弟们赏口饭吃啊!"

盛伯瑟瑟发抖,不停作揖:"拜托了,我现在真没钱,再宽限我几天吧!拜托了,可怜可怜我们俩……"

"从春节前拖到春节后,从疫情前拖到现在!""黑布鞋"拿起一杯做好的奶茶,闭上眼吸了一口,非常享受地睁开眼,"可怜你们?谁可怜我们?"

一个马仔看店门口有人说要打电话报警,吹了声口哨道:"欠债还钱,天经地义,警察来了也不能让他们赖账不是?"

店里只剩下隋震霆一桌,几个彪形大汉不怀好意的视线恶狠狠地扫过来。

彭大为忍不住要站起来,钊阳看看隋震霆的眼神,在桌下按住了彭大为的膝盖。

"老板,准备好了吗?"一个快递小哥跳下电动车,头也没抬地匆匆进来。

"黑布鞋"直勾勾地看着快递小哥,快递小哥看着现场的情况,低头转身走了。

"黑布鞋"抄起大筷子,从滚烫的油锅里夹起一个三丝春卷,吹了吹,嚼着吃:"你儿子不是在深圳刚买的房子吗?他眼光不错,给你们二老选的儿媳妇儿够漂亮,够辣!"

"死老头子!都怪你!好好地借什么钱,开什么新店,这利息咱们一辈子也还不上了!"老板娘带着哭腔埋怨道。

"您二老这年纪太大了,但您儿子和儿媳妇年纪刚刚好,他俩能为我们做不少事情。""黑布鞋"吸了吸鼻子,眉头一皱,瞥了一眼旁边的炒锅,"菜都煳了!"

被戳中软肋的老板娘噗通跪在地上,抱住"黑布鞋"的腿:"求求你,不要找我儿子!求求你!"

隋震霆于心不忍,站起身拍拍"黑布鞋"的肩膀:"有事好商……"

"黑布鞋"反手一抡,隋震霆一闪,"黑布鞋"拍在了隋震霆脖子上。

钊阳和彭大为不约而同地站起来,一左一右护住隋震霆。

"黑布鞋"转过身来,刚才笑眯眯的眼睛冒出了凶光,他盯着隋震霆一个字一个字吐出来:"怎么?想当关公?义薄云天?先掂量掂量自己有几斤几两。"

"黑布鞋"又左看钊阳右看彭大为:"怎么,你们俩想抢着演谁?张飞?还是赵云?"

彭大为扶起跪在地上的老板娘,头也没抬道:"你说话注意点儿!"

"黑布鞋"瞪着彭大为:"小子,我觉得需要注意点儿的是你了!"

钊阳笑嘻嘻地凑上前:"兄弟,有事好商量……"

"谁是你兄弟!我看你们仨像是黑恶势力!""黑布鞋"嘴一撇,对着隋震霆的鼻尖点了点,"你就是大哥吧,小心让警察把你们扫喽!"

隋震霆笑了,刚要开口,"黑布鞋"顺手抄起炒菜勺抡向隋震霆:"你他妈的还敢笑!看来今天爷得替天行道!"

就在一瞬间,钊阳和彭大为一同出手,如行云流水。

彭大为一脚把"黑布鞋"踹倒在地,"黑布鞋"有点儿蒙了,扒着锅沿试图爬起来,谁知手指伸进了油锅,捧手号叫着满地打滚。

周围的男子群起攻之。

钊阳就地取材,抄起一把塑料椅子当武器,抡倒了最先冲上来的两个。

其他男子举起酒瓶,还有的冲进后厨抄起菜刀,双方陷入混战。

彭大为和钊阳训练有素,默契地摆出战术队形,保护盛伯两口子和隋震霆。

"别管我!"隋震霆一声大喝,矫健出手,将一个扎着辫子的瘦高个的胳膊扭到身后,那个人正面贴在墙上动弹不得,却挣扎着要去摸腰间的刀,隋震霆使足劲儿,膝盖朝他胳膊肘顶去,只听到咔嚓一声,瘦高个儿一声惨叫,胳膊断了。

彭大为一个箭步飞跃,瞅准面前一人膝盖最脆弱的侧面,借着惯性侧踹过去,双脚还没落地,余光看到有人举着酒瓶从背后向钊阳头上敲去!

"钊哥!"彭大为来不及出手相助,只能发出一声急促的提醒,就在他分神的一刹那,一个歹徒踢中彭大为的胸口,强烈的窒息感一下子使得彭大为眼前阵阵发黑。

彭大为强忍住呕吐感,顺势拉着那个人的手腕朝内使力,猛地将他的手腕朝内生生掰了一百八十度,咯嘣一声将其手腕折断。

砰的一声,钊阳愣了一下,几秒钟后才意识到是什么东西狠狠地击中了自己的脑袋。

钊阳一脚踢翻眼前的对手,慢慢地转过头,碎玻璃碴儿混着冰凉的啤酒从他头顶向下流,头上居然没流一点儿血。

那个偷袭的歹徒愣了,呆呆地看着钊阳的笑脸,那笑容里是浓浓的杀气,歹徒打几个哆嗦,腿一软,"噗通"一声跪下了。

刚才被彭大为斜踹膝盖的人,抱着腿在地上打滚,涕泪横流地嘶号着。

另外两个男子冲了上来,彭大为右脚蹬住身后的墙面,像一把弓箭似的把身体射出,两脚分别踹中两个男子的心窝,左边那个男子倒下时脑袋撞到了桌沿儿,昏了过去,右边那个男子身材壮硕,退后了三步,旋即冲上前踢向刚刚落地的彭大为的太阳穴。

彭大为竖起手臂保护头部,对方力量很大,彭大为向侧面踉跄了两步,摔倒在地。

对方一跃而起,手中出现了一把匕首,刀锋在灯光下划出一道光痕。他把彭大为压在身下,扳转着彭大为的手腕,手中的匕首逐渐逼向彭大为的脖子。

千钧一发之际,砰的一声,一个大铁勺抡在了这个男子的脑袋上。

"我让你狂,还敢动刀子!"钊阳手持大铁勺又划出一个大弧度,像是高尔夫球手似的抽在了男子的脑袋上,"你这个尿货!"

不到十分钟,这伙催债的男子全部被打趴在地,抱着痛处呻吟,门口围观者一起鼓掌叫好。

两辆警车停在了店前,下来四个警察和六个协警,带头的是个两杠二,拎着警棍冲进来吼了一嗓子:"警察!都不许动!怎么回事?怎么回事?"

两杠二看到隋震霆,开始没敢相信,眨眨眼确定了一下,立刻立正,正要敬礼,隋震霆手一摆,示意不必。

一个马仔颇"有情有义":"先带我们老大去医院吧,他的手被烫废了!"

没想到"黑布鞋"不领情,豪气冲天:"你们有本事把我的双手剁喽!有本事弄死我也行!"

"没人剁你手,也没人会弄死你,有法律处理你。"彭大为嫌恶道。

"法律?哈哈,笑话!""黑布鞋"被塞进车里,一只布鞋掉在了车外面,他弯腰去捡鞋时叫嚣,"你们都给我等着!"

"我们一直都在公安局等着,等着你们自投罗网!"钊阳不屑道。

"知道我们老大是谁吗?""黑布鞋"梗着脖子,手里挥舞着"黑布鞋",像是拿着一把大砍刀。

"我管你们老大是谁!在你们这些社会渣滓面前,我们公安最大!"钊阳霸气十足。

彭大为心里一动,忍不住问道:"你们老大是谁?"

派出所民警按着"黑布鞋"的头往车里塞,"黑布鞋"又挣扎着探出头来:"贾文军知道不?'山义帮'知道不?你们公安局局长都害怕!"

隋震霆耳闻目睹这一切,眉头紧皱,脸色阴沉。

彭大为冷冷旁观。

15

中国西南边境,戒备森严的铁丝网上悬挂着一长溜标示牌,蓝底白字的警示语:"严禁中国公民非法出境,严禁中国公民出境赌博。"

沿着铁丝网走不远,就可以看到一条中国与邻国的界河,河水浑浊不堪。河对面可以看到一处外观气派的土黄色大院落,那就是邻国最为著名的赌场之一:星河赌场。

黄志广坐在星河赌场的贵宾厅中开怀大笑。他今天手气绝佳,赢得盆满钵满。

"黄总,您今天运气挡不住啊,再来把大的,估计可以再建一个海洋动物馆了!"叠马仔恭维道。

"这不过是小意思。"黄志广得意地又喝下一杯威士忌,随手抓了一把筹码塞到叠马仔口袋里:"你若不带我来,我还以为澳门就是亚洲最好玩的地方啊!功不可没!"

"我有佣金啦,您不用再给小费的。"叠马仔嘴上说着,但并没有要归还筹码的意思,他弯腰添酒时小声说,"这里的贵宾厅厅主说有一个贵客,不知黄总有没有兴趣……"

"就怕他赌得太小没意思。"黄志广摩拳擦掌,赌场里没有窗户和任何提示时间的器件,他都不知道自己已经坐在这里超过了十八小时。

"我去给您叫下,您把把眼。"叠马仔态度谦恭,黄志广皇帝般微微点了点头。

黄志广并不知道身边的叠马仔就是星河赌场贵宾厅厅主,而且在澳门时就对黄志广的公司和家庭情况了如指掌,甚至收买了一个黄志广公司的财务总监以掌握其账上的流动资金情况。

几分钟后,一个妙龄女郎在对面款款坐下,杏眼含春地瞟了一眼黄志广:"我来跟您玩儿把大的吧。"妙龄女郎看不出年纪,大概二十多岁,皮肤白皙,面庞和双手的皮肤细腻柔滑,轻描淡写的妆容让人看了很舒服。

叠马仔回到黄志广身边,耳语了几句,黄志广双臂展开,搂住面前堆成小山一样高的筹码,然后身体向前一倾,双臂一推,双眼注视着妙龄女郎,语气自信而潇洒:"全押上!"

围观喧哗的众人立刻安静了下来。

叠马仔的余光一直在打量和揣摩黄志广,这是他这段时间钓上的最大的"金主",也是他眼中的"洗码机器",但最终结果也会跟之前那些威风凛凛的老板一样,智商逐渐归零,他们会用自己有限的精力、能力和赌场无限的资金对赌,到时候就会毫无尊严地向叠马仔乞要筹码了。

妙龄女郎鲜红的嘴唇一撇,流露出一丝不屑。

黄志广敏感地捕捉到了对方的傲慢,放在平日,他会毫不计较,但是在贵宾厅的十八个小时已经让他变得更傲慢、自负,何况是这样一个令他怦然心动的女人,必须要征服她,不惜一切代价……

叠马仔再次伏下身来耳语,他可以清晰地看到黄志广正咽口水的喉结在上下活动,根据经验判断,目标很快就会达成。

叠马仔谦恭地站到黄志广身后,不易觉察地朝着妙龄女郎眨了下左眼。

16

彭大为打开警用医药箱,照着镜子涂抹药水、缠纱布。

镜子上出现母亲担忧的面容,彭大为吓了一大跳,旋即堆笑,转过头扮鬼脸:"今天跟同事过了几手……"

"跟同事过手会弄成这样?"母亲当然不相信儿子善意的谎言。

"您快睡吧!还得做您的发财美梦呢!"

"我炒股还不是为了给你买房子娶媳妇儿啊!"母亲挤进厕所,这几天她炒了一只中概股,涨势喜人,心情自然也不错,帮儿子缠纱布时批评的口吻都带着许多慈爱,"你该长大了,不结婚永远是个孩子。"

"好歹我也是个中层领导了!"彭大为低头,灯光照得母亲的白发特别刺眼。

"哎!儿子啊!如果你就是为了当官儿,妈反而就不担心了,就怕你跟你爸一样啊!"彭母深深叹息,"我问你个问题。"

"我的妈呀,您有啥问题就问吧!"彭大为嬉皮笑脸。

"你是不是不喜欢女孩……"

"妈,您说什么呢!"

"妈是个开明的人,也听说过这种事儿!"

"我以前不是跟张蕾一起的嘛!"彭大为满脸通红。

"那怎么现在就不行了呢?我觉得张蕾这姑娘除了多点儿大小姐脾气,人品很好。"

"妈!"彭大为拖长音道,"我们不是你们那代人了,得有感觉。"

"是不是因为她妈啊?"

彭大为不知道该摇头还是该点头,迟疑了许久才说:"有她妈的原因,但是我现在想明白了,其实我跟张蕾还是不合适。"

彭大为回到自己的房间里,仰卧在床上,手机响了。

彭大为不想接电话,手机不停地响,只好调成静音。

彭大为翻来覆去地睡不着。他也会有正常的生理冲动,有时候也会感觉到孤独寂寞。这些年,他和张蕾分分合合,但如今他对张蕾逐渐失去了想念。失去想念便意味着这个人不在你心上,就意味着某种程度的遗忘。

这一切从什么时候开始的?是从去北京读书以后就开始了吧,尤其是跟张蕾的母亲谈过那次话以后……

难道真像同学们说的那样自己是个不负责任的男人吗?但是自己从来没有骗过张蕾啊,那种年少的感情无法支撑他们走下去。他也挑不出张蕾有什么不好,但就是失去了那份感情。难道真像书上说的那样的爱情不会持久吗?

郭晓冉的音容笑貌浮现在了彭大为眼前:她总是穿着白色的衬衣、白色的鞋、蓝色的牛仔裤,看上去那么纯洁。不,她确实非常纯洁,她的眼睛不会骗人,那么清澈纯粹……

彭大为又想到自己比郭晓冉大了十岁,他觉得自己的这份念想有些不切合实际。

彭大为望见床头墙上挂着的照片,里面有儿时自己手拿玩具枪和穿着警服的父亲的合影,那是在父亲单位的训练场上母亲给拍的,照片都有些褪色了。

彭大为随手摆弄着床头柜上的台灯开关,台灯一明一暗,一暗一明……

他想起儿时临睡前,父亲有一次给他念了一段《三国演义》中曹操煮酒论英雄的章节,那时候他也听不懂,迷迷糊糊地快要睡着时,父亲起身要离开,他立刻睁开眼,拉住父亲不让走。

父亲蹲在床头,耐心地跟他说:"不要害怕黑暗。光明的上面会有阴影,阴影的上面总有阳光,关键是找到开关。"

父亲就用床头柜上的台灯示范:"只要你找到这个开关,那黑暗会立刻消失。"

父亲牺牲后,彭大为想起儿时的这个场景,找出当时父亲最喜爱的那本《三国演义》,翻到第二十一章找出曹操煮酒论英雄的原文,他反复看,大声诵读,直到能够背出来:"夫英雄者,胸怀大志,腹有良谋,有包藏宇宙之机,吞吐天地之志者也。"

后来这段话也成为彭大为自我激励的座右铭。

"夫英雄者,胸怀大志,腹有良谋,有包藏宇宙之机,吞吐天地之志者也。"彭大为喃喃自诵,台灯的光洒在他疲倦的脸庞上,逐渐进入了梦乡。

彭大为不知道,此时此刻,郭晓冉也想到了他。

郭晓冉站在窗前,望着海上的一轮明月,情绪难平静。

这几天和彭大为接触的点点滴滴,一遍又一遍地在脑海中浮现:他的眼眸特别亮,他的短发又黑又亮,他高挺的鼻梁上渗出细密的汗珠,他肚子突然咕咕叫,他喝汤时上下动着的喉结,他凑到吸管上猛吸了一口奶茶被呛了一口,他的手指很修长,尤其是他拂起刘海额头上露出的那个小伤疤像是一个徽章……

郭晓冉坐到钢琴前,随手就弹起了《梦中的婚礼》,这首钢琴曲是G小调,有4段,前奏、低潮、过渡和高潮,每一段都给人不同的感觉,时而温暖如风,时而哀伤如春雨,时而柔如彩虹。

当郭晓冉发觉自己沉浸在这首爱情旋律里时,停下了弹奏。

她抬头看了看钢琴上摆放的母亲的遗像,弹起了儿时印象最深刻的一首钢琴曲——莫扎特的《小星星变奏曲》,此时耳边仿佛响起儿时母亲哄自己入睡时的吟唱:"一闪一闪亮晶晶,满天都是小星星……"

这首钢琴曲是莫扎特于 1778 年逗留巴黎期间创作的,其实是在法国歌曲《妈妈请听我说》的基础上创作的十二短变奏曲。

原本可爱又富有魅力的变奏曲,今晚她却越弹越沉重,郭晓冉的左手以快速段落开始,速度越来越快,最后以大跨度的渐强结束时,她大汗淋漓。

她合上琴盖,凝视着母亲的遗像,音容宛如昨日。

郭晓冉赤着脚走出房间,走到杨韵颖的房间门口,趴在门上竖起耳朵,里面一点声响都没有,这段时间这个女人异常活跃,经常晚上也不回来住。

郭晓冉又走到父亲的房间门口,门开着,床上空空如也。

郭晓冉一直觉得很奇怪,当年母亲病逝后,父亲为何要娶杨韵颖回来,而且娶回来后一直分床而居。

难道成功的男人都需要一个花瓶做摆设?

郭晓冉从来没有把继母杨韵颖当妈妈看,那个妖娆的女人从进入这个家门开始就对郭晓冉百般挑剔,两个女性之间爆发的战争让郭孚焦头烂额。最后的结局是郭孚送郭晓冉读寄宿贵族学校。

郭晓冉一直难以相信杨韵颖也毕业于清宁大学经管系,按说还是她的直系大师姐:一个读过重点大学重点专业的女性怎么会连工作都没有,竟然"专职"做社交名媛,这都什么年代了?

郭晓冉走到走廊的尽头,那里是父亲的书房。她推开门,里面黑黢黢的,脑海中浮现出三天前的晚上郑强东在这里和父亲争吵的场景……

郭晓冉很早就知道父亲和郑强东认识,两个人时常一起从小区的后门走到海边散步聊天,但是他从来没有见过这两个男人去过彼此家里,直到三天前的那个深夜。

那夜,成小山接送郭晓冉回家取衣服,她上楼时听到父亲在书房里跟人在激烈地争执着什么,她担心地走近书房。

书房的门没有关严,从一厘米宽的门缝看进去,一个男人背门而立,手里挥舞着一摞资料质问郭孚："为什么要骗我？这样会害了我，也会害了你自己！"

郭晓冉从声音听出来是住在同小区的郑强东叔叔，这时郭孚忽然换了一种腔调劝道："老郑，你先冷静下，我们一起想办法。"

这时，书房门不知道被郑强东还是郭孚给关上了，厚重的门板彻底隔断了声音的传播。

门一关上，就听不到里面说的话了，但还是能听到两人持续激烈的争吵。

郭晓冉下楼时很忐忑，她除了见过父亲在家里跟杨韵颖相互冷嘲热讽外，还从来没见过父亲对谁发过脾气，更没见过有人当面跟父亲争执……

郭晓冉反手关上书房门时，手心居然出了汗。

她快步拉紧书房里的遮光窗帘，反身打开了父亲书桌上的台灯。

郭孚的书桌抽屉都没有上锁，里面除了有一些基本文具和单据外，就没有任何资料了。

郭晓冉又拉开书架下面的抽屉，依然一无所获。

她直起身，四处察看，目光落在墙上挂着的"笑傲江湖"四个毛笔字上，两尺见方，那是武侠文学大师金庸先生的真迹。郭孚喜欢金庸的武侠小说，尤其喜欢《笑傲江湖》，这幅字是他香港的朋友赠送的。

郭晓冉取下那幅字，后面出现了一个镶在墙体里的小保险柜。

郭晓冉毫不犹豫地倒着输入了自己的生日日期，密码箱没开，她闭眼想了一下，输入了自己和母亲生日的组合，这次密码箱毫无悬念地弹开了。

密码箱分两层，上面一层放着两本护照和几张银行卡，还有几块腕表。

下面那层有一摞材料，她抽出那份材料时有个压在上面的重物也被拉了出来，是一把黑色的手枪！

郭晓冉的心脏怦怦直跳，她不知道为何父亲会在保险柜里藏一把手枪，她没敢触碰那把手枪，像在躲一个不祥之物。

郭晓冉拿着那份材料，走到书桌前，就着台灯的光线翻看，越看脸色越难看……

17

"我现在觉得，彭大为还没胡光耀靠谱！"胖子的脸拧巴了一下，"哎，姑娘轻点儿！"

"你是不是肾虚啊！"钊阳倒是觉得今天给自己捏脚的师傅手劲儿还不够大。

"你们俩跟我说实话，彭大为跟我是不是真的没戏了？"张蕾幽幽地说，绝望地放下了手机。

"你非要跟他在一起吗？好男人还不到处都是，比如钊哥！"胖子直起腰，朝着钊阳挤眉弄眼，"你看看，今晚徒手制服歹徒，勇猛啊，英雄啊正好配美女！"

"钊哥是我亲哥。"张蕾闭上双眼，突然意识到这句话之前也听彭大为说过好多次。

钊阳望着张蕾长长的睫毛在微微颤抖，真担心下一秒钟就会有泪珠滑落出来："你真想见他，咱们现在就走！"

"我知道他的，从小说一不二，说出的话一个唾沫一个钉，拧不过来。"张蕾微微地摇头，眼泪从眼角淌了出来，"我就是不知道我哪里不好，他说不喜欢就不喜欢了。"

"你很好，什么都好！是他没这个福气！"钊阳突然恨自己平日里读书少，说出来的话如此俗套。

胖子龇牙咧嘴地比画着，表示对钊阳这番话感觉很肉麻，钊阳对他视而不见。

张蕾睁开眼睛望着钊阳，像一个孩子在问大人一个困扰了自己很久的疑问:"钊哥,你说我还能得到幸福吗?"

"会的,我以党性保证!"钊阳光着脚跳下按摩椅,攥拳发誓。

张蕾破涕为笑,娇嗔道:"你看你在干嘛,把按摩师都吓着了!"

"只要你能笑,我愿意吓死所有人!"钊阳边说着,边戴上了墨镜,扮出很酷的模样。

"装什么酷!"胖子阴阳怪气,"所有人难道不包括张蕾?还有我?还是说我和张蕾都不是人?"

"你不是人。"钊阳头也没回地指向胖子,隔着镜片,深情地凝望着张蕾道,"你是神,我的女神。"

"你是不是今晚喝多了?还是刚才被打成了脑震荡?"张蕾从来没有见过钊阳今天这般状态。

"还有,你为啥总戴个墨镜啊!我之前看到过一个心理学家说习惯戴墨镜的人心里有秘密,不想被别人看穿心思。"

"那我以后在你面前都不戴墨镜了。"钊阳很认真地摘下墨镜,擦干净后放进口袋里。

钊阳发现自己的手心都是汗,他不知道为何会这么紧张,是不是时机还不成熟呢?是不是有点操之过急了?可是,已经过去十几年了,人生有几个这么好的十几年啊!

18

郭孚走出电梯时,安岛大厦的挂钟指向了十一点五十分。

值班保安毕恭毕敬地敬礼,郭孚诚挚地说了一句:"兄弟辛苦了!"

保安受宠若惊道:"董事长辛苦了!"

郭孚走出大厦,穿过马路,走向游艇会码头停车场,钻进一辆黑色的甲壳虫轿车,沿着滨海大道疾驰。

五分钟后,他拐上一条盘山道。

天下起了小雨,越来越密,路面上全是水泡,夜间海面上空的冷空气和陆地上的暖空气对冲形成了弥漫的雾气,能见度逐渐降低,路面也变得湿滑。

郭孚并没有减慢速度,仿佛在挑战一项极限运动。

又过了五分钟,他到达了目的地,那是一个观景台,已经泊着一辆黑色的轿车。

一个披着黑色雨衣的男人站在观景台上,双手撑在栏杆上,俯瞰夜色中的青龙湾。

郭孚下车,没关大灯,直直的光线照到那个男人蓝黑色的制服裤腿上,密密的雨丝在灯光中闪着光。

"关上灯。"那个男人没有回头。

郭孚探身进车,关了大灯,钻进了观景台的亭子下:"有亭子,还穿着雨衣干吗?"

那男人答非所问:"切割。"

郭孚站到那个男人旁边,透过雨雾,依然能清楚地看到屹立在海岸旁的安岛大厦,集团名称在大厦楼顶闪亮耀眼,他甚至还能看到游艇会码头上那艘鹤立鸡群的"孚冉号"游艇。

郭孚意气风发:"人在江湖,名声与信誉并不是谁奉送给你的,凭的只是你自己心中的信义。"

"别做武侠梦了,江湖早就不存在了。"那个男人冷冷地提醒,"现在是共产党的天下。"

"只要有人的地方就有恩怨,有恩怨就会有江湖,人就是江湖。"

"你要做东方不败?"

"过去十几年,兄弟们跟着我,现在让我抛下他们?"

"处世之道,亦即应变之术,岂可偏执一端?用兵之道,亦如此,贵在随机应变。"

"你喜欢的那本书里是不是还有句话：'大丈夫处世，遇知己之主，外托君臣之义，内结骨肉之恩，言必行，计必从，祸福共之。'"郭孚这些年一直在研究这个男人的心思。

"我今天不是找你来抒情的。"

"控制不了你的手下了？"

"不是哪个人可以控制局面的，这是大势。逆势就是逆天违命。"

"你再支撑四天。"

"这儿不过才海拔152米，你自以为站得高望得远罢了，珠穆朗玛峰8848米呢！"那个男人转身上了那辆黑车，一脚油门，车子沿着山路而下。

郭孚望着黑茫茫的大海，一言不发。

19

小石子啪啪地敲击着窗玻璃，彭大为一度以为梦回儿时，那时候小伙伴来找他就会扔石子。

他慢慢睁开眼，亲眼看见一颗小石子撞击窗玻璃后，他一跃而起，赤脚下床，推窗向下张望：钊阳和胖子，两个人从左右车窗分别探出头来，胖子见到彭大为，又瞄准扔出一粒小石子……

"死胖子，你真该当警察，保不准是个神枪手！"彭大为揉着额头拉开后车门，"这是去哪儿？明天一早我还得干活儿呢！"

"耽误不了你多会儿，今天的晚饭不是咱们也没吃好嘛！"钊阳指了指前方的码头："让你也见识下胖子这两年的实力。"

彭大为踩着浮木，走向一艘透出灯光的渔船，就在抬腿要跨上船时，一抬头看到了张蕾站在船舱里，此时转身再走就真说不过去了，眼下只能硬着头皮进去了。

第三章　倒数第四天

1

虽然组织有严格的规定，在正式场合提到官员职务，正职就是正职，副职就是副职，但是，人们口头上称呼副职时都会把"副"字去掉，为什么？

答案太简单：正职和副职之间的差距其实是很大的，带个"副"字就有权位打折扣的味道。正职管思路，管干部，管制度，管财务，还要管自己。副职要做到的则是决策不越位，落实不缺位，干好分内事，当好正职的助手，帮助协调好各方面的关系。

当下，刘强正处于一个正副职中间的地带，这让他既不能像正职那样一言九鼎，又不能像副职那样在关键时刻听指挥就行。

当公安厅常务副厅长四年了，从仕途角度看，刘强眼下的当务之急是去掉"代厅长"的那个"代"字。之所以急，是因为刘强上次提"常务副"的时候年龄就紧卡着年龄线,过后有人笑称他是被"抢救"任用,如今去掉"常务"就是去掉了"代",依然有年龄线这个紧箍咒。

五十七岁,一旦今年年底前去了"代"字,那就意味着半只脚跨入了省部级干部行列,就等着省人代会一开,自然就成了副省长。

闫厅长疫情结束后光荣退休,临退休还立了一个抗击疫情一等功,扫黑除恶专项斗争收官之年的尾巴则留给了刘强。

这三个月来,刘强打起一万分精神,夜以继日地扑在工作上,为了保持旺盛的精力,坚持早上五点起床游泳。

泳池里漂着几片树叶,一个人都没有。

刘强把白色的浴袍搭在太阳椅上,矫健地跃进泳池。

昨夜下了雨,泳池里的水温偏低,刘强的大脑为之一振。

省政法委书记张立国跟他说的那番话,一直缠绕着他的思绪:下个月,自己就五十七岁了,而眼下是扫黑除恶的收官之年,必须要向上级交出令人满意的成果,这也是对那些对自己持怀疑和保留态度的人的有力回击。

中央督导组反映的"保护伞"问题现在集中在清宁市,而这一切还得看清宁市公安局局长隋震霆这个老下属是否给力。

刘强是亲眼看着隋震霆一步一步成长起来的,这个当年省警校的小师弟敢做敢拼敢担当,十四年前端掉"山义帮"算是一战成名。

虽说当年办的那个案子存在瑕疵,但结局总算皆大欢喜,彭爱国牺牲了,但更多的人受益了。

按说,扫黑除恶专项斗争应该是隋震霆的"强项",但是刘强总感觉隋震霆似乎失去了年轻时的昂扬斗志,这些年四平八稳,一副不求有功但求无过的面貌。

扪心自问,刘强也意识到自己这些年也是求稳心切,说好听的是不再急功近利,说不好听的或许就是人在重要的位子上,顾忌的因素越来越多,无法甩开膀子任意干了。

"船到中流浪更急,人到半山路更陡。"扫黑除恶已经进入不进则退、慢进易退的关键时期,形势愈加复杂,任务更加艰巨。

按照中央政法委、全国扫黑办的要求,这个月底就要拿出"线索清单""逃犯清零""案件清结""逃犯清零""伞网清除"和"黑财清底"六张业绩清单。

中央督导组反馈过来的问题集中在了安岛集团郭孚身上,而郭孚的安岛集团又是清宁市最大的民营企业,三天后清宁金融创新区就要成立了,安岛集团被列入排名第一的金融创新区优秀示范企业,国家领导人届时还要视察⋯⋯

刘强这些天反复思忖轻重缓急,内心几经排序,设想了各种可能性方案。

刘强对郭孚这个人算是比较了解,尤其是每年安岛集团都向粤中省公安英烈基金会捐款,此种善举已传为佳话,也深得全省民警的心。

这个时代从来都没缺过沽名钓誉之辈,但持续贡献真金白银的也没几个。

刘强露头呼吸时,看到一个人影走到泳池边,他入水后再次露头呼吸时看清楚了,那人是隋震霆。

刘强没有停下游泳:他之所以选择五点游泳就是不想被人打扰,今天的运动时间还差十分钟。

刘强从蛙泳换成了自由泳,这个姿势他还不是很熟练,大脑里反复回忆动作要领:腿部既能提供推进力,也能提供平衡力,保持身体的稳定和协调双臂做有力的划水,而背部和臀部的肌肉则要保持适当的紧张度。

刘强从泳池的这头游到那头,又从那头游到这头。隋震霆跟着在泳池边走了两个来回,偶尔有水花溅到隋震霆的黑皮鞋上。

刘强握住扶手出泳池时,隋震霆主动给他披上白色的浴衣。

"震霆,不好意思啊!"刘强摘下泳镜,坐到太阳椅上,微笑着示意隋震霆也坐,"越在工作压力大的时候,越得坚持锻炼。"心理学上说,清晨锻炼时,人的心情会很轻松，一大早迎接着朝阳，心情也会跟着阳光起来。

隋震霆知道自八项规定公布以来，刘强除了公务接待，几乎不出来吃饭了，想在放松的氛围下好好交流只有这个时候。

隋震霆把桌上的保温杯递上去："直到我毕业的时候，咱们警校的游泳纪录还是老班长您保持的。今天看来，矫健不减当年。"

"蛙泳还行，现在在练自由泳。"

"富有之谓大业，日新之谓盛德。"隋震霆羡慕道，"老班长日新月异！"

"恰同学少年，风华正茂；书生意气，挥斥方遒。"刘强喝了一口温水道，"那个给咱们做报告的王教授不是也讲嘛，人体衰老也有临界点，谁也逃避不了，日新月异只是良好的愿望而已。"

"革命人永远年轻。"隋震霆还真没看出这几年刘强有什么明显衰老的迹象。

太阳从灰白色的云彩后面露出了头，刘强把椅子向后撤了撤，坐到了太阳伞下面："人生易老天难老啊，那是讲人的精神，但没有人能始终如日中天。"

"纷纷世事无穷尽，天数茫茫不可逃。世道规律，人不能违。"隋震霆有感而发。

"你啊，不要总看那些兴衰演义，时间久了容易患得患失。"刘强直起腰道，"多读毛主席的诗啊！比如我近来就总想到那句'雄关漫道真如铁，而今迈步从头越'。"

突然，不知道从哪里钻出几只灰背野鸭：带头的腹部圆胖的显然是母亲，后面跟着三只还是灰褐色绒毛的小鸭子，一扭一扭地走到泳池边，依次噗通跳进池子里，欢快地嬉戏游耍。

刘强和隋震霆的注意力都被这几只小野鸭吸引了过去。

"清宁的自然生态越来越好了。"隋震霆说的是实情，这些年清宁经济发展迅猛，人们对环境的要求也更高了，政府也做出了许多努力，去年还被评为全国生态城市。

"改革开放四十多年来,以清宁为中心的粤中省在社会生态治理方面也需要稳步提升。"刘强话锋一转,似有感而发,"震霆,这些年你在工作上付出了多少大家也都看得到,但是革命接班人也不能忽略啊!"

"谢谢老班长提醒,我知道了。"隋震霆收敛心神,把椅子拉得靠刘强近一些,再拉近一些,直到几乎膝盖对着膝盖,"关于安岛集团董事长郭孚的问题,我需要向您请示。"

"你不找我,我也会找你。"刘强慢慢地拧上杯盖,抬头看看隋震霆道,"这里就咱们师兄弟俩,咱俩不打官腔。这几天我也在反复琢磨郭孚的问题。他的问题不是有还是没有的问题,而是早与迟处理的问题。考虑到他本人和安岛集团的特殊情况,查办此案最好是由省公安厅和市局联合行动。"

"离市金融创新区成立还有三天,时机不成熟。"隋震霆望着泳池里被野鸭搅乱的水波,刘强的倒影被扭曲得变了形。

"这就是我说的早与迟处理的问题。"刘强随手拍死一只叮咬他大腿的蚊子。

隋震霆把桌上的花露水递过去:"眼下发现的有力证据直接指向的这些涉黑人员都是当年贾文军的马仔。"

"郭孚不是贾文军当年的马仔?"

"这个事情我们当年是有定性的,他是给贾文军管过钱,'山义帮'做的那些事情他并不知情也没参与。"隋震霆犹嫌不足地提醒道,"那时候您当局长,非常清楚这个情况的。"

"既然提到了十四年前的这个案子,我们俩确实比任何其他人都清楚是怎么回事。当时办贾文军案,我一直是站在你这边的。"

"现在有人怀疑当年我们办的这个案子经不起历史的考验。"隋震霆不吐不快。

"从我们公安的角度看,当时的证据链是完整的,关于刑期的问题并不是我们一家说了算。"刘强竖起大拇指,先朝向隋震霆,又朝向自己,"这个问题,我们当时开过局党委会的。"

"就怕有人翻旧账,扯闲篇。"

"账做得扎实,怕谁翻?"

"老班长,前年中央组建全面依法治国委员会,标准提高了啊!"隋震霆面露忧色,"拿现在的高标准去卡十几年前的案子,难免不被人挑出瑕疵。"

"你的意思是?"

"稳定压倒一切,过去的事情就让它过去。"

"先不说过去的贾文军,那现在的郭孚呢?"

"查现在的郭孚,就避免不了翻出过去的贾文军。"

"我看未必吧,郭孚这个人跟贾文军不一样,当然这也跟我们的社会环境和政治生态发生了根本性变化有关。"

"老班长,现在这个关口,我们最重要的是要以和为贵,在督导组来之前咱们自己内部得统一思想。"

"这就是你今天来找我的目的吧?震霆,有些事我有自己的态度和立场,比如和平时期人们爱讲中庸,讲大事化小,小事化了,这是把和谐的'和'字做成了和稀泥的'和'字。"刘强低头盯着隋震霆溅上水的黑皮鞋,像是打趣般,"常在河边走哪有不湿鞋,贾文军在监狱里的这十四年,他那些在外面的马仔会群魔无首?"

"您认为郭孚到底有没有问题呢?"

刘强转动着手里的保温杯道:"一切要以证据为准,现在任何人下任何结论都为时过早。"

隋震霆试探道:"现在也有人在议论这次扫黑除恶是否能经得起历史考验,担心有人利用这次专项行动捞取政治资本,为了政绩不惜影响下一步的经济发展。"

"扫黑除恶本来就是我们的职责所在,不履责如何向党和人民交代?"

"不保护好经济发展的良好态势,未来有何出路?"

"这些歪话什么意思?"刘强的口吻变得严肃,"中央政法委领导也指出现在还有一些'保护伞'尚未连根拔起,一些大案要案尚未深挖见底,一些地区滋生黑恶势力的土壤尚未彻底铲除,我们必须持续加压发力,啃下'硬骨头',攻破'硬堡垒',这才是真正为了经济长期稳定健康发展做好基本功。"

隋震霆尴尬地笑了:"老班长,怎么感觉您在做报告……"

"震霆,这不是在给你做报告,也不是对你唱高调。我们在这个位置上,不能因为怕别人说什么而不去做分内之事。"刘强右手如同在桌面弹钢琴。

"连总书记都说咱们政法队伍是和平年代奉献最多、牺牲最大的,咱们公安更是高负荷、高对抗、高压力、高风险,现在所谓的打'保护伞',这不就是自己人折腾自己人吗?"隋震霆不再掩饰内心的愤愤不平。

"震霆,我觉得你应该注重学习理论知识了,你的政治站位必须要提高了。奉献最多,牺牲最大,就不会犯错误了?"刘强忍不住摆例子,"延安时期,边区贸易局副局长肖玉璧那可是红军里劳苦功高的,一身八十多处伤疤,但他出院后觉得自己贡献多牺牲大,无视法纪,公然贪污三千多元,案发后,虽然党和边区政府很痛心,但依然尊重法律,于1942年严令枪决。"

"还有刘青山和张子善,哪个不是有功之臣,许多人给他俩求情,毛主席当时怎么说的?"刘强望着隋震霆,"毛主席说:'正因为他们两人的地位高,功劳大,影响大,所以才要下决心处决他们。只有处决了他们,才可能挽救二十个,两百个,两千个,两万个犯有各种不同程度错误的干部。'"

隋震霆默默地听着这些耳熟能详的党内反腐历史,沉思了许久才开口:"老班长,时代变了,人也变了,我们的处事也得变,这就是韩非子说的'世异则事异,事异则备变'。"

"有些事情可以变,策略也可以变,但是党纪国法的严格执行不能变,这是我们作为人民警察的操守底线。否则,我们怎么向党和人民交代?"

"老班长,您是知道我的,您来当厅长我求之不得,但是这种政绩……"

刘强拿着杯子站起身,打断了隋震霆:"震霆,如果你还信任我曾经是你的老班长,那就不会认为我为了捞取政治资本才支持扫黑除恶的。这次即使我不进步,也不能丧失责任底线!"

隋震霆目视被风吹起波澜的泳池:"如果说郭孚有问题,这些年清宁的黑恶势力没有打尽,还存在'保护伞'的话,就要讨论另外一个问题,就是我还没当这个清宁公安局局长之前的历史问题。"

"不做亏心事,不怕鬼敲门!如果当年我当局长时有错误,该是我的责任我就承担。"刘强紧紧地握住水杯,"你也别忘了,如果彭大为他爸当年没牺牲,你是否在这个位子上还尚未可知。"

隋震霆试图缓和剑拔弩张的气氛:"老班长,我们都明白一个道理,绝对不能打一场必输的仗。"

"有错必纠,为时不晚。所有必须打赢的硬仗,我们党从来就没有输过!"刘强掷地有声,拿着水杯径直离开了。

一阵微风吹过,一片树叶摇摇曳曳地跌到泳池里,在水面上荡漾了几秒钟,很快就沉入了池底。

母鸭跳上岸边,小野鸭也趔趄着爬上岸,然后排成队钻进了丛林,不见了。

隋震霆出了会儿神,掏出手绢,仔细地把皮鞋的水渍擦干净,起身离开。

2

隋震霆当局长以来,"从优待警"政策落实得很到位,其中最为民警称道的就是清宁市公安局食堂环境的改善和菜品质量的提升,为此去年还被授予"清宁市政府机关各部门先进食堂"称号,许多兄弟单位都来考察学习过。

彭大为进了食堂,在自助餐台端了一碗新出锅的牛杂面,一盘腊肉炒饭,转身找座位。

早餐高峰时间,食堂里人满为患,有刚下夜班的民警睡眼惺忪,哈欠连连,也有睡了饱觉来到单位精神抖擞的,呼朋引伴谈天说地。

"彭队!"

彭大为看到秦飞向自己笑着招手,一口大白牙闪着光。

彭大为走到秦飞桌前,盯着他打着绷带的右颈:"好利索了吗?能来上班吗?"

"咱们警察除了牺牲,其他的都叫轻伤。轻伤不下火线!"秦飞向里挪了个座位,瞅见彭大为手上的纱布,"您这不也一样!"

"小伤!"彭大为貌似不屑道,"咱们警队也不差你一个重伤员!"

秦飞伸出左手掌,朝上展开,神秘地说:"我妈找过算命的给我看过,说我命长,你看看这条命运线很长吧!"秦飞紧接着看到彭大为手上的运动腕表:"哇,这块表真酷!"

"嗨,昨晚我老同学喝多了送我的,不收下都要跟我翻脸。"彭大为心里立刻想起昨晚在船上,当着胖子和钊阳的面,自己和张蕾算是正式分手了,出人意料的是张蕾居然坦然接受了,更出人意料的是钊阳居然表现出"接盘"的意思……

这时,钊阳端着只剩残渣的盘子从一个包间出来:"彭大为,正找你呢!隋局叫你进去吃。"

隋震霆坐在餐桌旁,想起早上在刘强那儿碰了钉子,来单位的路上打电话给市公安局纪委王书记:"你在哪儿?"

"隋局,我正在去省纪委开会的路上,昨晚跟您汇报过。"市公安局纪委王书记听出了隋震霆口气不佳,不禁忐忑。

"什么会？"

"咱们局里那仨不是被纪委和监察委审查调查了……"

"不是咱们局！那仨是老鼠屎，不是咱们锅里的！"隋震霆这才想起来，高新分局有一名派出所所长和两名民警徇私枉法，违规泄露案情，违规为涉赌犯罪嫌疑人办理取保候审，联手帮助涉赌人员逃避、减轻处罚，并从中牟取非法暴利。

隋震霆想发火，但是意识到朝着纪委王书记发火没有道理。

挂了电话后，隋震霆望着车窗外不断消散的晨雾，久久发怔。

这么多年来，刘强从来没有像今天早上这样措辞严厉。

从隋震霆跟刘强当年在省警校做师兄弟算起来，两人相识已有三十五年，人这一辈子有几个三十五年？而且两人又一直在当地公安系统共事，彼此知根知底。

虽有这么多年的校友感情和同事感情，但两人一直都没有走到成为像当年跟彭爱国一样的兄弟这一步。

或许这就是维持领导权威的必须吧，总不会让你过于亲近。

不知道今天清晨的那些话，仅仅是刘强个人的观点，还是代表了其他什么人的态度……

彭大为进了包间坐下，发觉隋震霆似有心事，关心地问道："您昨晚睡得好吗？"

"从当上这个局长开始，就没睡过一个好觉。"隋震霆把剥好的鸡蛋扔进皮蛋瘦肉粥里。

"我还以为您昨天动手，兴奋得没睡好呢！"彭大为想起昨晚隋震霆在"盛记"露的几手，功夫底子都还在。

"我倒是想回到你这么大的时候，成宿成宿地办案子不睡觉都没事儿，现在睡不着倒是因为年纪大了。"

"您的身手可真不老,革命人永远年轻!"彭大为右手缠着纱布,只能用左手夹筷子,动作有些笨拙。

隋震霆愣了一下,耳畔响起刘强今早刚说的那句:"那是讲人的精神。"

隋震霆几口吃下鸡蛋,一口气喝完粥,用餐巾纸抹嘴:"你现在是市局的扫黑支队支队长,工作上有进展要先向我汇报。"

"那当然!"彭大为放弃了筷子,拿起勺子挖炒饭吃。

隋震霆像对待孩子一样看着彭大为吃饭:"昨晚跟你说话也没说透,市局不比学校,也不比省厅,社会接触面更为复杂。你虽然是公大高才生,有能力,有悟性,但是并没成熟,在工作中小心不要被'当枪使'。"

彭大为的腮鼓鼓的,用力咽下米饭,若有所悟:"我父亲牺牲后,您这些年对我母亲和我的照顾,我都铭记在心。"

隋震霆擦擦嘴,起身准备走:"我支持你扫黑,但也有责任保护好你。"

彭大为跟着站起来:"隋局,有个问题昨天我没来得及问您。"

隋震霆看看手表:"我八点半有个党委会,长话短说。"

"贾文军一案当年为何只判了无期?您知道他明天就要刑满释放了吗?"

隋震霆沉吟了几秒钟才开口:"这就是我刚才说你的不成熟,许多案子不是公安一家说了算,咱们只是政法系统中的一环。我提醒你,有些事情现在还不能碰,要碰就必须有把握,否则功败垂成。"

彭大为有些激动:"何时才能有把握?十四年前没把握,如今贾文军要出狱了还没把握?迟到的正义有什么意义?"

"你忘记眼下的当务之急了吗?鲁芊芊案才是关键,只有把这个案子破了才能掌握主动权。"隋震霆走出了包间。

3

彭大为面色忧愤地走进办公室,看到桌上摆着一摞会议文件和学习资料,拿起来翻了翻,皱皱眉头。

秦飞看到彭大为情绪不佳,犹豫再三,泡了一杯茶端到桌前:"彭支,喝杯崂山绿茶吧,我青岛的同学今天刚寄来的,提提神。"

彭大为头也没抬地接过茶杯。

"哎"的一声,彭大为烫了嘴,疼得直吐茶叶。

"对不起,对不起!刚泡的茶啊!"秦飞连着道歉。

彭大为也知道怨不着秦飞,苦着脸道:"你能出门吗?咱们得去趟海洋动物馆,现在得抓住黄志广这条线。"

"彭队,刚才刑侦支队的说,黄志广的老婆报案说黄志广被绑架了。"

"被绑架了?!被谁绑架了?"彭大为吃惊地跳起来,直奔刑侦支队。

他找到老牛了解情况:黄志广被境外地下赌场"杀数",赌场要求还债3.8亿人民币,否则就要撕票。

"杀数"是地下赌场欺诈赌徒最常见的手法,被带去"杀数"的赌徒即便是幸运星显灵,也绝对不可能从地下赌场赢得一分钱,因为赌场本身会出老千。在上赌桌之前,赌场就已经根据对赌徒的身价摸底,清楚地算出要杀多少钱出来。

黄志广现在就身处"杀数"的屠宰场。此刻的他被囚禁在一个地窖里,身边都是硕大如猫的老鼠,他的指甲已被拔掉了三个,禁不住私刑的他早已迫不得已地给老婆打过电话。

黄志广的老婆家有钱,但是这次赌场索要的钱数太大,迫不得已只能报警。

"她从哪里报的案?"彭大为想起黄志广是香港居民。

"香港那边把情报转过来的,涉及邻国的警务合作问题,香港警务处按照这几年的惯例,还是希望我们这边提供大力支持与协助。"老牛朝着走廊喊了一声,"磊仔,过来给彭支队讲讲黄志广那个案子的情况!"

老牛手下的侦查员磊仔应声而来，惟妙惟肖地复述黄志广老婆的牢骚："黄志广就是表面光鲜、内核腐坏的烂苹果，黄赌毒一样不少，而且屡教不改，越发堕落。"

"他居然会在这个节点出事儿。"彭大为后悔没有紧紧控制好这个线索。

"这种烂苹果，何时出事都很正常吧。"秦飞想起黄志广道貌岸然的模样很有欺骗性。

"这个节点出这种事，不太正常。"老牛深思熟虑许久，"黄志广之前只去澳门赌博，而且都是小赌，这次为何选择去声名狼藉的国外地下赌场，而且赌这么大，有些蹊跷。"

彭大为回忆起前天见到黄志广时，他还有恃无恐地质问："我现在已经是犯罪嫌疑人了吗？彭警官是要限制我的人身自由吗？"

如果当时真的限制他的自由，说不定就能保护他了。

"只有他飞到云南昆明的航班记录，但没有出入境记录。"磊仔的意思很明显，黄志广是非法偷越国境去的邻国。

"他为什么要去那儿呢？"彭大为知道边界存在一条黑色的偷渡产业链，由此滋生的"越境赌场绑架"这几年时有发生。以前发生的类似案件，都是以"无手续、无抵押、低利息贷款，免费旅游、高薪务工"等虚假消息诱骗清宁当地公民到邻国，利用边境河网密布的特点，偷偷把人运出境至邻国赌场，但像黄志广这样自私而精明的人应该不会为了寻求刺激铤而走险。

"去年我们也配合公安部的专项打击，赌博绑架的涉黑团伙已经被铲除，法院都判了。"老牛说的是实情，公安部此前以云南为主战场，全线出击，组成专案打击、技术服务、边境管控等十一个工作组，围绕网络、资金流向、交通工具、出入境轨迹、作案手法、犯罪团伙、犯罪场所、幕后组织者等方面进行分析研判，最终制定战术打法以达到打击犯罪链条的效果。

"黄志广一出事，鲁芊芊跳楼这个案子眼下就没有直接线索了。"秦飞也意识到了问题的严重性。

"赌场除了给黄志广他媳妇儿打电话要钱外,还提到了其他什么吗?"

"第二次打电话来时,她做了录音。"老牛指了指电脑,磊仔摆弄了几下鼠标,电脑里出现一个代表赌场的男人和黄志广媳妇之间的对话:

赌场男人:"每二十四个小时砍一根指头,不包扎伤口的,没等十天血就流干了吧……"

黄志广媳妇:"你现在杀了他,也拿不到这么多钱,现在资金管控,钱也到不了你账上。"

赌场男人:"他在清宁不是还有一个海洋动物馆嘛!值多少钱?"

黄志广媳妇:"那不全是他的,他只是小股东。"

赌场男人:"为什么不找大股东商量下,把你老公的股份都收了。"

黄志广媳妇:"我老公和大股东之间有矛盾,这事谈不拢的……"

赌场男人:"我只是给你提供一个方案,你自己拿主意。"

电话挂断,录音结束。

彭大为右手食指横摆在嘴唇上方,眼睛盯着磊仔握住的鼠标出了会儿神,想起上次经侦支队的老赵跟他说的海洋动物馆投资股份的真实情况,难道黄志广被绑架与郭孚有关?

"有没有其他的可能?"秦飞突然提出,"比如,黄志广根本没有被绑架,只是为了让他眼下这几天拥有不在清宁的合适理由。"

彭大为挑眉望向秦飞,用眼神示意他继续说。

秦飞仿佛受到了鼓励:"鲁芊芊案是当务之急,有关联的郑强东被人制造'谢罪自杀'的假象,另外的关联人黄志广被人制造'欠赌债被绑架'的假象似乎也没有什么不可能。"

"为什么要多此一举地制造这种假象呢?又会是谁干的呢?"磊仔跟秦飞同年入职,年轻的他有些急切。

"转移我们的注意力,拖延我们的侦查时间。这么干的人一定是眼下有特别重要的事情做。"

老牛慢悠悠道:"这只是一种可能性。"

彭大为从老牛的脸上读出了一种态度,对秦飞推测的肯定态度。

侦查工作干得越久,越需要跳出条条框框,许多奇怪的案子往往都是被奇特的思路打开了侦破的死结。

但是,事实真就是秦飞推测的这样吗?

无论是与不是,都需要证据来检验这个推测。

"那边有我们的人吗?"秦飞问老牛。

"要动那边的线人,得经过隋局,而且只能经过他。"老牛的眼神和口吻传递出复杂的信号。

4

"比预期时间晚了15分钟,但车队已提速……"刘强的秘书话音未落,桌上的保密电话响了。

秘书出去,轻轻地把门关上前伸出了一个巴掌,示意刘强还有五分钟时间。

"刘副厅长,经过我们研判,暂停对郭孚及其公司的一切相关调查。"电话是中央扫黑办督导组的负责领导打来的,语气平和却不容置疑。

"您也知道现在郭孚处于风口浪尖,动与不动都存在风险。"刘强试图确定上级领导是不是在权衡清楚利弊后做出的决定。

"事态也在发展变化,有了新的情况我们随时沟通,随时调整策略。"中央扫黑办督导组负责领导的态度非常明确。

刘强挂断电话,耳边回响起今早隋震霆的那句话:"老班长,我们都明白一个道理,绝对不能打一场必输的仗。"

难道他们有把握必赢？关键是"他们"到底都包括谁？难道郭孚的背后还有更高深的大人物？还是说自己对郭孚的判断存在某种偏见？

改革开放四十多年来，粤中省社会经济发展迅猛，尤其是在香港和澳门陆续回归后，粤中省的政治地位也直线攀升，近些年粤中的干部晋升到中央官居要位的不在少数。

粤中创造了中国经济发展、金融开放的典范，也诞生了无数像郭孚这种担任全国政协委员的本土企业家，他们为经济发展做出了显著贡献，这也意味着在资本横行的今天，郭孚的社交网络触及的层面也难以估量了。

刘强看看表，拿起了电话。

彭大为从刑侦支队回来，试图从眼下的困局中找出一个突破口。

他联系市检察院，试图调取贾文军当年的公诉材料，谁知碰了个软钉子，检察院让他"按程序办"，这四个字意味着又要浪费许多宝贵时间。

彭大为郁闷地抽烟，这时接到了刘强的电话，等他再听到刘强的指令时，脑海中弹出一个词：孤立无援。

"为什么？现在调查已经到了关键时刻！"彭大为不理解，为何今天早上隋震霆和刘强的态度会是这个样子，之前还分别给自己打气的，怎么一夜之间都变成了这个样子？

"你现在掌握了什么实质性证据吗？还是说都不过是你一厢情愿的猜测？！"刘强抬头看表，着急挂电话，"这是命令，你不理解也要服从！"

"涉及鲁芊芊一案的所有线索都指向了郭孚，但这些线索都断了，我们如果想要在最短的时间内有所突破，就必须直接传唤郭孚，对他形成心理威慑。"

"你以为你在对付一个没见过世面的毛头小子吗？你所谓的心理威慑一旦不奏效，怎么收拾烂摊子？"刘强不等彭大为解释，直接挂断电话。

刘强推门而出时，秘书正要敲门喊报告，嘴巴半张，手悬在半空。

刘强一点头,像是什么都没有发生过,大步流星地走在前面。

从警三十多年已让他历练出极为出众的情绪控制力,何况,他马上要见的人非常重要,会晤的内容更为重要。

会议室里整洁如常,桌中间除了平日插着的国旗外,今天还摆上了香港特别行政区区旗,长条会议桌两侧摆满桌牌,一侧的中间桌牌上写着刘强,另一侧的中间桌牌上写着张国辉。

张国辉是现任香港警务处处长,几年前刘强作为分管全省刑侦工作的副厅长,在一次香港警务处和粤中省公安厅的会晤上与张国辉见过面。张国辉彼时还是警务处副处长,那次会晤达成的重要成果就是两地警方携手打击各类刑事犯罪,尤其是打击跨境犯罪,并建立直接联络的渠道,通过交流情报进一步完善协作机制,为香港的长期繁荣稳定和粤中的率先实现法治、文明、和谐的社会秩序创造良好的治安环境。

两地警方的警务合作自开展至今,卓有成效。

岁月如白驹过隙,张国辉已扶正,近两年在香港警队中威信日升。

刘强站在会议室的窗前,望了望灰色的天空,对面的浩宇保险大厦显现出一种抽象的冷感。

在鲁芊芊跳楼前,刘强很少仔细观察这座楼,这几天他才觉得这座楼看上去很奇特:方形高楼大厦的底层突出一片半圆的大厅,越看越像是墓碑。

闫厅长会不会也曾站在这里发现了同样的问题,所以让人在大门口摆两头石狮子来镇邪……

在秘书的提示下,刘强低头俯瞰,香港警务处一行车辆进入了公安厅大院,他转身出去迎接。

香港警务处处长张国辉等人从电梯间出来,走廊里响起铿锵有力的皮鞋声。

刘强热情地迎上去,张国辉也绽放出明星式的招牌笑容。

张国辉在香港警队是一个传奇人物,他的父亲曾经是香港警队的警长,负责在香港边境巡逻。20世纪80年代,在追捕非法入境者时,嫌疑人引爆身上的手榴弹,张国辉父亲腿部的大动脉被弹片割伤,最后因失血过多不治身亡。

香港警务处在警察总部大堂纪念碑前举行警察纪念日活动,悼念张国辉父亲的殉职,当时正在香港中文大学读社会学专业的张国辉表示:每每看到父亲和其他警务人员在执勤时身处险境却从不畏缩,依旧竭尽所能地维护着香港的安全与稳定,这种精神鼓舞着他。

一年后,张国辉毕业,加入了香港警队,仅用了二十多年便坐到了警务处处长的职位上来。要知道,香港是一个"警察城市",警察比例为全球城市之最,能做到香港警队的首脑既是荣耀,也是能力的最好证明。

"张处长,风采依旧啊!听说您上任,把香港警队此前沿用了二十年的口号'服务为本,精益求精'替换成'忠诚勇毅,心系社会'了?"刘强之前就对媒体报道的香港警队的这个小变化很关注,警队不同于百姓,口号的意义往往代表着团队的方向。

"刘厅长,这不是我原创的啦,是去年香港警队成立175周年时,汇聚以往的经验智慧得出的。您知道的,去年香港面临前所未有的情况,香港警队也面临前所未有的挑战。"张国辉谦虚而不失力度,"改用新口号,不代表我们曾经的'服务为本'会有任何改变,服务精神已经烙印在我们心中。"

"每次念及香港警队过去的'服务为本'时,我就会想起中国共产党员'全心全意为人民服务'的宗旨。张处长的解释很到位,许多精神是没有必要一直挂在嘴上的。"刘强做出一个礼貌的手势,示意张国辉先进入会场。

张国辉率香港警队负责人们坐在长条会议桌一旁,刘强率粤中省公安厅领导坐在长条会议桌另一旁。

张国辉开宗明义:"我们得到准确情报,内地黑恶势力'山义帮'头目贾文军将于明日出狱,届时与贾文军有过密切勾连的香港黑社会大佬也将齐聚清宁。"

"在这样敏感的时候,一定有事情值得他们冒这么大的风险。"刘强在接到张国辉的这个情报通报电话后,就对此事展开了摸排侦查。

"我们也有同样的疑问,从去年香港发生骚动至今,前段时间香港特区国安委正式成立以来,对维护国家安全发挥了不可替代的作用,对于犯罪分子也起到了巨大的威慑作用。在这样敏感的时候,贾文军刚好减刑出狱,香港那些黑道老人却要聚头,耐人寻味。"张国辉见刘强没有详细展开说的意思,继续道,"我们也就不客套谦让了,先让我们香港警务处有组织犯罪案及三合会调查科指挥官林亚照总警司介绍下现在掌握的情况。"

香港警务处有组织犯罪案及三合会调查科,俗称"O记",汇合了各方面的资源和专业知识,主要责任为调查及打击极为复杂的有组织犯罪、集团式犯罪活动和严重的三合会罪行。近十年以来,"O记"进行和完成了多次卧底行动,拘捕了近千名黑社会性质组织成员。

林亚照其貌不扬,但在香港黑道上绝对是个鼎鼎有名的人物。他普通话不标准,刻意放慢了语速,但没一句废话:"各位警官,十五年前,我曾做卧底了解到他们与'山义帮'老大贾文军的交情与勾当,那时候清宁警方与我联络的是彭爱国警官。"

刘强的眉梢不易觉察地一挑,这时他的手机屏幕亮起,彭大为的电话不断地打进来,刘强挂断。

会议室的百叶窗缓缓落下,灯光关闭,投影屏幕亮起。

林亚照播放投影,第一张照片是个长得像贪吃的邻家老爷爷的男子:"池叔,十年前与贾文军联合经营地下钱庄,近期频繁与敏感分子接触。"

第二张照片上出现一个留着短发的瘦脸妇女:"花姑,其丈夫张显宗,曾是香港'三义和'大佬,十年前黑帮火并时被枪杀,她现在实际上承接了其丈夫的势力。"

第三张照片上出现一个颧骨突出,像是吊死鬼的男子:"骨刺,之前香港'新林门'大佬,近些年定居澳洲,前段时间回港。"

第四张照片出现一个笑眯眯的白胖老头儿:"大大爷,其父曾是军统成员,这些年香港毒品案件的幕后大佬,这次从泰国入境。"

第五张照片出现一个面色发青的斗眼男子:"蓝皮,出生于深圳沙井,早年偷渡成为香港居民后加入'新义安'担当'双华红棍','新义安'内部编号492。"

林亚照介绍完主要黑人物后,会议室的百叶窗升起,灯光打开,室内大亮。

张国辉缓缓地转动脸,像是一个雷达,与面色凝重的粤中省公安厅的领导们一一交流眼神。

"这些年来,我们粤中公安与香港警队通过不同层次的会晤交流,建立起全方位、多层次的警务合作模式,不断提升维护安全稳定的能力水平,相信此次行动我们依然会合作愉快!"刘强表态,后面自然由分管全省刑侦工作的关副厅长具体发言。

刘强目视张国辉,有那么一个瞬间感慨香港警察保养得都比实际年纪小上七八岁,而内地警察则普遍早衰,像是两个年代阵营分明的人在开会。

"无论他们这次聚到一起的目的究竟是什么,他们是黑恶势力的身份都是确定的。我们先打,后审时再突破。为防止情报泄露,我们明天将临时通知当地警力,将两地黑社会性质组织头目一网打尽。"粤中省公安厅分管刑侦工作的关副厅长表示。

"刘厅长,明晚的行动是由清宁警方承担吗?"张国辉之前接触过隋震霆,如果明晚就要采取大规模扫黑行动,作为清宁市当地警方的一把手居然没有出现在此刻的会议上,很奇怪。

"张处长,明晚将是粤中省公安厅和清宁市公安局的联合行动,具体方案我会及时通报,并邀请您一行共同坐镇指挥。"刘强还在琢磨张国辉刚才提出的这个问题,难道张国辉还了解到清宁的其他情况了吗?

5

会议室大门一开,隋震霆一马当先地走出来,皱着眉头接起彭大为的电话。

"隋局,我需要现在就来找您,有紧急情况!"彭大为焦急道。

"火烧屁股了?五分钟后,上来我办公室。"

隋震霆推门进办公室,在秘书抱来的一摞材料上,龙飞凤舞地挨着签字,这时手机铃声响起,他摆摆手示意秘书出去。

门无声地关闭了,隋震霆左手接起电话:"我说过,不要主动给我打电话,尤其不能打我的工作电话!"

隋震霆十分不快,强忍住怒火,右手继续在文件上签字。

"是为了小山的安全。"

隋震霆强压怒火:"小山怎么了?"

"如果我出事,小山也跑不了。"

"你在威胁我?"隋震霆放下手中的签字笔,椅子向后转。

"我只是在善意地提醒你。而且我从来没有对你孤注一掷。"对方不等隋震霆说什么就挂断了电话。

这时有人急促地敲门,彭大为在外面喊"报告"。隋震霆双手扶着椅子把手,闭上眼睛。

"报告!"彭大为不依不饶。

"进来!"

彭大为推门而入,三步并作两步地走到隋震霆桌前。

他看到隋震霆日理万机的样子,眼睛半天才从一摞文件上抬起来:"什么事这么急,大为?"

"隋局,要停止对郭孚的调查吗?"

隋震霆吃惊,表面不动声色,只是挑着眉毛等待彭大为的下文。

"刚才刘厅长打电话让我停止对郭孚和他公司的调查,您知道这事儿吗?"

"你当警察多少年了?厅长都直接打电话了,那就服从!"

彭大为没想到隋震霆居然毫无立场和原则,失望得无以复加:"没有想到您也是这样的态度!贾文军是杀死我父亲的罪魁祸首!郭孚就是他黑恶势力'山义帮'的继承人!"

"证据在哪里?"

"我会找到的!但是现在不能停止调查!"

隋震霆站起身,绕到桌前,拍拍彭大为的肩膀:"在扫黑除恶的大是大非面前,不管黑恶势力多么强大,不管他们的'保护伞'有多么庞大,我都坚定地和你站在一条战线上,如同当年与你父亲、我最好的战友站在同一条战线上。你懂吗?"

彭大为望着隋震霆的眼睛,突然品出了什么,感动道:"我懂!隋局,无论我再做什么事情的后果都由我个人承担,与您无关!"

"血染征袍透甲红,当阳谁敢与争锋!"隋震霆动情地握住彭大为的手,那是充满力量感、易于出汗的手,就像人年轻的时候有无穷的冲力,也很容易动感情。

彭大为热血沸腾:"古来冲正扶危主,只有常山赵子龙。"

"我也不是'危主'。"隋震霆走到窗前,把两棵发黄的富贵竹抽出来,随手扔进垃圾桶,沉吟着笑道,"你现在还真自比赵子龙了?"

有了隋震霆的表态,彭大为心里踏实了一些,人也就放松了些,出了局长办公室门就开始琢磨下一步得采取什么行动。

彭大为离开后,隋震霆才转过身,目光从墙上挂着的、他和彭爱国当年在台上胸戴大红花受奖时的照片上扫过,他坐进沙发,疲惫地闭上眼睛。

"小心驶得万年船"这话有道理,"当断不断反受其乱"这话有道理,"明哲保身相时而动"这话也有道理,这么多的道理选择哪一个才是最重要的,而最大的前提是得洞悉对手会怎么选,这样才能做到知己知彼百战百胜。

人类真是难堪的动物:起初什么都怕,怕野兽、怕天气、怕黑暗,但就是不怕同类,如今我们几乎什么都不怕了,却开始最怕同类,没有人知道别人为何做了某事,没有人说真话,没有人有安全感,处处透着不对劲。倒是中国古人的"权谋"思想现在逐渐散发出智慧的光辉,但这种光辉越闪亮,人类的灵魂越萎缩……

这个棋局越来越复杂了,除了彭大为在明处横冲直撞,其他各方都不知道埋了什么药。

如果没有彭大为,那各方都会隐藏起来按兵不动。

真是有其父必有其子,彭大为有时候简直就是活脱脱的彭爱国再世。

谁又没年轻过呢?

三十多年前,隋震霆和彭爱国一同进入警校学习,是同区队同宿舍的同学。两个人的成绩都很优秀,但是又各有特点,简而言之就是彭爱国重视事,隋震霆重视人。

当年的团委老师和同学都支持彭爱国竞选学生会主席,彭爱国本人并不愿意出任,倒是隋震霆在得知彭爱国的真实态度后,做通了团委老师和同学们的工作,顺利出任学生会主席。隋震霆担任学生会主席的第一件事情就是与彭爱国推心置腹,居然说服彭爱国出任学生会自律部部长。

结果一出来,老师和同学们都大跌眼镜,因为彭爱国拒绝当学生会主席,却接受做一个部长,还是一个最得罪人的部门。自律部在警校的学生会系统还有一块牌子叫"学生会督察队",主要是配合学校的各项严格管理规定:一日三集合、晨跑、宿舍内务、教室卫生打扫、晚就寝秩序。每一任学生会自律部部长不仅要严以律人,更要严以律己。彭爱国把督察队工作做得有板有眼,实际上也是帮隋震霆解决了最枯燥、最得罪人的一块工作。

二十多年前,也快三十年了吧,隋震霆和彭爱国一起加入清宁市警队,两个人因为在新警培训中表现优异,分别担任两支新警培训队的负责人。隋震霆还清楚地记得,当时他和彭爱国一同站在新警队伍最前面,举起右手,紧握拳头,共同宣誓:"我宣誓,我志愿成为一名中华人民共和国的人民警察,我保证忠于中国共产党,忠于祖国,忠于人民,忠于法律;服从命令,听从指挥;严守纪律,保守秘密;秉公执法,清正廉洁;恪尽职守,不怕牺牲;全心全意为人民服务。我愿献身于崇高的人民公安事业,为实现自己的誓言而努力奋斗!"

二十多年前,隋震霆在简陋的平房宿舍里给儿子喂饭。这时,彭爱国从窗外探头进来龇牙一笑,拎起一袋冷食和一瓶白酒在眼前晃晃:"今晚我媳妇儿带儿子回娘家去了!"

十五年前,隋震霆和彭爱国被同步提拔,当时市局政治部主任在会场宣布人事任命令时,两个人的名字都是连在一起的:"……彭爱国同志任市公安局刑侦支队支队长,隋震霆同志任市公安局特警支队支队长……"

十四年前,隋震霆和彭爱国一起联合扫黑,成为名震公安系统的"扫黑双雄",两人又并肩站在主席台上接受时任清宁市公安局局长刘强的授奖。

刘强先给彭爱国再给隋震霆挂上二等功勋章,两人依次接过证书,配合默契地一起转身,迎接台下热烈的掌声还有耀眼的镁光灯……

随着隋震霆的不断升迁,只有这张照片一直挂在他的办公室。

就是那一年表彰大会过后不久的一夜,隋震霆和彭爱国带队冲锋陷阵,横扫"山义帮"老巢。

"山义帮"老大贾文军在贴身保镖的冒死保护下,驾驶汽车逃跑。彭爱国和隋震霆乘胜追击。保镖开车时慌不择路,最终开到了清宁的一处荒凉的海滩,前无去路。贾文军和保镖下了车,与同时跳下车的隋震霆和彭爱国持枪对峙,这时远处传来警笛声,警力支援队马上到达……

隋震霆不愿意再细想后来发生的一切了,那是他永远不想再记得的一幕。

隋震霆睁开眼,拉开抽屉,看了看里面的一张全家福,那时候的他也就三十岁左右,他凝视着妻子,又看着儿子童稚天真的样子,眼睛湿润了。

6

"你为什么提这些问题?"成小山狐疑地看了看郭晓冉。

"我就是对'中概股'比较感兴趣。"郭晓冉刻意一笑后就后悔了,她从来不对成小山笑,更不会如此讨好地笑。

"你是不是遇到什么事情了?"成小山看着郭晓冉。

郭晓冉凝视着那只叫咪咪的海豚在饲养员的口令下,用右胸鳍与一位前排的小朋友"握手"。

"我以前和芊芊经常来这里看咪咪。"郭晓冉竖起食指,示意成小山不要说话。

只见饲养员挥动双手,轻轻地打着节拍,咪咪高昂着头,一双乌黑发亮的眼睛瞪得大大的,嘤嘤嗡嗡地发声,海豚音嘹亮而动听,宛如童音独唱。

直待咪咪"唱完歌",观众一起鼓掌叫好,郭晓冉拍得手掌心发红:"咪咪多聪明啊!它们海豚的大脑容量比我们人类的平均值都大!"

"海豚的大脑有反射弧,这些表演不过是强加性行为训练的结果。"成小山补充道,"其实,智商这种东西存在于某些生物身上还不如没有,本能地活着也不失为一种大智若愚。"

"你的想法总是这么奇特。"郭晓冉起身,恋恋不舍地回头看着咪咪完成表演后沉入池底。

"你看这世上的很多犯罪分子,自觉有智商,其实很低劣,不仅伤害他人还伤害自己。"成小山随着郭晓冉走进弧形水下长廊,一圈小孩子叽叽喳喳地仰头对各种鱼类大呼小叫。

"股市就像经济社会一样吧,大鱼吃小鱼,小鱼吃小虾。"郭晓冉望着一群红色的热带鱼被一条小鲨鱼追得四散而逃。

"只要是鱼,就逃不了被吃的下场。你吃过鲸鱼肉吧?鲸鱼够大吧?日本、挪威、冰岛不是每年都捕很多吗?"

"那是违法的!几年前,海牙国际法庭就裁定日本已违反《全球禁止捕鲸公约》,而且这是最终裁决,没有上诉机会!"郭晓冉一直在学校动物保护协会担任志愿者,对这些情况如数家珍。

"公约?国际法?日本难道现在就不捕鲸了吗?"成小山不屑道,"法律从来都是制裁弱者的,对于强者没有任何作用。"

郭晓冉不可思议地扭头看着成小山,刚巧那条"魔鬼鱼"从成小山头顶掠过,张大的嘴巴像要把成小山吞下。

7

粤中省清宁市监狱是一所新型的现代化监狱,距市中心60公里,始建于1996年,1997年12月31日起正式收押罪犯。这座监狱的建成,也结束了清宁市判决罪犯一律送往外地服刑的历史。

保卫室的狱警打开监狱高重的电动金属大门,贾文军闭上眼睛迈出大门,深吸了一口气,外面的空气就是跟里面的不一样。

他睁开眼睛时,发现狱警还没有关上他身后的门,因为他俩都一样地吃惊:监狱大门口聚集诸多身着黑西装的男子,他们有序地站在一排排的黑色奔驰轿车两侧,侍手而立,鸦雀无声。

直到监狱大门在贾文军身后关闭的那一时刻,所有的黑西装男子们不约而同地齐刷刷地热烈鼓掌,一浪高过一浪。

出了监狱,贾文军觉得自己像是鸟儿重飞九霄、鱼儿畅游大海,自由最可贵啊!

"这是郭总专门为您购买的新车。"司机报告后就将驾驶员左翼后的大尺寸电致变色玻璃变为了不透明玻璃。

这款新出的劳斯莱斯幻影加长版轿车提醒贾文军现在已是 2020 年。

此刻没有人在旁边,他一点点地看着采用大量实木、镀铬和钢琴烤漆的车内装饰,双手抚摸着昂贵的座椅皮套,摆弄了好久才开启了侧窗的私密窗帘。

车子行驶在滨海大道上,贾文军望着波涛汹涌的大海,那种久违了的自然的力量一瞬间让他眼睛湿润了。入狱前,这条滨海大道还在填海打地基,如今他甚至辨认不出自己被警方抓获的那片海滩在哪儿了。

贾文军把杯中的 XO 一口干掉,十四年前的感觉似乎随着酒精在他身体里漫延,那种掌控力和欲望油然而生。

他所坐的劳斯莱斯的前方有三辆奔驰车开道,后面还有十辆奔驰车压阵,车队严整有序,保持距离,匀速前进。

清宁市主城区在前方出现,贾文军望着车外高楼林立的繁华景象,脑海中浮现出从前这些地方的模样,十四年好像是漫长的一个世纪,整个世界都变了,清宁已经不是他印象里的模样。

当年贾文军从潮汕老家刚来清宁,这座城市最多也就像是一个乍富的小县城。

那时候的贾文军主要是给一些刚刚兴起的酒吧送假冒伪劣的酒水,而人生命运都是从一个看似平常的早晨开始发生变化的。

那天清晨五点钟,年轻的贾文军从仓库里蹬出三轮车,哼着小调去送货。

到了酒吧后面的胡同时,他无意中发现墙角垃圾堆里好像侧卧着一个人。

彼时清宁市的治安情况比较复杂,一些城乡接合部和娱乐场所聚集的地方经常发生械斗,时不时地就会死个人。

贾文军从小胆子大,跳下三轮车走近细看,那是个中年男人,背上和腰部被捅了很多刀,身体下面的血泊像是一片黏稠的水洼。

贾文军东张西望,确定周围没人后,他鬼使神差地去摸那个人的裤子口袋,右边那个口袋啥也没有,他又想去摸左边的口袋。

那个人左口袋压在了身体下面,他就试图掀起"尸体",谁知那个"尸体"一把抓住了贾文军的手。

贾文军一屁股坐在了血泊里,这时酒吧小工刚好从酒吧后面出来接货,一声惊叫后,和贾文军一起打了120。

后来的故事完全就是黑道版本的"青蛙变王子"的故事了:贾文军歪打正着救下的这个人居然是香港"新义安"话事人的亲弟弟。

贾文军后来组建的"山义帮"实际上就是由"新义安"扶持发展起来的,这位当年"新义安"的话事人帮助贾文军在清宁有计划、有步骤、有选择地物色发展小帮派头目为下级成员,"山义帮"在当地逐渐坐大。

贾文军从20世纪90年代通过开办废品站,逐渐垄断周边四百余家工厂的工业废品收购业务,攫取了巨额利润。他的帮派马仔专门安排巡厂员在各个工厂巡逻,发现其他个人或单位收废品时,立刻以恐吓、殴打等手段加以驱赶,并以低于市场一半的价格收购,强行将废品拉走。

没有人敢相信,看似不起眼的废品收购生意竟隐藏着惊人的利润,而且这个行当风险极小,甚至大大超过当地娱乐场所的经营和贩毒所得。

尝到甜头且累积了经验的贾文军又开始强迫当地商家和居民使用他们提供的煤气,不从就大打出手。煤气行业的兴起,让贾文军财大气粗,自此"山义帮"也逐渐成长为当地第一大帮派,他开始在当地的各行各业收取"保护费",许多酒吧、KTV等娱乐场所老板为了做生意不被人砸场,甚至开始主动向贾文军寻求保护。

香港回归后,"新义安"等香港黑社会性质组织开始准备"金盆洗手",这种表面的"隐退"并不代表彻底的自我了断,而是隐藏得更深了,甚至借助回归的"历史契机",开始向内地转移。

贾文军一度春风得意马蹄疾,"独领风骚"许多年。就在那个时候,贾文军遇到了一个女人,在此之前他也有过许多女人,但都无关感情,这个女人却让他真的动了心。也是在她的引导下,贾文军试图"洗白",他开始投资房地产、保险和文物字画等行业,并开始运作一些社会慈善家之类的荣誉标签。

就在他看似事业和情感双丰收的高光时刻,一切居然急转直下,戛然而止……

路过安岛大厦时,贾文军示意司机慢点儿开。他仰望大厦楼顶的牌子,还有"暮山财富(中概股)"的巨幅宣传海报,楼下的电子屏上还有记者采访郭孚的滚动报道。

镜头前的郭孚自信、沉稳,已不像当年在贾文军面前那样唯唯诺诺了。

贾文军摇上车窗,从车玻璃上反映出来的那张脸上看到的是眼角的皱纹,还有灰白的头发。

车子进入城市主干道,四处都张贴着清宁市金融创新区成立大会的宣传标语:"同享新区华诞,共赢清宁未来。""新区从希望中升腾,清宁在奋进中圆梦。""强化新区意识,弘扬新区精神,擦亮新区牌子,建设幸福清宁。""闯出金融机制新路,争当披荆斩棘尖兵。"

车子进入一条繁华的老街区,这里马路狭窄,建筑风格很有当地传统特色:砖雕、木雕、石雕、灰雕、壁画……

老街上行人拥挤,车速减缓下来。

这里是贾文军最熟悉的地方,他仔细地看着车窗外的每一栋老房子,每一棵老树。

当看到"盛记"的牌子时,贾文军眼睛一亮,这里的鲜虾云吞面是他最喜欢吃的。他看到"盛记"的老两口正在接收新送到的锅碗瓢盆之类的物品,一些破损桌椅堆放在店门口,像是刚刚装修翻新,但又不像。

这时,车子遇到红灯,停了下来。

贾文军摇下车窗打招呼:"盛仔!"

"盛记"老两口正在跟来送新桌椅的人讨价还价地算着账,没听到贾文军的招呼。

贾文军正欲再叫,突然一阵锣鼓喧天,街面上的人们齐刷刷地向车前方望去:一群漆黑衣衫的舞者皆戴着花脸面具,双手各持一根短木棒,上下左右互相对击,动作健壮有力,配合锣鼓点、海螺号和吆喝声,两棒相击翻转,边走边舞,节奏强烈。

贾文军的眼睛湿润了,这是他老家的英歌舞!

英歌舞已经有四百多年的历史,表现的是《水浒传》中梁山泊一干英雄好汉为营救卢俊义攻打大名府而化装成卖艺队大闹元宵的故事,表现手法多是渲染战斗情景和热烈气氛,塑造好汉勇猛剽悍的群体形象。

贾文军情不自禁地按着锣鼓点的节奏用力地拍着手:那个司大鼓的是"宋江",左队头槌挂黑须的是"李逵",右队是挂红须的"关胜",二槌是"林冲",三槌是"鲁智深"和"武松"……

大开大合的舞姿阳刚而恢宏,贾文军不禁想起了当年刚来清宁打拼时,第一次见到英歌舞的场景,那时候的他还跟着别人一起跳过,这个舞被老家人看作是英雄的化身、吉祥的象征、驱邪的魔力,现今也成了客居粤中的潮汕人表达喜庆的一种方式。

迎接贾文军的车队不约而同地降速,缓慢前进,街面上的人群惊慌失措地向两旁避让,被群舞者驱赶到马路两边挤作一团的路人和游客,纷纷掏出手机拍摄别开生面的"英歌舞"。

贾文军的车子被粗犷的舞者们一波又一波地包围,他看着那一个个"梁山好汉"围着自己的车子张牙舞爪,猛地发现自己居然流下了眼泪。

可能是真的老了，开始怀旧了，容易动感情了，开始喜欢热闹喜庆了，时过境迁就是这个意味吧，贾文军出狱前的决心也突然动摇了。

车子穿过声势浩大的"英歌舞"阵，最终停在了一个名为"斯巴达克斯"的豪华洗浴中心前。

贾文军下车，一步一步地走上高高的台阶，向左右大门廊一瞥，都是一排灰色的高大罗马柱，迈进门前，大门口墙面上一个希腊神话人物的浮雕吸引了他的注意力：那个壮硕男子四肢粗壮、卷发凌乱、怒目圆睁，像是要发起攻击。

"这就是斯巴达克斯吗？"贾文军问到，却没人应答。

他回头，发现没有人跟着自己上来，刚才那些车子也都已驶离，整个院子里空无一人。

8

装修如宫廷般的洗浴中心居然也空无一人。

贾文军径直往里走，偌大的穹顶厅堂里，只有他的脚步回音。

他想起入狱前不久，曾去美国安排一些事情，回国时专门去过一趟意大利。

那时候的他意气风发，原本只为了满足自己的好奇心去看看意大利黑手党的诞生地西西里到底什么样。

西西里岛气候温暖、风景秀丽，盛产柑橘、柠檬和油橄榄，最令他惊艳的是地中海那令人难以置信的色彩，水晶般清澈的海水和美丽多情的海床。

贾文军记得那天自己搂着她，第一次出现了想要退隐江湖的念头，那个念头后来搅得他心烦意乱，甚至失去了和她做爱的欲望。

贾文军去罗马坐飞机回国，飞机是晚上的，一下午的时光无处打发，在她的提议下，两人去了一趟梵蒂冈……

也是这么高大的穹隆，犹如苍穹，也是这样的大理石地面，坚硬光洁……

贾文军穿过正中央镶着壁画的走廊,听到一阵阵"叮咚"的水流声,还有氤氲的蒸汽带着幽幽的香皂味儿弥漫开来。

他掀开一道布帘子,一个标准泳池大小的浴池拥有地中海般的天蓝色,让人看着就想跳进去。

贾文军脱掉上衣,正弯腰脱裤子时,一只修长白皙的手出现在他眼前,那只葱葱玉手把一只粗大的黑褐色雪茄送到他嘴边。

贾文军笑了,用嘴夹住雪茄,那只细腻的手配合另外一只手划燃了火柴,贾文军没点燃雪茄,却猛地拦腰抱住杨韵颖,两手急不可耐地在她身上动作起来:"我一到这里,就想起那年咱俩去意大利!"

"我不喜欢意大利。"杨韵颖推开贾文军凑上来的脸,欲拒还迎地娇嗔道,"你到了那里意志消沉。"

"消沉吗?"贾文军握住杨韵颖的手捂向他的裤裆,眼睛却盯住她俊俏的脸庞不放,"你的眼睛红了,为你许久没见的男人流泪了?"

"距离上次见多久了? 三千天?"杨韵颖娇嗔道,"那时候还骗我说再也不回去了。"

"那次保外就医功亏一篑啊! 赶上政府在搞什么运动嘛!"

"你当年不是从来不怕这些吗!"杨韵颖的手隔着一层布料握住了贾文军那坚硬粗大的部位,"我讨厌跟人做假夫妻。"

贾文军上下其手地抚摸揉搓:"跟过我了,你还愿意跟谁做真夫妻?"

"先把晦气洗掉再碰我!"杨韵颖狠狠地掐了贾文军一把。

贾文军抱着杨韵颖直接倒进浴池,水花四溅,杨韵颖惊呼,贾文军得意地大笑:"成功的男人,既要拼命地干大事业,还得拼命地干女人!"

"臭男人!"

9

贾文军春风得意时,爱上的女人就是杨韵颖。

彼时,杨韵颖还是清宁大学经管系的一名女大学生,正与刚留校的学长谈着有一搭没一搭的恋爱。

之所以说是有一搭没一搭,是因为杨韵颖家境贫寒,需要一个男人在经济和生活上给予她全面的关心和帮助。

与其说当时她在恋爱,不如说她在寻找解决生活现实问题的工具。既然是寻找能解决生活现实问题的工具,那最有利用价值的当然是最有钱的男人。

杨韵颖与贾文军的相遇起初纯属偶然,后来就无法说清楚有没有处心积虑了。

那天杨韵颖在当时清宁最大的一家酒吧里做啤酒推销员。

一个周末,酒吧生意极好,杨韵颖也遇到了一个特别大方的客人,一直购买她推销的啤酒。她也察觉出来那个客人可能是对她有些别的意思,早已习惯风月场所规则的杨韵颖装糊涂,一个劲儿地只管上酒。

直到那个客人去了一趟厕所,两个马仔扶着他回来时,他居然说因为喝了杨韵颖卖的啤酒而腹泻了,要求赔偿。

对方开出的赔偿额大得吓人,是显而易见的敲诈和勒索,杨韵颖却不知所措。客人甚至明说了如果杨韵颖"今晚跟我走",这些事就一笔勾销。

花容失色的杨韵颖捂脸痛哭起来,就在这个时候有人出手相助,此人在形象上绝对算不上是白马王子,但在气度上绝对像个国王,此人当然就是贾文军。

贾文军帮助杨韵颖解围居然只是亮了下身份而已,这一切都让看在眼里的杨韵颖崇拜不已。

后来贾文军告诉杨韵颖,因为她年轻,人长得又很漂亮,搞得另外两个品牌的啤酒推销员很是忌恨,于是那两个女人想出了一个损招,暗中勾连一个小混混设计陷害杨韵颖……

贾文军带杨韵颖到酒吧后面的胡同,看着那两个啤酒推销员披头散发跪地求饶,那一刻她的内心得到了极大的满足,也是从那一刻开始她意识到所谓最大的尊重其实都是来自畏惧感。

杨韵颖起先和贾文军在一起时还没有与那位学长分手,直到她不断地体验到那种满足感,那种满足感不仅仅是金钱的力量,还有一种无形的权力,让每一个敢冒犯她的人都会瑟瑟发抖。

这一切都来自贾文军,杨韵颖心甘情愿地成了"山义帮"的"大嫂"。只是,那时候的贾文军出于对杨韵颖的保护,对外做得极其隐秘,从来没有公开过自己和杨韵颖的关系,这也使得杨韵颖在十四年前的那次扫黑行动中成了漏网之鱼。

10

翻云覆雨过后,贾文军赤裸着躺在床上。

杨韵颖正要点雪茄,贾文军直接把雪茄抢了过去,扔到了一边:"要抽就抽我这根五十三年的老雪茄,比这个有劲儿!"

"怎么这么讨厌!香烟不让人碰,雪茄也不让沾了?"

"你知道的啊!我爸就是抽烟得癌症死的,扔下我妈带着我从小过得猪狗不如。"

"雪茄跟香烟不一样。"

"这些上瘾的东西本质上都一样,没有区别。"贾文军的手轻轻地抚摸着杨韵颖光洁平滑的小腹,"今天这些都是你安排的吧?"

"今晚才是重头戏。"

"他呢?"

"他这两天为了那个金融创新区的事情在忙,明天还有……"

"当年我托管给他的两样东西,其中一样回来了,还有一样……"

"谁是东西啊!讨厌!"杨韵颖一屁股跨坐到贾文军的腿上。

"我最不是东西！"贾文军翻身，将杨韵颖骑在身下，"我们是不是现在可以考虑生个小东西了啊！"

11

根据高新区的规划，连接滨海大道的沿海区域只做观光旅游开发，美其名曰"城市海景花园"。

世华大酒店坐落在马路的另外一侧，占据了一个独立的院子，酒店只有两层高，每层各有四个包间，白色的院墙几乎与黑色的屋檐齐高，楼前是清宁市难得见到的一片竹林。

来世华大酒店就餐的客人，需要把车停在院子前半部分，下车后穿过竹林才能进入小楼。

这家酒店占据了高新区酒店业的最佳位置，背后一个胡同之隔的地方便是高新区的高档楼盘"滕王阁"，高端消费群体也保证了酒店的服务水准。

夜色降临，华灯初上，清宁市高新区的饭店都热闹非凡，独独清宁市高新区的这个世华大酒店今晚不开门。

酒店前台的工作人员从昨晚就给之前预订座位的客人致电道歉，理由是"设备检修"，这引起当晚在这里设宴的安徽省清宁市商会会长等贵宾十分不满，训斥了服务员后，又拨打酒店总经理的电话，当发现总经理电话无法接通后只好骂娘作罢。

车子驶进院子时，贾文军不敢相信眼前这个雅致的江南园林就是当年自己的那个"公司总部"。

他和杨韵颖八点钟准时从劳斯莱斯幻影上下来时，除了在院子里巡逻的黑衣男子外，这里安静得像是世外桃源。

贾文军瞄了一眼院子里停的十几辆豪车，其中有几辆挂着港粤两地车牌。

杨韵颖撩起紫色的旗袍边儿下了车，挎起贾文军的胳膊往里走，她好久没有这么踏实和满足了。

两个人穿过蜿蜒的竹林小径时,有风吹动竹叶,发出沙沙的声响。

这段时间清宁雨水多,许多笋尖钻出了黑色的土壤,像一把把利刃。

二人走到楼前,楼门从里面打开,突然一股沸腾人声从楼上传了下来,只是隔了一道门,却好像从一个秘境瞬间进入了闹市。

有人趴在贾文军耳边说了几句话,贾文军点点头,表面上不动声色,心里慨叹整个世界在这十四年里日新月异。

二楼四个包间中间的隔断木门都被撤掉了,整层楼摆了五个桌子,冲着楼梯口的那张是主桌,桌上的人看到贾文军和杨韵颖从楼梯口露面,哗啦啦地拖拉椅子都站了起来。

左右各两桌人也都闻声站了起来,黑压压地站了一屋子人,刚才的人声鼎沸仿佛被人按了暂停键。

贾文军一身做工精良的黑色唐装,胸前一方金色的手绣龙头,在灯光照耀下的他显得精神矍铄,已与白天出狱时判若两人。

中间那桌的中间位置空了两个,紧挨着的一个中性打扮的短发女人站起来,粗声粗嗓地叫道:"军哥,大吉大利!"

"军哥,大吉大利!"一屋子人跟着叫起来。

贾文军打眼一扫,有很多老面孔,也有一些新面孔,大都是按帮派分拨坐的。

贾文军好久没有参加这种场合了,也就是几秒钟,立刻找回了原来当老大时的感觉,雄心万丈,绽放出自信的笑容,阔步走到主桌的中间位置:"哇,花姑,听说这些年越来越发达啦!还是这么漂亮,绿叶丛中一点红啊!"

"哪有啦!您夫人才是红得发紫啊!"花姑朝着依偎在贾文军身边的杨韵颖挑眉笑起来。

贾文军瞥了一眼花姑旁边坐着的一个小白脸,看样子像是个小明星,继而推了一把右手边的骨刺："骨刺啊,在澳洲越养越年轻啊,我记得你上个老婆是 90 后,现在的女朋友得是 00 后的了吧,哈哈!"

"军哥没有变样啊!不知道的以为您在闭关修炼,在里面是采阴补阳了吧,红光满面地出关啊!"骨刺一只手搂着一位胸部平坦、面容青涩,像是还没发育成熟的少女,另外一只手亲热地握住贾文军的手。

贾文军抽出手,摆一摆,示意大家都坐下："大大爷,听说你这些年搞高科技啦,1 克(合称新型毒品)成本都控制在 20 元人民币以下了,什么时候上市啊,得带我们兄弟一起捞一票啊!"

大大爷笑眯眯道："还以为您不问世事了呢!原来我们这些小生意都注意得到!"

"不学习会后退的嘛!"贾文军又看向对面的蓝皮,"你整容啦,我都认不出来了,越来越有佛相了,要不要改名白皮啊!"

"是啊,我现在吃斋念佛啦!"蓝皮摸了摸挂在胸前的一串粗大的佛珠,虔诚地说,"佛祖心中坐。"

"他想拉我们一起出家,可是我们六根不清净啊!"花姑搂着身边的小白脸,毫不隐藏自己的欲望。

各方大佬们跟贾文军热情寒暄着,像是亲兄弟姐妹一起吃年夜饭一般。

周围四桌坐满的香港黑恶势力大佬和粤中省各地黑恶势力团伙头目也继续寒暄起来,喜气洋洋。

服务员开始麻溜地上菜上酒。

12

"你怎么不下去吃饭?"钊阳戴着副墨镜,全副武装地晃进办公室。

"吃不下。"彭大为一遇到大行动都没什么胃口。

"人不大,毛病还挺多!"钊阳擂了彭大为的肩膀一拳,"瞧不起我们这儿的盒饭？我们有时候执行任务连盒饭都吃不上！"

彭大为也不想解释啥，没好气地接过钊阳扔过来的烟，闻了闻，是高档烟："好歹我现在也是支队长了，能不能别总是动手动脚的啊！"

钊阳带他来这屋时就跟他说了柜子里的烟随便抽，他倒是打开过，里面满满当当地放着各种高档香烟，但是不知为啥，他关上了柜门，一条烟都没拆开。

"还跟以前一样好面子！"钊阳抽烟像是老式火车头，腾腾地，"你在我眼里还是以前那个欠扁的坏小子！"

"你没发现这屋里的墙都被你熏黄了啊。"彭大为点上烟，深吸了一口。

"可见我多么敬业，以队为家啊！"钊阳晃动着脑袋活动筋骨。

两小时前市局四个业务支队接到市局通知，所有人都要着作训服到特警支队待命，现在眼看着已经八点了，也没啥动静。

彭大为尤为不安，一是每次大行动前都会有微微的焦躁，二是下午郭晓冉给他打过电话，约他去欣赏今晚的钢琴演奏会，他本想拒绝，但是他怕自己自作多情，万一她只是想用这种特别的方式与自己沟通与案情有关的情况呢？难道她除了案情就没什么想跟自己说的吗？

"没干过特警吧！平日里没事儿让待命，随时等待命令，这也是咱们当警察的命！"钊阳把帽子扔给彭大为，双手反扒住门框，做起了引体向上，"今天坐在这间办公室里什么感受？"

今天一到这间办公室，彭大为就很感动。钊阳居然从废弃物品堆积的仓库里找回了彭爱国当年用的那张老办公桌和椅子，睹物思人。

"当年我父亲更喜欢你，不喜欢我。"彭大为倚着门边儿的墙，看着钊阳的脸一上一下，"他希望我走正路，但他那套说教实在让我厌烦，再加上整天不回家，回来就朝着我发脾气。"

"你知足吧，不像我从小没有爹妈。师傅牺牲后，你后悔了，我知道的。浪子都是这么回头的。"钊阳做了十几个引体向上，气息一点儿都没乱，他平日里坚持训练,身体素质保持得非常好。

"不是每个浪子都会回头。"彭大为想起在公安大学读书时,犯罪心理学老师讲过许多人因为从小失去父母,走上了歧途,他也想到了郭孚从小就是个孤儿,"我一直不相信郭孚没露出过任何马脚,也不相信你会一点儿都不知道!"

钊阳放慢速度,双肘呈 90 度悬停在空中,转过脸:"还想着这事儿呢?你真觉得咱们警察是万能的?"

"没说警察万能,但是这么大的案子,这么明显的犯罪嫌疑人,会没有点儿线索和证据?"这是彭大为近来最迷惑的事情。

钊阳隔着镜片,认真地看着彭大为的双眼,随即视线往下一瞟:"那你怎么抽烟这么厉害还一口白牙啊!"他双臂发力,整个身体又引了上去。

"我问你正事儿,严肃点儿!"彭大为顺手摘下钊阳的墨镜。

"你什么时候请我喝酒,我就跟你讲点儿!"

"那天在船上,跟你喝了多少啊!"彭大为想起那晚跟张蕾摊牌后,张蕾离去,胖子陪着也出去了,剩下自己和钊阳没说几句话,倒是喝了不少酒。

"你真不爱她了?"

"你真喜欢她?"

"我不是喜欢她,是爱。"钊阳都快想不起自己上次说出"爱"字是什么感觉了。

"那怎么不早跟她表白?"

"你很没良心啊!我是跟亲弟弟抢女人的人吗!"钊阳的双脚无声地落地,直视彭大为。

"她应该找你这样的男人,能对她好。"彭大为诚心诚意道。

"还用你说?我知道!"钊阳话音刚落,院子里的警报器骤然响起。

钊阳撒腿冲向窗口,直接从四楼跳出去,抱着滑竿消失在窗口。

彭大为跑到窗口向下望,特警支队的训练场上亮如白昼,钊阳已经双脚着地,彭大为把帽子扔下去:"你的帽子!"

钊阳头都没抬地接到了帽子,随手反扣在头上。

彭大为也跳出窗子抱住了滑竿,一路下滑。

他跑到训练场指定的集结位置时,隋震霆和省厅分管刑侦工作的关副厅长已经站在前面了,神情严峻。

钊阳和彭大为的副手分别组织各自支队全副武装的队员有序上运警车,他俩则跑到隋震霆和关副厅长面前等待指令。

"十分钟前,正式接到公安厅指令,今晚我们要实施抓捕。"隋震霆话音未落,秘书已经将准备好的两份材料分别递给钊阳和彭大为。

彭大为翻到第一个抓捕目标的照片时浑身发热。

他再翻到下一页那个叫世华大酒店的建筑结构规划图和施工结构图时,忍不住瞥了钊阳一眼,钊阳刚好也在瞥他,两人立刻又都低下了头。

"这次是我们粤中公安和香港警队的合作行动,里面有几个香港黑社会性质组织大佬,还有粤中各地的几个黑恶势力团伙头目。"关副厅长朝旁边招了招手。

一个平头男子从旁边的暗影中走出来,关副厅长介绍道:"这是香港'O记'林亚照总警司,今晚和彭大为支队长共同负责外围侦查和围捕。"

彭大为正和林亚照相互敬礼,意外地张大嘴:"外围?"

隋震霆根本无视彭大为的惊讶,继续道:"今晚粤中其他地方的黑恶势力团伙头目也都齐聚此地,名义上是迎接贾文军出狱,但应该还有更深层的目的,我们现在尚不掌握具体情报。考虑到目标很可能随身携带杀伤性武器,行动的危险系数此刻无法准确评估,所以得由特警支队打头阵!"

"是! 保证完成任务!"钊阳严肃地接受使命。

"今晚的行动一定有危险,但是我们绝对不能放走一个。"隋震霆看向彭大为。

"是！保证完成任务！"彭大为严肃地接受使命。

林亚照多看了钊阳一眼。他刚才下车后在特警支队楼里转了一圈,一是想看看内地警方的办公条件,二是当警察久了,眼睛也毒,从特警支队队员的精神面貌、警容风纪和卫生情况可以看出内地警方这个部门长官的管理能力和水平,没想到所见之处皆十分令人钦佩。

"隋局长,我们该出发了。"关副厅长望着队员们都装车完毕,"今晚刘厅长和张国辉处长在公安厅指挥大厅的连线现场,我们有任何突发性情况可及时沟通。"

隋震霆边走边对钊阳和彭大为耳提面命,无非是确保民警人身安全,一切行动听指挥。

关副厅长和林亚照先上了指挥车,隋震霆刚迈上一只脚,回头又不放心地看看彭大为,用眼神提醒他不要冲动。

彭大为和钊阳敬礼后,分别跑向各自的运警车。

13

特警支队必须有设施齐全、占地较多的训练场,当年就建在了郊区。随着清宁经济的迅猛发展,当年的郊区已经被高新区囊括,冥冥中也为今晚的行动提供了地理和时间优势。

警车在街上划过,快速而安静地行驶着。

彭大为戴着耳麦,收听着来自指挥车上三位警队领导的各种情况介绍和行动预案。

他将世华大酒店的建筑规划图和施工结构图摊在双膝上,对照着行动预案,努力回忆酒店的地形结构,设想各种可能采取的行动策略,包括若发生意外情况该如何营救。

没错,彭大为刚刚去过世华大酒店,前天胖子安排的同学会就在那里。彭大为记得胖子跟那个酒店的人很熟,刚才跟钊阳对过眼神,确定他也心知肚明,但他俩都没想到今晚行动的目的地就是那里。

世华大酒店更过名,之前是一个渔家乐,就是从海上打了鱼之后捞上来直接烹制。

随着清宁城市生态建设的发展,政府注重环境保护,近海不让打鱼,加之城市规划方向的变化,才变成了现今的模样。

彭大为细细查看图纸的每一个细节,比对新旧图纸的差异,无意中听到一阵微小的声响,循声望去:右手边的秦飞腿正在发抖,手中紧握着枪不断摩擦座椅。

彭大为自然而然地轻拍秦飞膝盖,秦飞侧脸看了看彭大为的眼睛,彭大为咧嘴露出大白牙,秦飞安宁了一些。

彭大为低头继续研读图纸,努力回忆印象里酒店的结构与环境,拼凑出整个院子通往外界的所有可能的出口与通道。

运警车形成长队在滨海大道上穿行而过,沿海公路蜿蜒铺展,岸边都是丛林般的高楼大厦,另外一边是浩瀚乌黑的海面。

电话响起,彭大为愤怒地抬起头,用严厉的眼神巡视周围的队员,仿佛在质问是谁的手机在响。

秦飞尴尬地眨眨眼,彭大为发现是他自己的手机在响。

"我得再嘱咐一句,以后任何行动都不能带手机啊。"彭大为掏出手机直接挂断,关机后朝着大家展示,"以此做个示范。"

关机前,彭大为看清了那个电话是郭晓冉打过来的,心里一动,他居然忙得忘记告诉郭晓冉今晚要爽约钢琴演奏会了……

他还没来得及细琢磨,车子一顿、一晃,停下了。

彭大为瞬间变了一个人,眼神锐利,像是一只豹子。

前排的驾驶员朝后玻璃敲了几下,彭大为回应地看了一眼,又转过头来,一个一个地从队员的脸上扫过,最后落在秦飞脸上,起身时小声说:"今天你殿后。"

秦飞握紧枪:"我的伤早好了。"

"那也得按老规矩!"彭大为的口吻不容置疑,"你第一次出任务,一会儿跟我后面。"

运警车门纷纷打开,彭大为和扫黑支队的队员们鱼贯跳出,跳下车的队员训练有素地自觉摆好队形。

这个停车的集结位置是与世华大酒店隔了两个街区的体育馆后院,今晚有一名美籍华人钢琴家的专场演奏会。

大型车辆进入体育馆不会太显眼,但为避免打草惊蛇,得从这里步行前往世华大酒店。

彭大为隐隐约约听到了体育馆里传出的琴音,继而响起一阵热烈的掌声。

前方特警支队队员已下车集结完毕,钊阳正在分组并提醒注意事项。

指挥车到达指定位置时,隋震霆、关副厅长和林亚照都没有下车,而是在大屏幕上跟公安厅指挥中心连线。

刘强和张国辉以及其他两地的高级警官站成一个排面,神色凝重地面朝大屏幕,皆盯着各警务行动小组的实时画面,刘强拿起指挥麦,沉声道:"各小组注意,扫黑行动即时开始。"

隋震霆切换画面:"报告刘厅长,人员集结到位,总计173名警员。请指示!"

"请隋局长按计划行动!"刘强望着屏幕上的隋震霆,一时间有点恍惚。

"是!"隋震霆身子一直,好像在站着立正,他看到一位香港警察附耳对张国辉说了两句话,张国辉沉吟。

隋震霆早已耳闻这个警务处处长表面上斯文倜傥,乍一看像是个娱乐明星,其实在香港打击犯罪时以雷霆手段著称。

张国辉对着屏幕道:"请隋局长确保不要走漏消息。"

"请放心!"隋震霆做出承诺时感受到的却是屏幕那边隐隐的不信任,他朝向身边的关副厅长侧脸:"这里将由我和关副厅长一起亲自监督收缴所有人员的通讯设备。"

14

隋震霆对报话器下指令:"钊阳支队长!彭大为支队长!"

报话器响起钊阳和彭大为异口同声的回复:"收到,请讲!"

隋震霆与关副厅长对视,口吻严厉:"请分别清点各自队员通讯工具,手机等通讯工具收缴后,交给关副厅长保管。"

报话器再次响起钊阳和彭大为异口同声的回复:"收到!"

钊阳和彭大为逐一检查扫黑队员的通讯设备,最后将自己的手机也放进盒子,麻利地交到指挥车处的关副厅长手里。

隋震霆看看关副厅长,关副厅长用眼神示意隋震霆有话就说。

钊阳和彭大为双手撑膝,等待指令。

隋震霆的一双大手扣在一起,响亮地折着手指关节,举重若轻:"开始行动!"

彭大为和钊阳转身跳下指挥车,分头行动前钊阳朝彭大为的胸口擂了一拳:"你小子小心点儿啊!这种大场面别冲动!"

彭大为环顾四周,确定没人看见,嘟囔了一句:"下回你要是再这样,我也不给你留面子了,也擂你!"

15

此时,郭孚正陪着郭晓冉坐在高新区新落成的体育馆里听钢琴演奏会。

这场演奏会是安岛集团赞助的,一切都是因为郭晓冉喜欢这位美籍华人钢琴家,她甚至昨晚还临时要求在演奏曲目中加了一曲《梦中的婚礼》。

虽说艺术不应该被经济因素干扰,但是艺术家却很难不考虑经济因素。尤其是今年上半年,新冠疫情肆虐全球,如今只有中国控制疫情到位,这位钢琴家来中国演出也是百费周折,不说演出前被隔离了十四天,单说入境文化演出的审批能通过都实属不易。

郭孚喜欢看到自己拥有的财富能给女儿带来快乐与满足,更何况他对钢琴也存在着一份特殊的感情。

当年郭孚是一个从农村到清宁来打工的落魄青年,因为形象好,待人接物头脑灵活,很快被老板选中做了司机。

只是,老板没料到自己的女儿后来会嫁给郭孚,并因此不惜和家族脱离关系。

若说郭孚当年不想走捷径那也是假的,但他是真的爱上了老板的女儿,即使不能通过她得到什么财富也心甘情愿。

那是一个至今在他心目中像神一般存在的女人,成熟却又单纯,果断却又天真,犹如眼前的郭晓冉。

郭孚爱上豪门千金,也跟钢琴有莫大的关系:接送钢琴老师到家里教小姐弹钢琴、陪小姐去唱片行挑选最新的钢琴专辑、路过琴房时看到她纤细却高贵的胳膊上下飞舞,甚至在别墅后院的车库里陶醉地听着那流淌进心里的节奏与旋律……

她从来没有把他当作下人,也没有仅仅把他当作一个司机。她发现他聪明、有礼貌,能够理解钢琴;她还发现了他对她痴迷的眼神;她甚至发现他在车上放的钢琴曲就是她最喜欢的……

那位大老板对女儿视若掌上明珠,但他还有三个儿子,重男轻女的思维牢牢地控制着他,他绝不会允许自己的女儿嫁给一个司机,并明确说如果二人结婚,不准从他家带走一分钱,而且自此以后断绝关系。

老板没有想到，他的女儿也像他一样倔强，拿定的主意就不会改变。

其实，许多真正出身豪门中的人有时候反而与社会底层的人很像，做事决绝，时常任性。

豪门千金跟着郭孚，从一个富家女变成了普通家庭妇女，但她从来没有抱怨一句，她只保留了一个小小的爱好，在家里听钢琴碟片。

郭孚看在眼里，愧在心底，无数次发誓要混出个人模狗样，给她买最贵的钢琴，让她拥有喜欢的东西。只是，这一切即将实现时却全部破灭了。

郭孚的妻子在生下郭晓冉后没几年，就查出了乳腺癌。乳腺癌高发于四十五岁至七十五岁的女性，当时郭孚的妻子才二十六岁，发病的年纪过于年轻。按说发病早发现得也早，早期乳腺癌的生存率可以达到99%，但确诊的时候癌细胞已经转移到了周围的淋巴结，经过反复化疗，还是在五年后离世了。

妻子的早逝对郭孚的打击很大，最令他抱憾终生的是他连妻子最后一眼都没有看上……

郭晓冉和母亲如同一个模子里刻出来的，不仅相貌一样，连精神和情感内核都高度相似。

这一切或许就是上天的安排。

郭孚把过去对妻子的亏欠，加倍补偿在郭晓冉身上，这种累加的爱决定了郭晓冉才是他心中最重要的。

原本，今晚郭孚有极其重要的事情需要处理，但自从那天办公室与郭晓冉发生激烈争执后，郭晓冉第一次开口主动跟他说话，让他陪着来听钢琴会，他很为难，但还是答应了。

到了现场，郭孚发现郭晓冉身边还空着一个座位，开场前她一直在打电话，在检票口等到最后一分钟才失落地回来坐下。

郭孚试探着问还有谁要来，郭晓冉不说，郭孚猜测有可能是成小山。虽然郭晓冉总是抱怨成小山不适合她，但是年轻人的感情谁又说得准呢？郭晓冉她妈妈刚跟自己在一起时，不也常说"讨厌""烦人"吗？

郭孚希望女儿嫁给成小山，也全都是为了女儿好。成小山家世较好，教育背景鲜亮，具有国际化的专业素养，模样也百里挑一，对女儿也是情有独钟，还有什么让女儿不满意的呢？

有一次郭晓冉顶撞他，说如果当年母亲听从她姥爷的安排，哪有郭孚啥事儿呢？

郭孚当时一愣，一时语塞，但过后还是坚持他的观点。

天下父母心就是这样，自己做孩子时的想法到了当父母时却首先反对。

钢琴家演奏开始后，郭孚发觉女儿几次偷偷地打量自己，似乎有什么话想对自己说，但直到中场休息，郭晓冉也没有主动说话。

"晓冉，爸爸有点急事需要处理，出去一趟就回来。"郭孚抱歉地看着女儿，这时提示观众返场的广播响起。

郭晓冉用一种很奇怪的眼神望着父亲转身走向入口，她心里五味杂陈。

进了入口，一个穿着华丽的胖女人不小心踩了郭晓冉的脚，郭晓冉"哎"地叫了一声，那个胖女人却若无其事地走了进去。

郭晓冉突然有一种不好的预感，她转过身，逆人群而行，在大厅没有找见郭孚，她跑到大门口的台阶上四处张望，也没有看到郭孚。

郭晓冉呆呆地站在台阶上，望着偌大的广场上停满的车，却见不到一个人。

这时，她身后的演奏厅里传来她昨晚要求加进去的一首曲目——《梦中的婚礼》。

16

世华大酒店的二层热火朝天，贾文军酒过三巡，脸上略带喜意："十四年前,这里还是个渔家乐,如今建成了大酒店,寓意好啊!"

"这里现在可是整个清宁最有名的酒店,不只是有钱就可以来吃。"杨韵颖附耳说道,"会员制。"

花姑搂着小白脸,粗声粗嗓:"军哥真是千呼万唤始出来啊!老娘敬你,平安是福!哎,这酒店叫什么名字来着?"

"世华大酒店。"旁桌的一个人道。

"世华大酒店,世间繁华啊!"贾文军干了一杯酒,瞅瞅身边的杨韵颖,咂咂嘴,"他还是有心啊,就是不知道这心现在是对他自己的还是对我的。"

蓝皮慢悠悠地晃过来:"军哥不愧是'山义帮'老大,减刑也减得这么随心所欲。"

"这边可不是随心所欲,上次'保外就医'就没弄成。"杨韵颖埋怨地瞅着贾文军,牢骚未消。

贾文军起身,走到都是粤中黑道头目的那桌:"兄弟们这次也没少出力,能让我这个时候出来,我得谢一杯酒!以后大家还有需要我这个老家伙的,尽管说!"

"军哥客气了!我们在内部还是有些有分量的朋友的!"粤中黑道上年长的一位带头站了起来。

贾文军笑眯眯地端详着一桌人:"当年我就是没远见,没从早期开始培养感情啊!否则怎么我也得跟那些什么'长'的称兄道弟了啊!"

"军哥谦虚了!谁不知道您一直留着大棋子呢!我们这都是献丑。来,兄弟们,咱们一起敬军哥啊!"

钊阳一改平日的嬉皮笑脸,面色严肃,镇定指挥着特警支队分小组进行战术站位和包抄。

彭大为和林亚照两人,一起到了世华大酒店院子后面的蓬莱阁小区中的一栋花园洋房的楼顶,调试监控设备,试图对包间内的情况进行监控。

酒楼的所有玻璃窗都关闭着,里面挂着的窗帘也都落下,密不透光。

"彭支,他们应该是在玻璃上贴了防窃听膜。"技术侦查员调试了多遍激光窃听设备,皆无效,监听监视无法进行。

这些年随着科技的高速发展,科技强警工作进步迅速,但许多犯罪分子对高科技的掌握也越来越熟练。

彭大为不记得上次同学会的时候有过关窗拉窗帘的行为。此地无银三百两啊,今晚此地一定是有大阴谋和大动作,否则不会防监听监控做得如此到位。

钊阳正在世华大酒店的后门胡同里组织行动,接到前院行动小组报告说有一辆没挂牌照的奥迪轿车进了世华大酒店的院子,因为尚未部署到位,为防打草惊蛇,只能放行,看不清车上是什么人。

花姑见贾文军敬了一圈酒回来落座,不顾身边小白脸的劝阻,举着满满一壶酒站起来:"军哥,我们今天冒着危险来清宁,都是扛着脑袋拎着命来的,既是为了表示我们这么多年没有忘记大家的情义,也是有要事相商。"

杨韵颖从包间外进来,走到贾文军跟前,弯腰耳语:"他来了。"

贾文军拎着酒壶站起来:"我先干了这壶酒,出去一下,马上回来!"

贾文军一饮而尽,花姑与其他几个香港黑社会组织大佬交换眼神。

杨韵颖陪着贾文军下楼,郭孚在一楼楼梯拐角处侍手而立:"军哥!我来晚了!"

贾文军热情地抱住郭孚:"我的好兄弟,为了迎接我出来花了心思啊!"

郭孚有些不自然地抱住贾文军,语气恭敬:"都是应该做的,我还是您的管账先生。"

"给我减刑贵吗?"贾文军对着郭孚的耳朵吹了一口气。

"能用钱做到的事情都不贵,而且还有道上其他兄弟的关系帮衬。"郭孚察觉到贾文军喝了不少酒,貌似心情也不错。

贾文军撤离身子,上下左右打量着郭孚,笑容满面:"成熟了啊!我出来就看到啦,清宁到处都是你的新闻,那个宣传画得有三米高,很高大,很帅气!"

"都是他们宣传包装的。"郭孚有些手足无措,"安岛集团都是军哥的。"

"不不,这样子做很好!"贾文军拉住郭孚的双手,"你以前是我最信任的账房先生,当年保你没入狱的决定现在看来是英明的!如果我在外面,'山义帮'也没有今天啊!"

郭孚毕恭毕敬地看着贾文军身后的杨韵颖:"我对大嫂一直恭敬有加,每天也是兢兢业业,就是为了给您守下这份家产。"

杨韵颖右手托着下巴,左手托着右肘,别开视线,一副事不关己的样子。

贾文军侧身,搂住郭孚的肩膀:"那个大棋子看来也很配合啊,里面照顾我,外面照顾你。你想跟他更亲近,很正确,但也要慎重!他不可能跟咱们一条心,不能信!"

郭孚明白贾文军说的是谁,欲言又止。

"进去喝几杯!那些个老朋友都来了,也该让你见见他们了!"贾文军亲热地搂住郭孚的肩膀,察觉到郭孚僵硬的肢体流露出的迟疑,轻拍着宽慰道,"今天这里是清宁最安全的地方,我们在这里说的话做的事外面都监控不到。"

"我知道。"郭孚微微躬身,从贾文军的胳膊中脱离,"军哥先进,我去趟洗手间。"

郭孚进了走廊的洗手间,反手关门,按下把手锁。双手撑在洗手盆沿儿上,望着镜子里那个发根渗出汗珠的男人,深深地吐了一口气。

怎么办?

一旦进去,就跳进黄河也洗不清了,这些年"洗白"的努力就全部付之东流了。

郭孚深知时代变了,形势也发生了根本性变化,打打杀杀的行径早就行不通了,如果不是忌惮贾文军,他早就想跟"山义帮"那些乌合之众一刀两断了。

但是,一入江湖,身不由己,谁又能摆脱得了原罪呢?

三十六计走为上计,但是眼下走得了吗?

还有三天了,再熬三天或许才有解脱的机会。

贾文军搂着杨韵颖回到包间,几桌人都吵吵嚷嚷着要敬酒,贾文军对花姑笑笑:"我上个厕所,年纪大了,喝酒走肾呦!"

"都说酒桌上最怕勤小便的。"花姑拎着酒壶,斜看着杨韵颖,"军哥出来没少出力啊!喝了多少就走肾啊!让我说完一句话再去呗!"

"酒桌上还怕梳小辫儿的。"杨韵颖笑靥如花,"花姑不梳小辫儿也厉害!"

贾文军让杨韵颖倒满酒:"花姑,你是我亲妹子,你说!"

花姑扫视周围一圈,顿时安静下来,朝向贾文军:"军哥在里面也该知道,我们香港现在也不安稳啊!"

贾文军心里一沉,表面上对花姑保持笑容不动声色。

"兄弟们冒着被条子抓的危险来清宁,就是希望军哥带着'山义帮'能在这个时候帮下香港的兄弟们啊!"花姑的话显然引起了周围几个香港黑社会组织头目的共鸣,纷纷点头叫好。

贾文军拎起酒壶喝了:"我真是年纪大了,先去趟厕所!"

"'山义帮'当年可是从香港在内地的分舵做起来的哦!"花姑的目光追着贾文军,"军哥,江湖上行走讲个义字当头!内地扫黑,你出来也安生不了,不如跟我们一起搞个大的!"

贾文军擂厕所门:"开门,在里面生孩子呢!"

一个瘦骨嶙峋的马仔正在包间的厕所里猛吸烟,今天在贾文军来之前,各个门派的头目就叮嘱属下今晚吃饭时绝对不可以抽烟。

马仔听到贾文军擂门,吓了一跳,赶紧开窗把烟头扔出去,脱下衣服向外驱烟。

厕所的门板被擂得摇晃起来,马仔赶紧关窗子,这时贾文军一脚把门踢开,窗还没有关严。

贾文军看了看惊惶的马仔,闻了闻味道,立刻全明白了,上前揪起马仔的脑袋就往马桶上按:"我让你抽烟!这他妈的都是尼古丁,让你抽死,不如让你吃屎撑死!"

花姑在厕所外面继续喊:"军哥,别拿我的小弟发脾气,有本事和我们一起玩个大的啊!"

就在彭大为和林亚照准备撤的时候,激光监听设备"嘟"的一声微响,断断续续地传出了贾文军殴打辱骂马仔的内容。

彭大为和林亚照停下脚步,侧耳倾听,紧接着包间里的人提到的"港独"等字眼也都一并被捕捉到,监控信息从设备上即时传递到指挥车上,又传播到公安厅指挥中心。

公安厅指挥中心里的两地众警官虽有预料,但真的亲耳听到香港黑社会组织大佬来找贾文军,确实是密谋与境内外黑恶势力犯罪集团勾结,十分震惊,面面相觑。

刘强和张国辉相视,从对方的眼神中读出其实彼此之前都有了相同的推测,此刻终于实锤了。

两人分头走向指挥中心的两个角落,各自连线上级领导。

就在刘强和张国辉分头走到指挥中心的两个角落,分别向各自的上级领导报告情况时,向东 97 公里外的世华大酒店包间里有人的手机铃声响起。

一时间,闹哄哄的现场突然安静了下来,众人循铃声望去,那人也莫名其妙地低头看自己的手机怎么会响。

众人的表情开始是愕然,然后是惊恐。

这时,又有一个手机铃声从包间外面传来。

贾文军松开马仔的领子,竖起耳朵,回头看向厕所的窗户,他看到了那条不易察觉的窗缝,意识到防监听装备出现了致命的漏洞。

杨韵颖已经进了二层的监控室查看十六块监控屏,她发现后门胡同的四个屏幕的镜头一直没有变化。

她狠狠地对着保安负责人的脸扇了一巴掌,转身疾回。

彭大为跑下平台,对着对话器小声急促道:"他们已经察觉!提前行动!"

郭孚从厕所出来,正要进包间,突然女儿郭晓冉的电话打了进来,他愣住了,意识到这里的防监听设备出了漏洞,立刻关闭了手机。

他快步走进后厨,案板上堆满备好的食材,煤气灶还都开着火,锅里的油已经冒起了烟……

但是,一个人都没有,后厨的工作人员似乎在忙碌的某一个瞬间全部人间蒸发了。

郭孚把手机扔进微波炉里,迅速按下一个键,然后取下墙上挂着的一件大号厨师服披上,戴上一顶厨师帽,帽子的前檐压低。

钊阳带了一个小组在后门胡同里,已经控制了三名望风的黑帮马仔,此刻正在疏散后厨工作人员上车。

一名特警队员正要关车门时,又一个厨师匆匆地低头出来。

特警队员警惕地小声喊道:"站住!"

钊阳上前查看,随即对这个厨师命令道:"不准出声,上车!"

那名厨师惊恐地频频点头,弓腰上了车。

钊阳指派身边另外一个特警队员:"你跟车,带回去逐一排查!"

那名特警队员很意外,看了看钊阳不容置疑的眼神,没再说话,直接上了车。

17

警察们呈组织队形,按照之前的行动计划,各司其职,有序而迅速地向世华大酒店包抄过去。

大酒店楼前的警察们控制住外围的马仔,几人一组躬下身子、放慢速度,以车辆为掩体,准备进入竹林。

整个酒店的院子在漆黑的夜色中感觉不到丝毫生气,杀气却浓重得让人透不过气来。

那种死寂让警员们都不由自主地眯起眼睛,握紧手中的枪,慢慢地上膛。

大家屏住呼吸,分组摸到指定位置,只等一声令下发起进攻。

钊阳贴着院墙往正门口跑,一个黑影从树后闪出扑来。他一把捂住那个人张大的嘴巴,顺势扳着他的头放倒在地上。

钊阳骑在那人的后背上,一手揪着他后脑的头发,一手将他的下巴尽量往上托,使他既不能动弹,也无法出声,只听到他喉咙里因痛苦发出的呼噜声,跟上来的一名特警队员娴熟地给那人嘴巴上贴上胶带,双手铐到身后。

钊阳继续前奔,已经快到院门口时,一辆停在院内的香港牌照的豪车突然爆炸,一声巨响带着猛烈的气浪将周边的三名警察掀飞,漫天的金属玻璃碎片如子弹般四射。

附近的警员耳朵里只有嗡嗡的声音,刚才还有条不紊的戒备状态立刻被打乱，所有人不约而同地原地卧倒。

钊阳被爆炸的气浪顶得一屁股坐在了地上，一时间忘了身在何处。

当视觉和听力逐渐恢复后，钊阳感到腿和手臂一阵刺痛。

他慢慢地坐了起来，看到被火浪照得亮起来的院子，立刻爬起来，猫着腰加速小跑，眼睛喷出火来："操你妈的！敢炸我兄弟！老子杀了你们！"

公安厅指挥大厅的屏幕上出现了剧烈的爆炸声、嘈杂的人声，之后是剧烈的晃动，回传的画面一闪而黑……

花姑扔掉手里的引爆器，抄起椅子下面的一把冲锋枪："死条子！今天老娘弄死你们！"

现场所有的黑恶势力分子纷纷拿出各式武器，分拨向酒楼不同的出口奔去，意图突围。

枪声从四面八方响起，酒店各层的窗口都有子弹喷射而出，不断有警察中弹倒地。

彭大为戴上厚重的头盔，将自己与外面的世界隔绝开来，只听得见自己越来越急促的呼吸和怦怦的心跳声。

秦飞跟在彭大为身后，嗓子发干，颈部的伤口痛得一跳一跳的。他在脑海里拼命地回忆在警校里的那些日复一日的枯燥训练，养兵千日用兵一时，如今真的要用上了反而心里有点儿没底。

钊阳从院墙边的竹林爬过，躺在地上，仰面向上端起枪开始精准点射。

彭大为从警这些年遇到最凶险的那次，也是跟钊阳一起抓捕凶犯，如果不是钊阳反应快，当时就被手榴弹炸死了。

这些年，彭大为也没见过今天这阵势，平日里总是向往跟犯罪分子真枪实弹地干一次，没想到这次居然来得如此突然，这一刻他都来不及害怕。

秦飞感觉每一声枪响,子弹都像是冲着自己飞来的,周围的砂石飞溅,崩到脸上都没有感觉到疼,他使劲眨眼,总感觉每一秒都流下很多汗。

时间走得越来越慢,没有任何节奏感的对射犹如没了章法的鼓点。

酒店一层大门口的火力最猛,警察一时半会儿冲不进去。

大大爷一改刚才的慈祥,躲在二层走廊头的窗口,一枪一枪地往外打,命中率很高。

钊阳上下左右观察着,希望找到一个合适的位置能干掉二层走廊头窗口的枪手,这个人的威胁性太大了。

一个黑影爬到了钊阳身边,钊阳定睛一看是彭大为,眼睛一瞪:"你怎么上来了!是我们特警打前阵!"

"掩护我上墙!"彭大为紧了紧头盔,蓄势待发,他记得上次在走廊头上跟张蕾说话时,他的脸就冲着走廊头的那扇窗,而窗外就是自己上面的这堵墙。

"不行,太危险了!"钊阳刚才也动过这个念头,墙头刚好暴露在二层走廊头的窗口,这时,二层走廊头的窗口枪火一闪,又一名特警队员闷哼一声,捂着一条胳膊倒下。

"来不及了!"彭大为准备跃起。

"那也是你托我上去!"钊阳试图按住彭大为,但没按住。

彭大为面朝院墙,用力向上一跳,双手正好扣住墙顶,挂在上面用力摆动身躯,借力猛地收紧腹部,向上蹿起。

钊阳只好没命地向二楼走廊头的窗口射击,逼得对方不敢冒头。

刚跟上来的秦飞死盯着准星,拼命把注意力从头顶乱窜的火力网带来的恐惧感中转移开,试着让自己去想警校里那些日复一日的枯燥训练,那不就是为了执行今天这种任务的吗?现在任务来了啊!

很快,秦飞眼里除了准星和准星对准的目标外,什么也看不到,也听不到了。

彭大为攀墙而起时，秦飞心一横、牙一咬，扣动了扳机，身体在后坐力的作用下快速有力地晃了一下，恍惚中仿佛听到了子弹冲出枪膛，他打出了今天的第一颗子弹，他并不知道这颗子弹救了彭大为一命。

就在彭大为跨坐在墙头的一瞬间，胯下一阵剧痛，墙头上安装的不锈钢倒刺刺进了他的屁股里。

与此同时，大大爷发现了墙头上出现了一名龇牙咧嘴的警察。

大大爷扣动扳机的时候，一颗子弹打在了他眼前的窗框上，他下意识地做了个闪躲的动作，动作很微小，微小到甚至可以忽略不计，他的枪膛也只是微微一颤。失之毫厘，谬以千里，枪口一偏，子弹打飞了。

彭大为龇牙咧嘴的那一瞬间，有一个感觉似乎提醒他死神已逼近，他一侧头，举起枪朝着二层走廊窗口方向连续射击，双方枪声同时响起。

彭大为从来没有经历过连发子弹从自己脸庞擦过。

过后他无数次想起那一刻的经历都认为冥冥中是父亲在保佑他。

大大爷不敢相信自己中了弹，他摸了摸额头，看到手上的鲜血，软软地倚着墙坐倒在地，到死他也不知道那颗不知来自哪里的子弹击中了他的眉心。

这时，警方调动的博亚宁武装无人机到位，开始对酒店的各个窗口展开猛烈射击。

彭大为从墙上跳进二楼窗口，沿着走廊一路射击，几个黑道人物后背中弹，张牙舞爪地倒地。

钊阳带领特警队员们从正门冲入时，楼里面的电彻底断了，双方开始近距离交火。

黑恶势力也意识到警方火力的猛烈，边打边向后门撤退，有的则意图破窗逃跑，皆被打了回去，只得负隅顽抗。

此时，林亚照已回到指挥车上，正好见到隋震霆向指挥中心报告："敌人火力比预计的要猛烈。我已调集警力,现在前去支援,预计十分钟内到达现场。"

张国辉密切关注着指挥中心的大屏幕,补充了一句:"能留活口留活口。"

隋震霆没有应答。

蓝皮大腿中枪,靠坐在墙角笑道:"花姑,咱们可能真得同年同月同日死了。"

花姑冷静地换弹夹:"死之前也得跟他们真刀真枪地干一场,多拉几个条子垫背!"

杨韵颖拉着贾文军,乘人不备钻进烟道,在里面爬行,接触地面后,又钻进下水道。

杨韵颖筋疲力尽,旗袍也不知道在哪里被刮破了,露出了白白的大腿。

几只被惊扰的老鼠在下水道里"吱吱"乱叫,杨韵颖花容失色。

她几次要放弃逃跑了,贾文军还是拉着她不放。

隋震霆表情凝重,抄起手枪,准备下车。

关副厅长急忙叫道:"隋局长!"

"我得跟我的战友们在一起!"隋震霆的口吻不容置疑,"关副厅长坐镇指挥车。"

在场的省公安厅指挥中心的高级警官在大屏幕前见证了这一幕,皆动容。

刘强忍不住叫道:"隋局长!"

隋震霆在身后竖起两指,跳出了指挥车,潜入黑夜。

18

世华大酒店突然发生的爆炸和枪战,让周围居民陷入了恐慌。

滕王阁小区断电了,陷入了黑暗。

世华大酒店门口的滨海大道沿线的两头也被警察设置了路障,街面上没有一辆车。

滕王阁小区最高的那栋楼的顶层,一个胆大的小男孩趴在阳台的地砖上,举着望远镜好奇地观望。他在望远镜中看到世华大酒店院外墙的街道的另外一侧行车道上的一个下水管道盖居然在移动。

小男孩以为自己看花眼了,揉了揉眼睛,举起望远镜继续察看,突然被他爸爸揪住领子往回拖:"你个小兔子崽子,不要命了!"

"你不是一直让我做个勇敢的男子汉吗!"小男孩手挥脚蹬,但还是被拖了进去,阳台门被"砰"地拉上了。

小男孩用望远镜看到的那个下水道盖确实在移动,贾文军伸出脑袋,平滑的柏油马路从他这个视线看上去有颗粒凸出,坑坑洼洼的。

贾文军向街面四周张望,爬到街面后,反身把杨韵颖拖了出来。

两个人跟跟跄跄地奔向海边,那里停着一艘小快艇。

各方驰援警力陆续到达,警方火力越发强大,楼里负隅抵抗的都被击毙,其余的也都不得不缴械投降。

秦飞跟在彭大为身后,挨着房间搜查,遍寻贾文军。

彭大为脑海中浮现在运警车上看到的那幅建筑规划图,每个细节都在他脑海中被逐渐放大。

突然,彭大为的脑海定格在一个管线的铺设方位上。

彭大为拔腿就往外跑,秦飞跟上。

贾文军不知道快艇钥匙在逃跑时遗落在了哪里,只能手忙脚乱地摆弄着开关,杨韵颖在旁边,慌张地不断回头张望,焦急万分却帮不上忙。

一个冷冰冰的声音在他俩身后响起:"贾帮主,好久不见了。"

贾文军和杨韵颖扭头,黑洞洞的枪口正对准他俩,阴影中走出的人是隋震霆。

杨韵颖惊恐地藏在贾文军身后。

贾文军不愧是经历过大场面的,迅速冷静下来:"隋支队长,好久不见了。"

隋震霆冷冷道:"现在是隋局长。"

"隋局长,这些年睡得好吗?"贾文军像是老朋友般的问候。

"有你这种黑恶势力活在这个世上,我们警察就睡不好。"

"我居然还指望你帮我减刑!幸好我没把所有赌注押在你一个人身上。"贾文军一直怀疑上次保外就医有人从中作梗,如今长久以来的怀疑得到了印证。

"如果你不减刑,或许还能在里面安享晚年。"

"隋局长杞人忧天了。"贾文军立刻又扮起了可怜,"我已老矣,这次出来金盆洗手。"

"你的金盆里是水吗?那全是血!"隋震霆咬牙切齿,按在扳机上的食指微微发力,"我能亲手杀了你这个老贼,悠悠苍天何薄于我。"

"万事不由人做主,一心难与命争衡。"贾文军知道今天难逃一死,仰天长叹。

隋震霆慨然:"就是国家也不能听任你这种人的疯狂发展。"

"功首罪魁非两人,遗臭流芳本一身。"贾文军淡定地目视隋震霆,"杀了我,你就能洗白自己?"

隋震霆出离愤怒:"我从来没有杀过人!"

"你不杀伯仁,伯仁却因你而死。"

"当年都是你做的局!"隋震霆怒不可遏,手微微颤抖,一个十几年前的局让他现在还胆战心惊。

第三章 倒数第四天

贾文军似乎故意要激怒隋震霆:"那你儿子收的那些钱呢?也是我们做的局?"

隋震霆慢慢扣动扳机,贾文军突然拔枪射击。

就在那一刹那,一个黑影从后面把隋震霆撞飞。

贾文军的子弹打空。

隋震霆的子弹也射偏了,只打中了贾文军的侧脑壳,贾文军双膝一软,倒在小快艇上。

一切都是发生在三秒钟里,杨韵颖从贾文军身后突然拔枪射击,彭大为已经来不及躲闪,刚刚赶到的秦飞飞身而起,腾空向杨韵颖射击。

秦飞替彭大为挡住了那颗疯狂的子弹,并射中了杨韵颖。

杨韵颖在游艇上扭了两下,身体一倾,坠入海中。

秦飞双手捂住胸口的伤口,大量的血涌入他的气管,让他呼吸越来越困难。他张开的口和鼻中满是黏稠的血,眸子上的光辉在一点点地逝去……

警方在收拾现场,嫌疑人们被一一押送上车。

隋震霆回到指挥车上,没接关副厅长递过来的水杯,疲惫地坐在椅子上喃喃自语,声音几不可闻:"运筹又遇强中手,斗智还逢意外人。"

关副厅长和林亚照担心地看着隋震霆,不知道发生了什么。

刘强看到隋震霆回到指挥车上,叫了一声:"震霆?"

隋震霆像是被打了一针强心剂,眼睛一亮,朗声道:"任务完成!首犯贾文军已被擒获!"

省公安厅指挥中心一片欢腾,刘强和张国辉热烈握手,几个年轻些的警察紧紧地拥抱在一起。

隋震霆疲惫地闭上眼,再睁开时补充道:"警方伤亡人员还在清点核查。"

省公安厅指挥中心刚才的热烈气氛骤然降温,大家面露忧色。

从到达现场开始，医护人员就分头对秦飞和贾文军测量了生命体征：氧饱和度、脉搏和血压。

麻醉师也分别顺着他们的颈静脉找到一处较好的静脉输注位置，插入一支大口径插管，开始滴注生理盐水，以及两个单位的对应血浆，给他俩做维持性处理。

随后，两辆救护车一前一后，沿着滨海大道风驰电掣，以最快的速度赶往急救中心。

车子还没停稳，彭大为就跳下车，帮忙一起推着担架向急救室奔跑，边跑边叫着秦飞的名字，秦飞已经没有了任何反应。

等到贾文军也被推进隔壁的手术室后，彭大为一屁股坐在了走廊的休息椅上，两手抱住脑袋，想哭又哭不出来，双腿呈大字形分开，鞋底与地面摩擦出刺耳的声响。

彭大为宁可那个中枪的人是自己，他怕行动的成功是以浸满战友鲜血和牺牲生命为代价，如果是那样，他觉得自己生不如死，而且必将抱愧终生。

第四章　倒数第三天

1

郭孚非常享受乘飞机的感觉，每次飞机起飞都能给他的心灵带来一种说不出的愉悦感，飞机升空犹如人生腾飞。

飞机翱翔时展现出的一往无前的力量总能激励郭孚，让他想到人生中诸多决定性的转机，也激起他想要通过奋力攀升，来摆脱现实中的困厄与不幸的斗志。

舷窗外形态各异的云朵又会给郭孚带来一种安宁和沉静，因为生活里所有的无聊、悲伤、恐惧都被远远地隔离在身下，此刻所有的情绪都是微不足道的，也是无足轻重的。

这种感觉，此刻站在安岛大厦顶层办公室窗前的郭孚可以完全体会。这或许就是他当初为何选择在青龙湾的这个位置建设清宁市第一高楼——安岛大厦的原因。

这里可以望见在清宁国际机场起飞的每一架飞机,这些飞机掠过安岛大厦时都呈 30 度角抬升。

如果不是当年建设时考虑到民航对建筑高度的限高要求,安岛大厦会建设得更高。

郭孚还清楚地记得当年自己第一次坐飞机时的感受,那是他跟着当时的贾文军从清宁飞往香港国际机场。

他甚至清楚地记得在飞机上吃了哪些小食,喝了哪些饮料,尤其是飞机在高空平稳飞行时,他觉得那种高高在上的飘飘然是一种绝顶享受。

他一直觉得香港国际机场周边的环境和清宁国际机场很像,如果不仔细分辨,很容易让人觉得就是同一个机场。

过去的十几年是清宁迅速发展的十几年,也是郭孚大展宏图、安岛集团腾飞的十几年,那种成功的感觉跟坐飞机的感觉相似。

郭孚听到秘书的敲门声,知道时间到了。

他对着一尘不染的窗玻璃里的映像,简单整理下衣服和领带,下意识地俯瞰楼下游艇码头上的那艘"孚冉号",气定神闲地走出办公室。

他坐垂梯下到四楼,大步走向安岛集团的新闻发布厅。

一群记者守候多时,闪光灯噼里啪啦,记者七嘴八舌地提问题,但都还没开头就被郭孚的助理们面恭而心不敬地阻拦住。

郭孚没有停下脚步,即将迈入贵宾室前,他华丽转身,踌躇满志地笑着说:"各位记者朋友,提问环节永远应该放在新闻发布会之后,不是吗?今天不会让大家失望。"

新闻发布厅里的大屏幕上打着"安岛集团与清宁市商业银行全面战略协议暨暮山财富贷款签约仪式"。

台下各级相关领导和重量级嘉宾云集,各界媒体热情高涨。

郭晓冉眉头紧锁、心事重重,她身旁的成小山绅士般淡然,若无其事的样子。

九点钟,台上的大屏幕准时开始播放视频,画面中出现郭孚和安岛集团的发展变化,专业配音演员的嗓音性感又庄重:"郭孚先生,全国政协委员、安岛集团创始人、暮山财富奠基者,他从少年时便立志投身改革开放事业。如今,郭孚先生凭借坚持金融创新的理念改变了清宁市金融业的面貌……"

台下众人纷纷鼓掌。

郭晓冉想起昨晚直到钢琴演奏会结束,钢琴家返场三次,也没有等到郭孚回来。钢琴演奏会结束后,郭晓冉也打不通郭孚的电话……

不能再拖下去了,今天必须要跟父亲摊牌了,郭晓冉下定决心后,心里反而踏实了些。

视频一结束,主持人情绪饱满地走上台,站到台上中间位置后,向贵宾室出口处满面含春道:"有请清宁市商业银行行长讲话。"

清宁市商业银行行长是一位女士,保养得当、气质优雅、嗓音动人,说的话虽然都是套路,但很得体,不惹人厌烦:"此次全面战略协议的签署,标志着清宁商业银行和安岛集团建立了长期稳定的合作关系,特别是在信贷融资、金融科技等领域,对运用大数据等新型金融科技技术服务实体经济、服务广大个人消费群体奠定了良好的基础。"

女行长在掌声中结束了讲话,在主持人的引导下坐在了事先摆放好的椅子上。

与此同时,郭孚步履自信地走出幕后,站在了台前,意气风发:"感谢清宁市商业银行助力暮山财富研发新的金融产品,以便帮助中小企业在疫情后快速获取资金恢复生产,也是对即将成立的清宁市金融创新区的大力支持!"

郭孚的讲话结束后,和清宁市商业银行行长坐在台上签约,礼仪性握手,摆出姿态,方便记者拍照。

随后的环节是答记者问,记者踊跃提问。

记者A:"郭董事长,您好!我是《粤中财经》的记者。请问您作为清宁市民营企业家的优秀代表,对于安岛集团的下一步发展有何新的规划?"

郭孚态度谦虚:"所谓优秀的企业家,也是得益于党和国家的政策才能成长起来。清宁市人民已经给了我许多支持和荣誉,尤其是作为一名全国政协委员,对我个人和企业来说社会责任感是我们未来考虑的重点方向。"台下响起热烈掌声。

记者B:"郭董事长,我是清宁市电视台财经频道的记者,请问您对三天后即将成立的清宁市金融创新区有何独到的理解?"

"金融科技与信息技术正在深刻影响和改变着金融业态,清宁商业银行这次以外保内贷的模式向暮山财富贷款,就是对建设清宁市金融创新区的一次创新性尝试。我们结合双方在获客渠道、资金管理、风控技术等领域的各自优势,大力培育个人业务、发展新的增长点。"

"其实这个问题更适合行长回答。"郭孚笑看身边频频点头的女行长道,"金融创新区涉及政府宏观战略问题,我只能代表企业表示,暮山财富之后的战略定位是成为清宁市在疫情过后快速恢复经济的催化剂,我们要帮助的中小企业辐射全国,这或许就是我们金融创新区设立的题中应有之义吧。"

女行长调整下麦克风,接过话题:"我们致力于发挥双方在各自领域的优势,加大协同发展的力度是实现银企双赢、合作共赢的最佳实践。这次我们清宁商业银行与安岛集团旗下的暮山财富在保险领域的合作,是新冠疫情得到控制后金融市场的合作典范,是对清宁市金融创新区成立的献礼。"

台下又响起热烈的掌声。

与此同时,清宁市公安局召开新闻发布会,通报昨夜粤中、香港两地联合扫黑行动的情况。

清宁市委政法委副书记、市扫黑除恶专项斗争领导小组副组长兼办公室常务副主任主持了新闻发布会，钊阳、隋震霆、林亚照和彭大为在台上一字排开。

隋震霆通报情况："在省公安厅和市委市政府的正确领导和大力支持下，清宁市公安局深入贯彻落实中央开展扫黑除恶专项斗争指示精神，铁腕严惩跨境黑恶犯罪和以'套路贷'为代表的新型黑恶犯罪，昨晚采取的扫黑行动，取得重大成果。"

隋震霆站起身，看向林亚照敬礼："首先我代表清宁市公安局，对香港警队与我们共享情报、联合行动做出的杰出贡献表示诚挚的谢意和崇高的敬意！"

台下响起热烈的掌声。

林亚照站起来回礼，坐下后补充："这次我们香港警方与内地警方联手扫黑，取得了圆满成功。在本次行动中，内地警方的英勇善战给我们香港警队留下了深刻印象，在此我对内地警察做出的努力表示感谢和深深的敬意！"

台下响起热烈的掌声。

隋震霆切入正题："昨夜清宁市公安局采取建市以来最大规模的扫黑行动，将以贾文军为首的原'山义帮'黑恶团伙骨干和香港黑社会组织大佬一网打尽，并取得扫黑除恶收官之年的最大战绩。现在案件还在进一步办理过程中，详细情节我们会随后向社会公布。"

记者甲是一个刚大学毕业的漂亮姑娘，抢着举手提问："隋局长，您好！我是《清宁法制之风》的记者，我知道您的口头禅是'打仗打不赢，一切都是零'。请问在这次行动中是否有警察伤亡，算赢了吗？"

"输赢得看社会效益，我想这次我们算是赢了，您提到的那句话不是我的口头禅，只是有一次我在做动员讲话时引用过。"隋震霆继而眉头紧锁，"本次行动中，共有 39 名警员负伤，其中 6 人身负重伤，1 人还在抢救中。"

台下议论纷纷，十分担忧。

记者乙:"林警官,您好!我是香港《长丰日报》驻粤中省记者站负责人,请问这次扫黑行动是否还涉及国外犯罪集团?"

"郑记者,我在香港见过您。"林亚照认出了这名记者,但会前粤中和香港双方已统一口径,有些话题暂时不能提及,他只能不无遗憾地说:"您的问题,我现在还不能做出回答。一切有待案件进一步调查清楚后再向各位公布。"

记者丙:"隋局长,我是《中央法制之窗》杂志社记者,请问这次扫黑行动是否与安岛集团董事长郭孚有关?他现在是否在接受调查?"

"中国没有法外之地,清宁自然也没有法外之地。安岛集团董事长郭孚如有涉案,自然有配合警方调查的责任和义务。"隋震霆肃然扫视台下,"但是,我们尚没有掌握郭孚先生的犯罪证据,目前为止他是清白的企业家。"

记者们的情绪和思路仿佛被打开了,纷纷举手要求提问。

记者丁:"隋局长,您好,我是清宁市电视台法制频道的记者,请问昨晚的扫黑行动与前几天被暴力催债导致的清宁大学女大学生鲁芊芊跳楼一案是否有关?"

这个问题原本应该由彭大为来回答,即使这名记者直接问的隋震霆,隋震霆也应该把这个问题交给彭大为回答。

隋震霆却正中下怀般道:"这个问题恰恰是我们今天新闻发布会的第二个通报内容,我们初步查明前几天在公安厅门前跳楼自杀的女大学生鲁芊芊就是被以贾文军为首的黑恶势力团伙的后起马仔'套路贷'后,被逼出卖色相,浩宇保险公司经理郑强东便是性侵者之一,郑强东现在已畏罪自杀。"

隋震霆如此直接地对公众做出如此结论,令彭大为很吃惊。

会前隋震霆并没有就此案进行过讨论,作为鲁芊芊案的主要侦办人,彭大为对这个结论完全不赞同,但是在这种场合彭大为又不能提出反对意见。

彭大为当然知道这段时间清宁公安亟需一次出彩的胜利来振作士气,但也不能在这种场合说出这种荒谬的结论。

望着台上和台下一起热烈鼓掌的人群，彭大为陷入了焦虑与迷惘。

又有记者举手提问："隋局长，关于贾文军减刑出狱……"

隋震霆摆了下手："这位记者同志，不好意思，不知道各位是否也对我们昨晚的扫黑英雄和侦破鲁芊芊案的负责民警感兴趣呢？"

台下众人随着隋震霆的目光瞥向钊阳和彭大为，并报以热烈的掌声和欢呼。

彭大为心事重重地立正敬礼，心里又开始挂念秦飞的生死。

钊阳器宇轩昂地立正敬礼，他看到了张蕾站在台下，正指挥摄影师选角度录像。匆忙间，他看到张蕾也朝着他骄傲一笑时，钊阳心里所有的阴霾一扫而光，一切的压力与努力似乎都得到了回报。

林亚照走到彭大为身边，双手撑着栏杆，一起看下面的记者围绕着钊阳做采访。

他俩离得远，听不清钊阳在讲什么，但看得出他的肢体语言很丰富，很吸引记者。

"抽烟吗？"彭大为掏出了烟。

林亚照点点头，眼神在寻找抽烟的地方。

"跟我来。"彭大为带着林亚照穿过一条走廊，推开一扇门，露台上的角落里摆着一个烟灰桶。

"您在'O记'多少年了？"

"在'皇家香港警察队'就干了八年，从更名为'香港警察队'开始又干到现在。"

"三十年了啊！见证了香港的转折时代。"彭大为也听说过香港回归后剿灭黑帮的各种传说，"您办过印象最深刻的案子是哪起？"

"梅艳芳的案子。"

"'湖南帮'和'新义安'那个案子?"

林亚照磕了磕烟灰,点了点头,眯眼望向远处。

这个涉黑案是二十多年前发生的,香港明星梅艳芳与几个朋友在香港九龙塘的卡拉OK唱歌,当时香港黑道"湖南帮"大佬黄朗维听马仔说见到了梅艳芳,便找到梅艳芳提出要合作拍戏,遭到梅艳芳拒绝后,黄朗维恼羞成怒,甩了梅艳芳一巴掌。

紧接着,后来掌管"新义安"一带湾仔事务的陈耀兴率几百名黑帮分子赶到现场,将黄朗维的左胳膊砍伤、手砍断,直到警方赶到驱散两个帮派的人后,黄朗维才被送往附近的医院救治。

谁知,第二天就有两个化装成医生的人混入病房,近距离枪杀了黄朗维。

黄朗维死后,其兄又展开复仇,雇凶杀死了陈耀兴。

彭大为没想到自己居然会遇到当年参与娱乐圈大案的香港警察。他记得那时候,他和一帮子兄弟都爱看香港系列电影《古惑仔》。

好像青春期的男孩子都会有个"古惑仔"的梦,或许是因为叛逆,或许是因为易激动也易被蛊惑。

后来到公安大学读书,彭大为在课堂上才了解自己当年有点儿类似犯罪社会学里研究的"街角青年",很容易从打打杀杀的小错不断演变到违法犯罪,如果不是后来自己"迷途知返",很可能演变成涉黑团伙的头目。

随着中国经济社会的发展,青少年赖以生存的宏观社会环境和微观生活环境都发生了巨大变化,街角青年的犯罪手段和危害程度也都发生了新的变化。

"清宁很像原来的香港。"林亚照像是叹了一口气,"按照粤港澳大湾区的规划,清宁以后很可能会超越香港。"

"香港是中国的一部分,我们要竞争就要跟外国竞争。"

林亚照点头称是:"昨晚你们的表现令我钦佩,清宁有今天也离不开你们的努力。"

"你怎么看待我们这次的扫黑除恶?"

"黑白之间一定有一条界线,警察是警察,黑帮是黑帮,不可能不分彼此。我刚加入警队的时候做过卧底,那时候产生过错觉,觉得黑帮也有他们的优点,警队也有内部的问题。"林亚照努力地回忆道,"我做卧底的时候,搜集到了一个黑帮团伙犯罪的证据,却在动手抓人的前一夜动摇了。"

"为什么?"

"我当时跟我的探长说可不可以不在那天抓那个黑帮大佬,因为那天是他的生日,巧合的是那天也是他孙子的生日,我觉得他好惨。"

"你的探长当时怎么说?"

"对黑手软,就是对白残忍。"

"很像我们昨晚的行动。不了解内情的人看到贾文军蹲了十四年监狱,朋友们过来接风安慰似乎也是人之常情。"

"证据很重要,一定要毫无漏洞才好。这也是我们'O记'特别重视情报的原因,只有情报准确,行动才不会出纰漏,证据才不会被破坏。"

彭大为跟林亚照很投机,很想跟他探讨下鲁芊芊一案,但是他知道纪律不允许他这么做。

林亚照迟疑了一会儿,似有难言之隐,在彭大为鼓励的眼神下还是说出了口:"我刚知道彭爱国先生是您的父亲,我十四年前曾经见过他,也是在查贾文军案,我很钦佩他。你很像他,我说的不仅是模样……"

"很荣幸,能跟我父亲曾经并肩战斗过的前辈合作,真的很荣幸。"彭大为眼睛一热。

林亚照紧紧握着彭大为的手,眼神恳切:"彭警官,我有一事拜托,希望在合适的尺度下多多费心。"

"您请讲!"彭大为是最受不得警队同行"求"自己的,更何况是林亚照这样鼎鼎大名的扫黑英雄。

"黄志广,他的案子请多费心,拜托了!"林亚照不等彭大为询问原因就坦诚相告,"我加入警队前,跟他都在道上混过,后来我当了警察,他娶了阔太太,我们走上了不同的道路。"

"这个案子已经逐级上报公安部。"彭大为言下之意是这个案子超出了自己的权限,他还没有说出的想法是,现在掌握的情况其实还不能确定黄志广到底是不是"被害人"。

"我得到一些并不直接的情报,但强化了我的直觉:黄志广的事情十有八九与清宁本地的黑恶势力有关。"林亚照对自己的预感很是相信。

"我一定会跟刑侦支队的同事说的,请放心。"

"谢谢!虽然我预感他凶多吉少了。"

彭大为对林亚照的这个预判并不认同,但还是客气地说了一句:"别客气!我们既是同胞,也是同行!"

安岛集团与清宁市商业银行签约的新闻,还有清宁市公安局与香港警队联合扫黑的新闻,同时成了舆论热点。

各级媒体纷纷为清宁点赞,各级电视台、广播电台都在晚间报道了这两起新闻,尤其是粤中省卫视的法制频道将清宁扫黑除恶与净化市场经济环境的因果关系联系起来,做了一期很有深度的报道。

张立国在单位食堂看到了张蕾的现场采访和报道,直接给女儿打电话:"你这期节目做得不错,抓得准,抓得深。"

"能得到张书记的肯定与鼓励,真是我三生有幸!"张蕾在电话那头笑。

"你的拍摄视角把那个钊阳拍得很高大嘛!"

"您不也整天在电视上露脸,看上去不也很高大威严嘛!"

"作为父亲,我从你做的这期节目看出一点感情线索……"

"不许说！不许问！不许管！"

"这个钊阳还需要进一步了解啊！"张立国语重心长，还想再跟女儿多聊几句时，张蕾已经挂断了电话。

的确，张蕾做的这期节目虽然看似在客观报道一个热点新闻，讴歌两位扫黑英雄，但是从她后面对钊阳的采访中可以看出带着很大的热情和激情，这一切怎么会逃过张立国的法眼呢？

不管怎么说，钊阳和彭大为一夜之间成了清宁市的扫黑英雄，俨然成了新时代的"扫黑双雄"，双双进入人生高光时刻。

与此同时，网络媒体则深挖出郭孚的成长史，似乎下一个中国首富将诞生于清宁。

清宁市沉浸在热烈兴奋的氛围中。

"你最需要在待会儿庆功的时候喝点儿小酒，晚上好好睡一觉。"隋震霆把警帽摘下挂在墙上。

彭大为接过隋震霆脱下的警服，撑好后挂在衣架上："您会上说当务之急是破鲁芊芊案……"

彭大为是来请示隋震霆批准他动用邻国地下赌场的线人。

"大为，案子没有办完的时候。一会儿鲁芊芊，一会儿郭孚，一会儿贾文军，这会儿又是黄志广。说好听了叫四面出击，说不好听了叫没头苍蝇。"隋震霆松开蓝色的易拉得领带，从头顶摘下来。

"真是因为没有实质性突破，我们才需要尝试各种可能，不放过任何一条线索。"彭大为说出口后就意识到自己的口吻有点儿像是在教育隋震霆，但是他也没有后悔，他现在也无法说服自己接受隋震霆在新闻通报会上对鲁芊芊一案所做的结论。

隋震霆解开白色警衬最上面的两颗扣子，抬了抬下巴颏，示意彭大为看他桌角上的一份材料。

"按你的说法，我们需要尝试各种可能的话，是不是也不能放过这条线索啊！"隋震霆看着彭大为双手拿着的那两张纸，呆站在那里，汗珠从他的发梢渗出来。

隋震霆拍拍彭大为的肩膀："大为，我是知道你的。快去张罗扫黑支队的队员们早点儿到场，我马上就下来。"

彭大为从隋震霆办公室出来，这才发觉内衬的后背都湿透了。

看过隋震霆的那份材料后，彭大为还有好多的话都没来得及说出口，也不知道是否合适说了。

刚才隋震霆给他看的那份材料是对世华大酒店的背景调查，看到酒店的法人代表的名字时，他一时没反应过来"蔡壮"就是胖子，直到看到其他股东中有两个自然人居然还是前几天落网的"套路贷"公司的负责人时，他恍然大悟。

2

隋震霆走进公安局食堂时，里面还是穿着白色的警衬，外面披了一件浅灰色的薄夹克，满满当当的一屋子警察立刻安静下来。

隋震霆情真意切地看着一个个疲惫却又透着兴奋的下属："昨晚你们经历了生死考验，圆满地完成了任务，我为你们骄傲和自豪！现在我们还有7名战友躺在急救中心里……"

"秦飞怎么样了？"钊阳一身黑色的作训服，袖子都撸了起来。

隋震霆的双眼在人群中巡视，发现彭大为时才开口道："我刚才接到急救中心电话，他已经脱离了生命危险。"

食堂里立刻响起一阵喜悦的议论声。

很快，大家沉浸在喜悦之中，特警支队的队员和扫黑支队的队员为取得行动的成功而兴奋不已。

隋震霆知道今晚大家需要的是放松,而不是听自己的长篇大论,更何况这些天实在已疲惫不堪,只不过是久经历练的他已经可以做到面上波澜不惊了。

隋震霆这桌有特警支队的几个队长和扫黑支队的几个队长。这些副支队长、大队长、副大队长、中队长、副中队长,从来没有跟市公安局一把手坐在一个桌上吃过饭,又激动又紧张。

隋震霆想起自己的过去,第一次近距离接触大领导时,也是忐忑不安,这种不安恰恰是一种年轻的表现,而此刻自己的城府不过是衰老的一种表现。

隋震霆为了缓解属下的拘谨,笑着喝了一杯祝贺酒,果然众人就轻松了许多。

隋震霆心里明白,所谓的领导水平是靠上级的认可和属下的心悦诚服共同构成的,假如属下不服气,你的水平再高也很难发挥良好。

慢慢地,桌上说着说着就开始夸赞隋震霆的好了,说他体恤民警,说他是清宁警队之光,说他是真懂业务的领导。

隋震霆微笑着,谦虚地摆摆手。刚才提到的"真懂业务的领导"让隋震霆心里苦笑不已。领导懂业务原本就是理所当然的事情,现在似乎反倒成了人们对领导的最高评价了。

这说明了什么?

说明大家对领导的要求真够低的,只要不是个瞎指挥的废物就不错。这就好像自己学了点儿书法的皮毛,不过是有些毛笔字的模样了,周围的人就惊叹不已地称赞他为中国警界的王羲之了。

桌上的民警们发现局长如此平易近人,喝了几杯酒后更是激动起来,都诚心诚意地认为是在局长的英明领导和指挥下才取得了扫黑行动的成功,最令人感佩的是他还以身涉险、冲锋陷阵。

隋震霆挨着桌敬酒,最后走到钊阳这一桌,像是家长批评孩子:"你平时不是号称三斤不倒吗!"

钊阳双手捧起酒壶,热切地看着隋震霆喝下一杯酒,大声道:"感谢局长的鼓励和栽培,我们做的每一件工作,执行的每一个任务,都与您的大力支持密不可分!"

隋震霆摆手示意不要夸奖,钊阳还是认真地说下去:"说句心里话,我们这些兄弟在您的手下工作很踏实,累也累得值!"

"说的没有唱的好听!今天就看你的本领喽!既要让大家都喝好,还得把气氛带起来!"隋震霆下完指令,回了桌。

钊阳仰头喝下壶中酒,手背抹抹嘴,站在椅子上两手一比画,带头唱起警营歌曲《对不起,我是警察》:"我想要守护这世界,守着冰凉如水的夜,誓言创造更好的一切……"

特警队员都站了起来,他们拥护和喜欢钊阳溢于言表,围绕成一圈高歌:"我路过千山万水,却未曾与你赏春花秋月,我见过万家灯火,不能与你享星空下的浪漫……"

警员们几乎没怎么吃菜,都在大口喝酒,即使他们中有的人从来都没觉得酒好喝过。或许,精神极度紧张过后,只有酒精可以缓解和麻醉所有的压力与痛苦,当然也会让兴奋呈几何倍数地放大。

彭大为从小就常见到父亲和警队同事们一起喝酒,高兴了喝酒,难过了喝酒,对警察而言,酒或许是一个特殊的工具,为了守护万家灯火,不惜让酒精折磨自己的身体、麻醉自己的神经。

彭大为无法沉浸于欢乐激动的氛围中,他敬完一圈酒,等着隋震霆也来敬过酒后,便跟胡光耀耳语了两句,借着上厕所的机会抽身离去。

从新闻发布会回来的路上,彭大为对钊阳说出了自己的许多疑问,钊阳却沉浸在"成功"的喜悦中,忙于接听和回复着来自各方面的祝贺。

刚才从隋震霆办公室出来,彭大为本来想找钊阳谈谈胖子的事儿,但钊阳身边一直都有很多人围绕着……

隋震霆很快发现彭大为提前离场了。

从彭大为离场那一刻开始,钊阳就一直盯着食堂入口,当发现彭大为再没有返回时,他隔着热烈喧嚷的人群望向隋震霆,两个人眼神交汇,随即错开。

刚才彭大为说身体不适要先走一步,正中胡光耀下怀。他作为支队政委,昨晚承担的是调度保障,说白了就是本次行动的后勤工作,彭大为昨晚在行动中的出色表现已成为耀眼的光环,他在这里坐着胡光耀就黯然失色。

隋震霆表示要离开时,他那一桌的各级队长们不舍,却又如释重负。

钊阳也想离开,但被崇敬爱戴他的特警队员们包围得里三层外三层,隋震霆示意钊阳可以在这里多坐一会儿。

钊阳也不知道喝了多少酒,不小心坐空了,一屁股坐到了地上,四仰八叉的,上来两个特警队员扶他,一下子没扶起来,捎带着把那两个队员也带倒了。

众人看到三个人狼狈的样子,哈哈大笑,钊阳也哈哈大笑,笑出泪来。

彭大为独自坐在办公室里抽烟,他需要冷静,一个人想很多事情。

彭大为耳边一遍又一遍地响起记者招待会上隋震霆的话,表面上看一切都言之有理、符合逻辑,但整个事件一定在哪里出了问题。

彭大为的视线落在桌上那本《保险学》教材上,忽地想起昨晚挂断了郭晓冉的电话。他翻到写满郑强东名字在上面打满×的那页,脑中谜团重重:郑强东死时别墅里的那个杀手至今没有落网;遗失的电脑硬盘也都没有找回,包括在阁楼发现的那个旧手机里破解出的郑强东与郭孚的暮山财富之间的关联;王宇明在精神病院里对郭孚问题的陈述,还有尚在精神病院里的苏建;黄志广被赌场绑架勒索……这一切都还没来得及一一推解,马上就遇到了贾文军出狱、两地警察联合展开扫黑行动,这一切似乎有着重大的关联,其中的焦点都集中在郭孚身上,而且郭孚的妻子杨韵颖在追捕贾文军的时候被击毙,令人吃惊的是警方居然到现在都没有对杨韵颖的丈夫郭孚和女儿郭晓冉展开调查……

彭大为的目光又落在了桌上那块胖子送他的运动表上,想起同学会时胖子的热情款待,还有那晚在小船上试图调解自己和张蕾之间纠葛的热心肠……

胖子会涉黑吗?

胖子如果真的涉黑了,那事情可就复杂了:胖子跟胡光耀也是老同学,跟经侦支队上上下下的民警都很熟;胖子跟钊阳也很亲近,特警支队上上下下没有他不认识的人……

忽然,他意识到了什么问题,拿起那块运动手表端详:这块黑色的运动表是金属表盘,表盘里的设计和结构也很复杂,不像是之前自己戴过的那种普通运动表……

正在这时,彭大为的余光发现办公室门口有人,定睛一看是一名特警队员在偷偷地往里探头,彭大为忍不住问道:"找我?"

特警队员吞吞吐吐:"彭支,有一件事我不知道该不该跟您说……"

"既然来了,就是该说。"彭大为对这名特警队员印象不深,只是记得执行扫黑任务那晚,刚到目的地时一直跟在钊阳身旁,后来没再见过。

"还是算了。"特警队员退却了,抬脚欲走。

"有什么事就说出来!"彭大为放下运动表,一个箭步追到门口,拉住了特警队员的胳膊。

特警队员慢慢回转身,低着头快速说道:"昨晚,我们把酒店后厨人员装上车,最后又上来一名男厨师,总计7人,但我今天发现上报核查人员名单里少了1人。我看了材料照片,少的就是那名厨师。"

彭大为倒吸了一口气,试图让质问听上去不是那么咄咄逼人:"为什么不跟你们钊队报告?"

特警队员仿佛下了很大的决心,低下头小声道:"我觉得就是他授意我们

第四章 倒数第三天

特警队的人放那个厨师走的。"

彭大为拉起特警队员向前走："跟我一起去跟隋局长说清楚!"

特警队员掰扯开彭大为的手："我是绝对不会向上面举报这个事情的,我欠钊队很多!今天说这些已经对不起他了!"

彭大为两眼紧紧盯着特警队员,特警队员羞赧地低下头,转身走了。

"你别走!"彭大为喊了一声,但那名特警队员的身影已经在楼梯口消失了。

彭大为迅速坐回屋,打开电脑,给网监支队打了个电话,调取了昨晚世华大酒店后门的视频录像,一帧一帧地看。

他果真发现最后上车的是一个厨师,那个厨师一直低着头,厨师帽压得很低,他抬腿上车时稍微露出了一部分侧脸,只能看出鼻梁高,其他没有明显特征。

彭大为开启人脸识别软件,从网上找出郭孚各种角度的照片,最终有一张照片与监控录像里截取的那部分侧脸匹配度达到了72.7%。

彭大为边下楼,边打电话。

3

今晚,郭孚在"孚冉号"游艇上宴请各方宾客,庆贺与清宁市商业银行签约成功。

绝大多数的客人都集中在三层甲板上。

游艇二层的室内绿洲静谧,成小山坐在一丛两米多高的龟背竹后,不知从哪里播放出淡淡的钢琴曲。

"这首曲子是《梦中的婚礼》吧?"王宇明从一棵芭蕉树下钻出来。

"三流的钢琴手。"成小山的口气不知道是对钢琴曲不满意,还是对王宇明的出现表示不爽。

"郭孚的地方,只要放音乐,都是钢琴曲。"王宇明想起清宁大学艺术团举办音乐会时,郭晓冉演奏的曲目就是这里反复播放的这首。

"风雅不是标榜和附庸来的。"成小山瞥了王宇明今天的行头,又是一声灰麻唐装,好像这种打扮就意味着深厚的文化内涵和卓尔不凡的审美。

"他可是你的老板,也是郭晓冉的父亲。"王宇明敲了敲玻璃窗,凑上去端详,"居然还是防弹玻璃。"

"还有导弹防御系统和近距离武器识别系统。"

"哦?郭孚这么缺乏安全感吗?"王宇明在成小山旁边的椅子上坐下来,"这个我还真是头次听说。"

"危险总是无处不在,就像世界上有再多的警察,犯罪也依然层出不穷。"

"你越来越像哲学老师了。"

"这也好比,犯罪分子永远都比警察能干。"成小山看了王宇明一眼,意味深长。

王宇明一副愿闻其详的表情。

成小山很愿意对王宇明说话,因为这是他生活里唯一能听懂他话的人,两人曾是师生关系,如今说是知己谈不上,但大概算是同类人:"同等智商下,犯罪分子可以为了达到犯罪全力以赴,警察却不会为了打击犯罪全力以赴,最后的效果就有了差距。"

王宇明侧脸,眼神中飘出一个问号。

"因为犯罪是犯罪分子的终生事业,警察只是警察的人生职业。犯罪分子可以为了达到一个犯罪目的,摆脱感情、道德、法律种种束缚,千方百计、锲而不舍;警察为了达到打击犯罪的目的,却无法摆脱条条框框的约束,而且每天都会有新的犯罪发生,他们也应接不暇。"

"这个理论我倒是第一次听说,但听上去也颇有道理。"王宇明点点头,停顿了几秒钟,似乎想起了什么,"我记得有一年斯德哥尔摩犯罪学奖颁给了三个人组成的团队,他们认为父母与子女保持良好关系是避免下一代误入歧途的关键因素,即使父母本身是罪犯,情况也是一样。"

成小山陷入了沉默,像是在努力寻找王宇明刚才提到的犯罪学家的新理论的漏洞。

"我们俩也出去吹吹海风吧?"王宇明起身,整了整衣襟,"我想多看看清宁的夜景。"

两人扶花穿林,走出室内绿洲。

"也就是说,罪犯也可以与子女保持良好关系?再就是'误入歧途'这个词怎么解释?如果按照现在的社会观点来看,当年刘关张桃园三结义就是要搞反政府武装,他们当年算是误入歧途吗?"成小山随着王宇明下到一层,他还在思考刚才王宇明提到的理论。

"说是不以成败论英雄,其实现实里就是成王败寇,什么是歧途还是由赢家说了算。"王宇明笃定道。

"这里也还算安静。"王宇明回望灯火通明的清宁市,其中的安岛大厦尤为壮观。

"我们到另外一边,那里视野更开阔。"成小山更喜欢一望无际的大海,而不是一派热闹的世俗。

他俩在甲板上转弯时,一个身着鲜红色紧身旗袍的性感美女,举着高脚杯迎面而来。

擦肩而过之际,性感美女突然停下脚步,继而倒退了两步,摇曳着靠近成小山:"帅哥,我们能认识一下吗?"

成小山置若罔闻,转身面朝大海。

"哎,帅哥,跟你说话呢!"美女像是在撒娇。

成小山纹丝不动,一言不发。这个女人五官很精致,只是没有个性,就像是从美容流水线上下来的网红产品,各个部分都精美,却没有自然美。

美女的自尊心受到了伤害,愤愤离开时咒骂了一句:"死 gay!"

"她没有郭晓冉漂亮吗?"王宇明兴趣盎然地望着那个女人翘起的臀部左右摇摆。

"她和郭晓冉怎么可能相提并论!"成小山的口吻带着冷漠的嘲讽,"从她身上看到杨韵颖年轻时的影子了吗?"

听到杨韵颖的名字,王宇明收起笑容,默默地仰颈喝下杯中的红酒,夜风吹得他微微发热的脸庞凉飕飕:"你说服郭晓冉了吗?"

成小山不语:"你是她尊重的老师,你的意见对她更重要吧。"

"都说爱江山更爱美人,你是温莎伯爵化身。"王宇明轻叹一口气,"谁没年轻过呢?感情到最后都要归于现实。我想劝你的,你都知道的。"

一位大腹便便的企业家满面红光地过来敬酒:"王教授,我可是诚心诚意地到处找您!总算在一层才找到,否则一会儿我就得潜水到海下面找您了!"

王宇明礼节性地笑笑。

"在您的指导下,我马上也要去美国敲钟了!来来,咱们好好喝一杯!"

王宇明抱歉地手心向上一摊,表示自己没酒就不喝了。

企业家不依不饶,身体探出栏杆外,挥动着胖胖的手,仰着脖子叫上面的服务生:"服务生!服务生!"

服务生端着酒盘下来,企业家拎起酒瓶给自己和王宇明都倒满,又打量一下背着身的成小山:"这是王教授的公子吗?一起喝一杯?"

成小山望着海面上翻飞的海鸥,似乎什么都没有听见。

王宇明解释道:"这是我的学生,也是研究金融的。"

"哦,你是郭总的会计师——成公子!久仰大名,暮山财富的背后教父居然这么年轻!"企业家嘉宾认了出来,倚老卖老地去拉成小山的胳膊。

成小山甩掉企业家的手的时候,游艇一颠簸,企业家杯子里的红酒洒了出来,有几滴落在了成小山白色的衣袖上。

企业家还没来得及道歉,成小山冷着脸道:"哪年去美国敲钟?他们疫情能结束吗?"

企业家愣住了,没听懂成小山这句话的意思,疑惑地看向王宇明。

王宇明苦笑一下,没有说话。

成小山径直走开,小心地绕开红男绿女,像是怕被他们碰到会脏了他的衣服。

成小山下艇的时候,回头一望,看到郭孚站在三层的甲板上,凭海临风,喜气满面,根本不像是一个刚死了老婆的人。最奇怪的是,一晚上也没见到郭晓冉的影子。

王宇明冷冷地看着成小山下艇,冷冷地看着郭孚左右逢源,忍不住叫服务员过来,取了一杯红酒,一饮而尽,然后笑了。

一对富贵逼人的夫妇与郭孚碰杯,女的说:"郭总,今天怎么没见您的夫人啊?她可是这种场合的掌控能手啊!"

"她哪有您的影响力和号召力啊!我们安岛也不过是这几年日子过得好点儿了,不像您二位那是两大豪族强强联姻,我要有这命,也就不这么拼了!"郭孚嘴上在恭维,心里却想起了郭晓冉,目光下意识地在人群中寻找成小山,"我过去跟北京的朋友打个招呼,一会儿也介绍给您二位认识下。"

郭孚故意夸张地摆出在着急找人的姿态和神情,间接地拒绝那些意图找他搭讪喝酒的嘉宾。

郭孚心里清楚,虽然自己在世华大酒店的扫黑行动中躲过一劫,但并不代表危险就消失了,尤其是得知那晚杨韵颖被当场击毙后,他又惊又喜,随后还是担忧,同时又启动了各种"防火墙"预案。

杨韵颖的死可以埋葬许多郭孚过往的不利秘密,但是杨韵颖毕竟是郭孚法律意义上的妻子,两人之间没有孩子,杨韵颖替贾文军代持的股份和资本可以自然地转到郭孚名下,但是杨韵颖本身的涉案硬伤又让郭孚难以撇干净。

一个知名企业家的合法妻子深度涉黑,在扫黑行动中被警方击毙,如此重大的信息应该及时披露的。

好在警方对于昨晚的扫黑行动还在秘密侦查阶段,许多信息不能泄露,也就是说,郭孚信息被披露的时间到底能拖多久,完全决定于警方何时向外公布有关杨韵颖的涉案信息。

郭孚不需要那么长的时间,当务之急是得保证这个时间差足够保证他完成计划。

这一切都需要跟他的会计师成小山进行最后一次协商。

郭孚在游艇上没找到成小山,正纳闷时,有人轻拍他的肩膀,小声叫了一声:"郭总!"

郭孚扭头,集团保安部负责人凑到耳边低语:"游艇码头有警察,似乎在监视我们。"

郭孚跟着保安负责人走到靠近码头的一侧,一眼就看到警灯闪烁。

彭大为没有请柬,要闯上游艇,被几个保安拦住。随后几个下车的扫黑支队的警察跟上来亮明了身份,但几个保安却坚持不退让,两边都不好动手,相持不下。

彭大为仰起头,提高声音:"郭孚,如果你现在不跟我走,那就别怪我当众公布你的丑行!"

郭孚钻到游艇房间里,放下百叶窗,紧急拨打电话,对方却不接。

彭大为不见郭孚现身,气急:"郭孚是昨晚扫黑行动中唯一的漏网之鱼!"

宾客哗然,议论纷纷,众人的目光四处寻找郭孚,都没有见到踪影。

郭孚拨打的电话依然无人接听,他气急败坏,抄起桌上的水晶酒杯,狠狠地砸到地板上。

彭大为和几名警员试图冲破保安人员的防线,保安部负责人坚决不退让,双方发生推搡。

游艇上的各方名流嘉宾围观拍照、摄像。

郭孚站在二层的包间里,深吸一口气,拇指和食指把百叶窗帘撑开一条缝,隔窗望着外面的对峙形势,把电话打给了刘强:"刘厅长!我请求您现在保护我作为一名公民的合法权益,如果您不能妥善解决眼下的问题,我将立刻致电全国政协领导!"

郭孚的态度如此激动,语言如此过激,令刘强有些愕然,当郭孚把现场视频连线后,刘强"噌"地火就上来了:镜头中彭大为带着几个民警要强行上艇,与极力阻拦的保安们发生肢体冲突,各界名流拥挤在码头一侧的游艇栏杆处围观、拍照、摄像,人群中还有一些带着长镜头的人,一看就是媒体从业者。

"你为什么不联系隋局长?"

"能联系上局长,我绝对不会打扰厅长,这个规矩我懂。"

刘强挂断郭孚的电话,打给彭大为,彭大为不接。

刘强令秘书立刻备车,赶往游艇码头。

成小山的宝蓝色宾利并没有停在游艇码头的停车场,而是停在安岛大厦的地下车库。

他回车上换了一件黑色衬衣,再回到码头时,发现彭大为带着警员与郭孚的保安们在游艇通道激烈对峙。

成小山停步,在远处冷眼旁观。

这时,成小山接到一个电话,他反身上车,离开现场。

成小山原本就不想出现在这种场合的,本来他想和王宇明一起给郭晓冉做一次生动的现场"教育"的,但是郭晓冉一直没有出现。

彭大为带队的警察和郭孚的安保团队依然僵持不下,但彼此敌意愈浓。

一触即发之际,刘强赶到。

刘强拨开后面的几个年轻警察,强压恼火地拉住彭大为:"我命令你现在跟我走!"

彭大为回头,刚要说什么,但当他看到刘强从未见过的严厉眼神时,只好作罢,不服气地跟着上了刘强的车。

刘强让司机下车,车门一关,大发雷霆:"彭大为,你到底在干什么?!"

彭大为拿出监控录像中的人像比对报告:"昨晚郭孚也在世华大酒店!"

刘强面上并没有流露出吃惊,接过比对报告,打开车顶射灯,摸出老花镜戴上,低头端详了一会儿:"一张照片能说明什么问题?而且只有70%多一点儿的准确率。"

彭大为见刘强的态度明显不积极,气急:"为何之前多次侦查郭孚,检察院都不批捕?昨晚行动,郭孚明明就在现场,怎么会被人放走?他老婆杨韵颖跟贾文军要逃,还是隋局最先发现的,这个还不能让郭孚接受调查吗?"

"你所有的疑问,我都会一一核实,给你一个满意的答复!但是现在,我们不能动郭孚,你知道后天的金融创新区意味着什么!"

彭大为逼视刘强:"郭孚上面一定有'保护伞',到底是谁?过去这十几年究竟是谁在保护他?"

刘强望着面前喷火的双眸,突然意识到彭大为意有所指,难以置信:"你在怀疑我?"

彭大为从来没有这么近距离地观察刘强,才发现他两鬓灰白,平日里一丝不苟的头发其实是经过精心打理后,将四周的头发梳拢向头顶才遮盖住秃顶……

"我在问你话!你是不是在怀疑我?"刘强将凌乱的头发向头顶一撸,但额头上的一撮较长的头发又垂了下来。

"刘伯,我只想办案。"彭大为动了感情,鼻头有点发酸,"从当警察第一天开始,我就想当一个好警察,我所做的一切都是为了办案啊!"

"回答我刚才的问题。"

彭大为看着面前刘强的眼神,与从小他就熟悉的那个"刘伯"恍若两人,彭大为一吐为快:"我现在怀疑很多人,包括您。作为厅长居然让我停止对郭孚的调查,我心里一直都有疑问,这到底是谁下的指令?"

"作为公安厅常务副厅长,我没有回答你一个支队长问题的义务!"刘强的态度很强硬。

彭大为想起了之前老牛的那番推测,不禁脱口而出:"显然不敢正面回答!郭孚当年起家时,您还是清宁市公安局局长吧!"

刘强没有想到彭大为居然会说出这句话,他震惊又愤怒。

彭大为一不做二不休:"当年因为抓捕贾文军,我父亲牺牲了。那个案子有没有疑点?"

"有什么疑点?那么大的一个案子,我们党委会就开了不下二十次,就是为了将其办成铁案!"

"铁案也会随着岁月的腐蚀而生锈的。"

"彭大为,你什么意思?你是认为我包庇贾文军?"

"十几年前的事情我说不清,但是,我认为郭孚现在还能逍遥法外、作恶至今,您有不可推卸的责任。"

"我们当时往检察院报过郭孚的情况,最终检察院认为郭孚的犯罪事实不清,证据不准确、充分,连从犯都没给他定,所以没追究他的刑事责任,作出了不起诉决定。难道公安大学没教你'疑罪从无'的原则吗?"

"不要把责任都推卸到检察院身上,郭孚当年的犯罪事实不清,证据不足,难道不是我们公安侦查工作不彻底带来的结果吗?"

"郭孚当年就是贾文军那儿的一个会计,懂吗?他既不知情,也未参与'山义帮'的犯罪行为。"刘强被一个晚辈、一个下属如此质疑,简直是几十年未有之事,而这个晚辈、下属还是他最爱护和欣赏的。

"作为一个好警察,职业直觉有多重要,您也懂。就算当年一时间无法证明郭孚与贾文军的关联,那这过去的十四年呢?郭孚怎么会从一个会计变成今天这样?"

"贾文军领导的'山义帮'一覆灭,我就去了公安厅……"

"您是想说后来都是隋局长的事儿了,以前的案子就跟您没关系了?"

刘强不敢相信眼前这个说话咄咄逼人的青年人,就是自己从小看到大的那个彭大为,刘强的脸看向车外道:"你已经失去了作为警察的理性,我现在请你下车。"

"理不理性不重要,重要的是我问心无愧!我是为了扫黑!"彭大为推门下车。

灯火辉煌的"孚冉号"游艇上,嘉宾们已离开,刚才停车场上的各类豪车也都不知去向。

看着刘强的车子扬长而去,彭大为愤愤地坐进自己的车子,狂按喇叭。

这时他的手机响了。

彭大为带警员和郭孚安保部的保安对峙的全过程被别有用心的人拍了下来,视频被剪辑后做成了短视频和新闻,迅速在自媒体圈和短视频圈发酵。

网上铺天盖地的舆论都在指责民警暴力执法,诋毁为清宁市金融创新区建设发展做出杰出贡献的郭孚是黑恶势力团伙头目,质疑中国执法公信力和经商的法治环境。

甚至别有用心的人制造话题,引导民众攻击中国扫黑除恶的正义性问题:警队树立的扫黑英雄如此肆意妄为,民营企业家若以涉黑的名义入狱,那扫黑除恶就是一场浩劫……

事件迅速登上热搜榜首位,同时引发了海外恶意攻击中国政治体制和执法环境的舆论狂潮。

有人扒出了彭大为的父亲就是当年在抓捕贾文军时牺牲的,这一次贾文军出狱,彭大为完全是在公报私仇枪杀贾文军,所谓的中国两地警方联合扫黑,不过是一次打着法治公正旗号的针对公民展开的报复行为……

还有人八卦彭大为之所以"大出风头",是因为其准岳父是粤中省省委常委、政法委书记张立国。也有"知情"网友反对这个观点,他们"据知情人士透露",彭大为在公安大学攻读警务硕士期间被一位比张立国地位更高的领导家的女儿看上,回来就跟张立国的女儿分手,在扫黑除恶即将收官之际担任扫黑支队支队长就是为了"镀金",明年全国扫黑除恶专项斗争表彰大会后肯定要立大功,然后就直接调往公安部……

甚至还有人爆料彭大为扫黑支队长的任命违反组织程序,其根本原因是粤中省公安厅常务副厅长刘强是其"大干爹",而清宁市公安局局长隋震霆是其"二干爹"……

看到视频的人们也对白天得到诸多赞誉和掌声的扫黑英雄彭大为产生了疑问,媒体各类八卦新闻层出不穷。

当然,也有人对有社会责任感的企业家郭孚产生了怀疑。

有不具名的网友说得到可靠消息:郭孚的妻子杨韵颖已在昨晚的扫黑行动中被警方击毙……

真相到底是什么,众说纷纭,舆论汹涌。

4

"盛记"虽有几处被砸碎的玻璃尚未补换,老招牌的管线还没修缮,但店面基本恢复原状,老板和老板娘又开始忙碌着招待客人、炒菜上菜。

隋震霆独坐一张桌,没有动筷子,默默地喝一杯啤酒,抬头看着悬挂的电视屏幕上的滚动新闻。

成小山走进店，狐疑地看了几眼周围几处被破坏过的痕迹，用手绢擦擦椅子，坐在了隋震霆对面："我很忙，有事快讲。"

隋震霆放下酒杯："我们俩有多久没有一起吃饭了？"

成小山低头用开水烫碗碟筷勺："你年轻的时候并不会有这种念头。"

"我是不再年轻了。"隋震霆不易察觉地苦笑，他知道成小山看不出自己的表情，因为从五十岁那年定期注射玻尿酸开始，他照镜子时也越来越看不真切自己的表情。

成小山把涮碗筷的水倒进桌边的垃圾桶："是老了，开始害怕失去了，或者说是知道自己已经不会得到更多了。"

隋震霆看着店主夫妇忙里忙外："天下父母心啊！他俩辛辛苦苦从早到晚的，就是为了给儿子买套房，让下一代过得好一些。"

"即使一辈子这样，也不见得能达成心愿。好在他们没让儿子也来这里干这个。"

隋震霆愕然，仿佛不认识成小山："你怎么越来越冷血了？"

"你当警察这么多年，难道不知道有人天生是要犯罪的吗？犯罪是社会的产物，贫穷也是社会的产物，有的人天生会犯罪，就像有的人天生要当穷人成为别人的奴隶。"看到老板娘端过来一碗鲜虾云吞面，成小山身体向后倾斜，好像怕沾上什么脏东西一样。

"这就是你在外国留学学到的？"隋震霆看着老板娘转过身走开，才匪夷所思般质问。

"要不怎么会有那么多达官贵人送孩子到国外留学，不就是为了学习先进的理念和知识吗？"

"你瞧不起自己的国家？"

"我是瞧不起下等人。"

隋震霆隔桌望着成小山,努力平复情绪,试图缓解气氛:"你跟郭晓冉怎么样了?"

"你懂感情?"成小山的眼睛望着面前的那碗鲜虾云吞面,那股鲜香扑鼻而来,但是他已经很久不吃这种街边食物了。

隋震霆声音放平缓:"小山,以前是我亏欠你母亲的,亏欠你……"

"有一年斯德哥尔摩犯罪学奖颁给了三个人组成的团队,他们认为父母与子女保持良好关系是避免下一代误入歧途的关键因素,即使父母本身是罪犯,情况也是一样。"成小山突然笑了,"这个理论你赞同吗?"

隋震霆不知道成小山什么意思,刚要开口,成小山突然抬头大声道:"老板,你这碗云吞面很臭啊!"

隋震霆愣住了。

老板歉意地跑过来,也不问这碗云吞面到底哪里有问题,只是不迭地道歉:"不好意思啦,不知道不合您口味,我现在给您换碗鲜鱼粥,还是给您重做一碗?不好意思啦!"

"我不吃这种东西。"成小山挥挥手,像驱赶苍蝇一样,示意老板把云吞面端走,"看到了吗?这种人就是上辈子欠了我们的,这辈子就得老老实实地还。"

马路对面,有几个小孩子在打量成小山的蓝色宾利,扒在车玻璃上往里面看。

成小山掏出手绢擦擦手,起身要走。

"你跟我说实话,你跟郭孚到底有没有牵连?"隋震霆终于问出了压抑在心底很久的问题。

"这个问题难道你不应该很清楚答案吗?"成小山停下脚步,转过身来,俯视隋震霆,"世间万物都是普遍联系的,这不是你信仰的唯物主义哲学吗?"

"我说的不是你在他公司的任职,我说的是他的那些勾当跟你有没有关系!"隋震霆期待成小山给他一个明确的答案,却又害怕成小山说出令人无法接受的答案。

"勾当?"成小山呵呵一笑,"你应该最懂勾当的?不是吗?"

"你变得我都认不出你了。"经历过无数大风大浪的隋震霆居然感觉到恐惧,身上一阵阵发凉。

"你是如何涂面掩饰的我知道,你为自己造了另外一张脸而把上帝为你所造的那一张遮盖了起来。"成小山冷冷地扔下一句话,走出店门。

成小山也不驱赶那些好奇围观的孩子,直接上车,一脚油门,车子腾地蹿了出去,小孩子们吓了一跳,有一个还摔倒在地哇哇大哭。

隋震霆看着那个坐在地上哭的孩子,仿佛看到了儿时的成小山。他起身走过去,想扶起那孩子,给一些安慰,谁知那孩子在伙伴的招呼下,跳起来跑走了。

隋震霆失落地站在原地,成小山的车子消失在夜色中,那群小孩子蹦蹦跳跳的身影也消失在街角。

隋震霆站在观景台上,双手撑在栏杆上,俯瞰夜色中的青龙湾。

郭孚下车,但没关大灯,直直的光线照到隋震霆的黑蓝色警裤上。

郭孚的余光发现隋震霆开的车子的挡泥板刮伤了,显然来时路上很着急。

"关上灯。"隋震霆头也没回地说。

郭孚这次并没听从,步入观景台的亭子下:"如果我不打你儿子这张牌,你不会再跟我联系了吧?"

隋震霆沉默了好久,郭孚也站在旁边,仰望屹立在海岸旁的安岛大厦,集团名称在大厦楼顶闪亮耀眼。

"轻而无备,性急少谋,乃匹夫之勇耳,他日必死于小人之手。"隋震霆轻叹一口气。

"你是在说我？还是说彭大为？"

"他跟他父亲一样，注定是一个英雄。"隋震霆居然有几分羡慕。

"那就是说我了？"

"逆势而为，螳臂当车，不识时务。"

"你所说的势不会大过我背后的势力。"郭孚仿佛试图加强自己的信心，但又不想继续这个话题，转而道，"小山这么喜欢晓冉，我们俩可能会成为亲家的。"

隋震霆再次陷入沉默。如果说父母与子女保持良好关系是避免下一代误入歧途的关键，那自己这个父亲当得还没有郭孚成功。

郭孚望着青龙湾游艇码头中最显眼的"孚冉号"，说了一句大俗话："你我是同一条船上的人，你不能让这条船翻了。"

"你是把我当舵手还是水手？"

"我们俩都是舵手，也都是水手。"郭孚着急隋震霆不理解自己的苦心一般，"刘强这次如果不能顺利扶正，你觉得谁最有希望当公安厅厅长？"

隋震霆若有所动，但依然保持沉默，这是他在官场历练多年积累的经验，不要主动或过早暴露自己的情绪和态度，尤其当对方在试探你的真实想法时。

"你完全具备当厅长的资格，有些事情你不方便出面，但我是全国政协委员，只要后天国家领导人到安岛来讲话，我就相当于得到了免死金牌，届时你的事情我就可以出面来推动。到那个时候，你当你的厅长，我还是当我的董事长。"

隋震霆知道郭孚说的也并非完全荒唐。

原本寒门出身，能做到粤中省会城市的公安局局长应该知足，放在年轻时哪里敢想象。可是，也不知道从何时起，自己的想法多了起来，从坐上局长的位子开始更是全力以赴，从来没有松过一口气，如果不是为了继续向上晋升，那又是为了什么呢？

只是从郭孚被盯上以后,隋震霆就发觉周围一直笼罩着诸多猜疑和敌意。要想摆脱这些烦恼就必须找到突破口,找不到突破口的时候就必须要确保郭孚安然无事。

隋震霆望着远处海面上翻飞的海鸥,表现出来的是有些不耐烦:"刘强这样的老资历、大领导,能被你轻易拨拉下去,你把他看得太低了吧?"

"看低看高,他都是最后一站的人。官场里年纪是个宝,你会不懂?"郭孚扩扩胸,颇有底气道,"他这个老河马无非先占了大池塘,你才是真正的蛟龙!"

"你没有资格这样评价他。"

"老班长,呵呵,你是这么称呼他的吧?"郭孚收敛嘲讽,换了一副语重心长的面孔,"你的能力强是上下公认的,但有些人不一定会买这个账,你做得好他们不一定重用你,你没做到他们心里的,他们却不会放过你。因为你从来不是他们的人。"

"这些年,他们给了我很多荣誉。"

"荣誉?你觉得刘强的用心是为了荣誉?"郭孚不屑地歪了一下嘴,"我看所谓的扫黑除恶,不过就是重新洗牌,利益重新分配。你可以高风亮节,可以不在乎位子,那跟着你干的那些兄弟们呢?他们会怎么看你?"

"你找我到底还要做什么?"隋震霆意识到了什么,"杀人的事情,我绝不会碰。"

郭孚并不在乎隋震霆说什么:"贾、文、军,你我共同的后患。"

"杀他?"

"有些魔鬼,上帝总会有各种办法惩罚他,不是吗?"

"不要粉饰你的杀人动机。"

郭孚也毫不客气:"你当警察半辈子,又不是没杀过人。难道还需要我提醒隋局长你本人并没有那么'干净'吗?'洁癖'早已与你无缘了。"

郭孚转身离去前扔下一句话:"我告诉你,一个棋盘上不会只有你这一颗棋子。"

隋震霆听到车子发动的声音,轮胎摩擦地面,很快就没有了声响。

隋震霆独自站着,第一次发现鹤立鸡群于众多楼宇中的安岛大厦的尖顶,犹如一把指向苍穹的利剑。

他想起自己好像在哪里看到过还是有人跟他说过:尖锐出头的高大建筑物,用一种自有的姿态展现出与外界针锋相对的态势,那种风水很不好。

他想起安岛大厦的建设远远高于青龙寺,从风水上讲也是大不敬。

他想起前段时间有位朋友给他介绍了一个大师,据说很灵通。隋震霆是刑警出身,原本不信这些玄虚的东西,但碍于朋友的面子还是把生辰八字给了大师,大师沉吟许久后,掐指判断他近期有灾星,需要做一个法事"驱小人",谁知一忙起来就把这事儿抛之脑后了,现在是不是应该把大师请回来做一场法事呢?

隋震霆的心底涌起一阵悲凉,鼻子突然有点酸。他后背一阵热一阵凉,还有些发麻。

隋震霆从山上下来,不知道怎么就开到省警校门口了。

这里是他的母校,去年校庆他作为荣誉校友回来过,还作为优秀毕业生代表受邀上台讲话。

那天,他站在主席台上,热切地注视着训练场上站得笔直的警校大学生们,慷慨陈词:"我既是母校建设发展的见证者与参与者,也是母校培养的成果和结晶,承载着母校的精神基因和文化血脉,无论身处何地、身居何位,永远烙印着省警校生的身份,代表着省警校生的形象……"

今晚,他站在校门口,望着校门里主干道两旁的那些老椰子树,由这些高大婆娑的老树组成的林荫道显得越发幽暗和清静。

此刻,整座校园安静地沉睡着。

隋震霆想象着,熄灯号吹响前,年轻的警校生们还在宿舍里打打闹闹的场景,他们说说笑笑,可能还会捧着一碗泡面吃得很香,一如曾经风华正茂的自己……

隋震霆想起当年从社会底层背着书包到这里报到,和彭爱国结下深厚的兄弟情义,毕业后留在了清宁这座现代化的省城,踌躇满志,指点江山,未来可期……

隋震霆想起市委来市局宣布他任职时,他亲手写了一篇情真意切的对党、对公安事业效忠履职的书面报告,在全体干警面前信誓旦旦……

那时候他是想当一个好公安局局长,一个被组织认可,被民警信服,被老百姓拥护的好公安局局长啊!

忆往昔峥嵘岁月稠。

隋震霆又想起,自从当上局长,每次坐在高高的主席台上,享受着众人的敬礼和掌声,每次坐在众星捧月的位子上,享受着众人的敬仰和恭维,他总不由自主地想起早逝的妻子。

都说妻凭夫贵,但她没有沾上一天光,生前一直无条件地崇拜他,无私地支持他。她病逝后,隋震霆一直没有再娶,他把心里对妻子的补偿加倍于他俩共同的孩子身上,他甚至曾经因为这个情结而与郭孚产生过共鸣……

在这个寂静的夜晚,隋震霆的内心一瞬间涌起无限伤感。

他从十八岁穿上警服到现在,一直以硬汉形象示人,当他发现自己流下眼泪时,泪水已经在夜晚微凉的风中干涸在脸庞上……

5

王宇明教授的办公室是中西合璧的风格:红木的落地书架和办公桌,办公桌后的正面墙上挂着一幅巨大的名画复制品:达·芬奇的《最后的晚餐》。

其实,他办公室里最有特色的是一副围棋:这副围棋黑子181颗,白子

180颗，由十几公斤重的上品和田玉制作而成，棋盘则是用红木镶嵌金丝制作而成，光原材料的价值都超过了200万元人民币。

他平日里珍藏这副围棋，只有与成小山对弈时才取出来。

"我记得您教我下围棋的时候说过一句话：精心做好自己的事情是打败对手的最好方法，过分关注对手的缺点会忽视自己的破绽，埋下失败的种子。"成小山放下一枚白子，他的手指和白子几乎是一样的颜色。

"那时候我还告诉过你，下围棋的时候不要说话。"王宇明抬头看了看墙上的挂钟，"你有心事？"

"失败后的痛苦是对自己懈怠的责备，失败后的眼泪是对自己良心的交代。围棋不相信眼泪。"

"如果我们在努力追求目标的时候很痛苦，会不会是追求的目标原本就是错误的？"王宇明放下一颗黑子。

"你面对的任何痛苦和困难都不是对手强加给你的，不够完美的自己才是问题存在的真正原因。"成小山话音刚落，挂钟轻敲，他一言不发地起身，推门进了里间的休息室。

里间休息室的门刚关上，就传来办公室大门的敲门声。

王宇明起身开门，郭晓冉迟疑着走进来时，王宇明的脸上浮现出平日里慈爱儒雅的表情。

"王教授，我实在不知道去找谁求助了。"

王宇明起身倒水："你不是第一个来求助我的学生了。"

"我的困难不是学业上的。"郭晓冉望了望茶几上的棋盘，"我这几天都睡不着……"

王宇明递上一杯红茶，用眼神鼓励道："我是你的老师。你可以信任我，有事情可以直接跟我说。"

郭晓冉双手捧着茶杯，低着头，泪水大颗大颗地落入茶杯，茶浓如血："如果,如果你最爱最信任的人犯了罪,你该怎么办?"

"犯罪的事情交给法律去评判。"

"道理我懂,可是交给法律去评判,我就会失去最爱最信任的人啊!"

"情与法的冲突,这是一个老生常谈的问题。"王宇明停顿,凝视郭晓冉,"你说的是你父亲吗?"

郭晓冉不语。

"其实每个人都在临界点上,你现在在做人生选择的临界点上,无论做怎样的选择人生都会跟之前不同;你父亲也在他人生的临界点上,他的脚下已是万丈深渊。"

郭晓冉抬起头看着王宇明:"您遇到过这种情况吗?"

王宇明确定地点头:"我们每个人每一天都可能在临界点上,只是绝大多数人没有察觉罢了。"

"我们要知道自己的临界点。"

"我一直都说你有悟性的。"王宇明盯着下了一半的棋盘,今晚他和成小山似乎都下得水平不高,"临界点来了,许多事情是无法逆转的。"

郭晓冉望向墙上的挂画,眼神中透着迷惑和迷惘:"我一直都不知道您为何会在办公室里挂这幅画。"

王宇明站起身,走到办公桌后,指着耶稣背后道:"你看,耶稣背后的门外是祥和的外景,明亮的天空在他头上仿佛一道光芒。"

"您的意思是让我出国去?"郭晓冉想起了今天来之前,王宇明和她在电话里聊起的话题。

"读万卷书,行万里路,走出去,海阔天空。"王宇明双手撑在办公桌上,上半身前倾,像是在给郭晓冉一个学生授课。

"可是现在……"

"如果你父亲的临界点来了,无论你说与不说、做与不做,这个临界点都不会自动消失。"

郭晓冉想起彭大为爽约钢琴演奏会，还有网上铺天盖地的彭大为在游艇码头攻击郭孚的那些视频，这与之前印象里的他判若两人："您说我应该相信警察吗？"

成小山隔着门听到郭晓冉提到这个问题时，脑海中浮现出彭大为的身影，那个隋震霆口中"别人家的孩子"。

"警察中有好有坏，我们不能一概而论。如果你说的是彭大为的话，我倒是确实有些自己的想法供你参考……"

半小时后，郭晓冉离开。

成小山从里屋出来，王宇明问道："还继续下吗？"

成小山一言不发地走了。

王宇明望着茶台上的棋盘，又望向墙上挂着的达·芬奇的《最后的晚餐》。

自从回国前游历意大利时，第一次亲眼见到米兰圣玛利亚感恩教堂墙壁上的这幅画，他就被深深地吸引住了。

《最后的晚餐》这幅画是耶稣得知自己被弟子犹大出卖，晚上与十二个弟子聚餐的场景，入席后耶稣说了一句："你们中间有一个人出卖了我。"达·芬奇精准地画出了其中的弟子犹大情绪紧张的状态，他的身子稍向后仰，右臂支在桌上，右手紧握钱袋，露出一种抑制不住的恐慌。另外一个弟子彼得垂在臀部的右手握着一把刀，仿佛是无意般的用刀尖对着犹大的背后。

王宇明走到办公桌后，左手按在彼得手中的那把刀尖上，右手按在犹大手中的钱袋上，正面墙从中间裂开，里面站着一个漂亮的黑衣姑娘。

"你也都听到了，做完这次事情，我们两不相欠。"王宇明递给黑衣姑娘一摞材料。

那个黑衣姑娘走出暗室，暗室无声地关闭。

她绕到桌前，跪在地板上磕了三个头，转身而去。

王宇明打开电脑，登录一个罕见的视频软件，很快屏幕上显现出一个男人，他头戴黑色鸭舌帽，眼睛上遮着一副大墨镜，黑色口罩捂在嘴上。

"布朗先生，一切已到临界点。"王宇明报告。

那个被称作布朗的外国人道："明天一早，你就乘坐第一班飞机离开吧。"

布朗话音一落，就结束了视频。

屏幕的蓝光打在王宇明脸上，他紧抿着嘴唇，好像变了一个人，仿佛与《最后的晚餐》中的耶稣重合在了一起……

6

进出清宁大学的人已经明显少了许多，除了有的学生宿舍的灯亮着，整座校园已经进入准备休息状态。

彭大为开着车打电话，铃声响了很久："我到校门口了。"

"你到图书馆二楼的借阅室等我，我还需要再想一会儿。"对方回复了一句话就挂断了。

彭大为驱车进入校园，一路直行，拐了个弯，前方出现清宁大学图书馆。

还有零散的学生在向外走，彭大为一步三个台阶迈上楼梯，进入宽阔光洁的图书馆大厅，保洁人员在打扫卫生。

一个管理员阿姨远远地打量彭大为，扯着嗓门驱赶："哎！到点了！闭馆了！"

彭大为想起以前在公安大学读书时，自己也时常是最后一个离开图书馆的人。只是今天他不能像从前那样遵守图书馆规定了。

彭大为扭头走出大厅，站在台阶上抬头看图书馆二楼，窗子里的灯渐次熄灭。

彭大为绕到图书馆侧面，观察了一下露在墙体外的白色水管，猴子一般顺着管子爬了上去。

他跳进图书馆的二层走廊,沿着走廊躲躲闪闪地走,终于看到阅览室的牌子,里面黑漆漆。

彭大为拧开门把手,闪身进去。

他侧耳倾听,借着窗外路灯的微弱光线,眯眼观察室内地形:靠近门口的是一大片整齐的桌椅,里面是整齐竖立起来的一排排的金属书架。

彭大为试探着小声叫:"郭晓冉?"

无人应答。

彭大为又给郭晓冉打电话,依然无人接听,图书馆外面的大灯熄灭了,室内陷入黑暗。

彭大为听到门把手响,有人推开了一条门缝,他再次压低声音试探道:"郭晓冉?"

依然无人应答。

彭大为有些恼火,难道郭晓冉也在戏弄自己?

他大踏步向门口走去,突然靠近门口的一张大桌子下弹出一个影子,手持匕首,寒光在他鼻头一闪。

彭大为训练有素,摆开架势,出手相搏。

对方招招凶狠,招式很眼熟,彭大为脑海中浮现出上次在郑强东家与自己搏斗的杀手。

彭大为打起精神,使出全身解数,稳住气息:"上次让你跑了,今天你又来自投罗网。"

杀手并不言语,匕首划向彭大为的脸部,彭大为腰身向后弯,险险躲过:"你制造郑强东自杀假象的手段太拙劣了!跟谁学的?"

杀手还是不言语,匕首反转,插向彭大为的腰窝,彭大为双拳出击,击中对方胸口,惊呼道:"你是女的?"

女杀手被袭胸后变得气急败坏,甚至将匕首插向彭大为的裤裆。

"你哑巴啊？你早说女的我就不打你胸了！"

女杀手显然经过专业的搏杀训练，跟彭大为在警校学的那种公平竞技或者常规的搏击方法不同。警用格斗技术起初是汇报表演性质的，实战训练的目的也是制服对手，但杀手的训练目的则是杀人。

彭大为除了接受过警用格斗训练外，他上大学前还自己摸索出了一套"野路子"招数，如果不是这样他早一命呜呼了。即便如此，他还是逐渐落于下风，胳膊和腿分别被匕首刺中。

彭大为知道这样下去凶多吉少，他急中生智，脑海中浮现出室内书架的摆放位置，慢慢地退进一排排的书架中。

因地制宜，随机应变，才是一个骁勇机智的警察最擅长的。

彭大为终于找到一个空子，摸黑翻上其中一个书架，女杀手追击到狭窄的走道时，彭大为双手用力一拉，两排书架同时向中间倒去，女杀手被挤压在下面，一声不吭。

"你别装死啊？我可以帮你！"彭大为藏在另外一排书架后。

女杀手没有声息。

又等了一会儿，彭大为才小心翼翼地把书架推开，打开手机的手电筒，发现女杀手已被书架上的玻璃刺透了心脏，鲜血正汩汩地向外冒着，她两眼怒睁，却已经断气。

楼下图书馆的保安已经听到了二层惊天动地的声响，给保卫处打了电话。

彭大为匆忙检查女杀手身上的东西，找到一摞材料，随手一翻，居然是郑强东检举郭孚的材料。

两个值班的保安结伴向二楼阅览室奔来，很快图书馆外也传出停车关门的声音。

冲进阅览室的两个保安打开灯，看到混乱的场景，呆住了。

"愣着干吗?！赶紧报警啊！"彭大为恨其不争道。

两个保安对视,同时掏手机,哆嗦着打110。

彭大为趁机翻窗而逃,落到地面时就地打了一个滚,蹲着观察周围:图书馆台阶前停着一辆车,车门大开,保卫处干部都冲进了图书馆。

彭大为跑到自己的车上,疾驰出校园。车子一个大甩尾,上了滨海大道。

彭大为给老牛打电话:"清宁大学图书馆二楼阅览室,那晚郑强东家的那个杀手死了,你赶紧过来处理,抓紧时间核查此人身份后告诉我!"

"谁……"老牛睡意蒙眬地刚说出一个字,彭大为就挂断了电话。

车子在滨海大道上疾驰,这几天发生的事情也在彭大为脑海中风驰电掣:如果郑强东因为要举报郭孚而被杀人灭口,那郭孚现在还可能怎么做呢?会做什么呢?

彭大为突然想起林亚照给他讲过的和梅艳芳有关的那个案子:"湖南帮"大佬黄朗维是在医院里,被两个化装成医生的人近距离枪杀而亡……

彭大为猛打方向盘,车子转入一条辅路。

7

清宁市急救中心的重症监护室在11层。此时接近午夜,整层楼都静悄悄的。走廊上只能看到有两个人坐在1114室和1116室门口打瞌睡。

1114室里躺着贾文军,1116室躺着秦飞。两人都紧闭着眼睛,浑身插满了各种管线,旁边的监护仪器滴答滴答地发出微小的电波声。

两个监护室连在一起,门口的两个年轻民警聊了一晚上,此时瞌睡袭来,头都慢慢地垂下。

走廊的电梯间和紧急通道门下钻进来一股浓烟,逐渐浓重,如同突如其来的暴雨前的乌云,迅速向重症监护室这边飘来。

火警器尖锐地叫起来,报警铃声一时间震耳欲聋,两名守护的警察醒了过来。

"救命啊！救命！"电梯间里有人用力捶打电梯门,声音闷闷的。

两名警察不约而同地奔向电梯,两个人一左一右向两边扒电梯门,满头大汗,电梯门纹丝不动。

电梯间里,护士的求救声也越来越令人焦虑。

烟越来越浓,两个警察被呛得喘不上气来,用力地咳。

高胖的警察脑子很清醒,判断道:"烟是从楼下上来的,咱们这层暂时不会有事!"

矮瘦的警察跑到旁边的消防栓,砸碎玻璃,取出里面的两把铁橇,跑回来递给高胖的警察一把,开始撬电梯门。

街道上的人和车很少,彭大为摇下车窗,让夜风呼呼地吹进来,这样能让头脑保持清醒。

就在距离急救中心还有两个路口的时候,彭大为听到了消防车的警笛声,他远远地看到急救中心那栋楼浓烟滚滚。

彭大为急踩油门,同时拨打电话:"隋局,情况紧急!急救中心失火,我怀疑有人故意纵火,要刺杀贾文军!"

彭大为的车子连闯两个红灯,一脚油门,车在飘移。随后彭大为跳下了车,冲向急救中心大门口。

医院保安和消防员在疏散人群,现场一片混乱。

彭大为抓住一个保卫干部模样的人:"几层着了火?"

保卫干部的胳膊被捏得生疼,龇牙指了指浓烟:"好像10层还是11层的!"

彭大为确定了自己的判断,不顾工作人员的拦阻,连蹦带跳,逆向奔跑,冲进急救中心大楼。

大楼电梯已经失灵,彭大为只好爬楼梯。

11层重症监护室所在的走廊已经浓烟滚滚,一个身材健壮的人戴着黑手套,脸上蒙着黑布,猫着腰摸向重症监护室。

他先是推开一扇门,摸出刀子就向床上人的颈部划去,刀子就要落到那个人身上的一瞬间,他发现此人是秦飞,赶紧收手,由于出手力气过大,导致刀锋回收时还划伤了自己的手腕。

他顾不得查看伤口,立即反身去隔壁。他推开1114室的门,摸到床边,仔细辨认,匕首朝下,用尽全身力气向贾文军的心脏部位扎下去。

刀子就要落到贾文军胸口上时,贾文军突然睁开眼,双手紧紧握住刺向自己的刀子,殊死抵抗,鲜血沿着刀刃和他的手掌流淌下来……

彭大为气喘吁吁地爬到10层时,烟雾熏得人睁不开眼,他还是捂着嘴,硬着头皮冲上11层。

彭大为钻进浓烟滚滚的走廊,一个人影从他身后钻进了消防通道。

那个人一掠而过时,带起了一阵微小而不易觉察的风,彭大为回头察看,只听到消防门"吱嘎"一声后便没有了任何异响。

两名看守警察终于把电梯门撬开,女护士得救后,来不及说谢就奔向消防通道逃生。

彭大为冲进1116室,看到秦飞还躺在病床上,双目紧闭。

彭大为双手撑膝,剧烈地咳了好一会儿,立刻又到厕所打湿毛巾,捂在秦飞的口鼻上,拔掉秦飞身上的管线,推着病床到走廊,正好遇到返回的两名警察。

"推他出去!"彭大为把病床交出去,又立刻转身奔向另外一间监护室,就在他猛转身的那一刻,塞在口袋里的那几张郑强东的检举材料掉落地面,很快被火苗吞噬。

彭大为到了隔壁,发现贾文军的胸口被扎穿了,但眼睛还睁着,只剩一口气。

彭大为脸贴在贾文军嘴边追问:"谁杀的你? 谁是'保护伞'? 谁?"

贾文军两眼直勾勾地瞪着,气若游丝:"郭孚是最大的黑恶势力……"

彭大为用力摇晃贾文军:"谁是'保护伞'?! 谁是'保护伞'?!"

大火已经蔓延到这间监护室,贾文军一口气没上来,断了气,到死都瞪着眼。

第五章　倒数第二天

1

彭大为在市局大院拦住隋震霆的车时,后面车上的随从警员愕然。

隋震霆坐在车后座上,缓缓地降下车玻璃,冷冷地看着彭大为,一言不发,脸上也毫无表情,严峻的沉默像是无形的压力。

彭大为两眼布满血丝,脸上还有黑灰,衣服更是被火燎得千疮百孔,但他还是直视隋震霆:"昨晚的材料和贾文军死前的话都明确指认郭孚是黑恶势力,为什么不能抓他?"

隋震霆冷静地质问:"人证物证在哪里?"

"人证就是贾文军,物证就是那份郑强东的举报材料!"

隋震霆把手伸出车窗:"给我。"

彭大为无奈却不肯放弃:"那钊阳呢?他放走郭孚的,他应该很清楚内幕!"

"你昨晚打电话给我的时候,我正在亲自问你说的那个特警队员,他否认了你的说法。"

彭大为咬紧牙,心脏狂跳。

"你让开!我要带队检查安岛集团的安保部署,明天金融创新区成立大会,各级领导人要去视察!"隋震霆不再看彭大为,语气充满不容置疑的权威。

彭大为带着乞求:"隋局!"

"你的所作所为已经否定了我们清宁市公安局的战友们拿生命和鲜血拼来的荣誉,你的所作所为已经出卖了曾经救过你性命的亲兄弟,你若一意孤行,会众叛亲离,成为清宁公安的历史罪人。"隋震霆摇上车窗前扔下的最后一句话是,"对于郭孚,刘厅长的指示你是知道的。我只是局长。"

"我绝对不会放弃的!"彭大为看着车队扬长而去,也上了车,蹿了出去。

彭大为没想到能这么顺利地进入刘强的办公室。

刘强正在批文件,头也没抬,红蓝铅笔一指,意思是让彭大为先坐。

彭大为心急如焚、如坐针毡。

片刻后,刘强放下笔,摘下老花镜道:"说吧。"

彭大为把对隋震霆说的那些话又复述了一遍,刘强站起身,走到办公室门口道:"说完了?"

彭大为愣住了,好一会儿才用力地点点头,他不知道刘强怎么可以如此镇定,难道他这么大的领导还在计较昨晚自己的过激言辞?

"我得去省政法委开会了。"刘强拉紧易拉得领带,披上挂在衣架上的警服。

彭大为堵在办公室门口,不让刘强离开。

"我不敢相信你会幼稚到这般地步!"刘强难以置信道。

"为了案子,我也没有其他办法了。"彭大为倔强地站着,像是一堵墙。

"我以公安厅常务副厅长的身份命令你,让开!"刘强发觉彭大为纹丝不动,口吻更加严厉,"《公安机关人民警察纪律条令》第十九条第一款规定,你给我背一遍!"

"厅长,我……"

"背!"刘强斩钉截铁,转过身去望向窗外,今天又是阴天,国旗软绵绵地垂在旗杆顶上。

彭大为无奈地应付:"拒绝执行上级依法作出的决定、命令,或者在执行任务时不服从指挥的……"

这时,刘强办公桌上的传真机开始向外吐纸张,他一个箭步冲过去,抽出来翻了翻,头也不抬地质问:"该如何处理?"

"给予警告、记过或者记大过处分;情节较重的,给予降级或者撤职处分;情节严重的,给予开除处分。"

"你昨晚的行为已经属于情节严重了,可以给予开除处分了!"刘强把那摞传真资料放下,走回门口,逼视着彭大为,"你还像不像一个警察了?!"

"像!警察就是要有罪必查,除恶务尽!"

"你想造反?"刘强看彭大为没有退缩的迹象,气不打一处来,"信不信我现在就关你禁闭?"

彭大为不言语,倔强地站着。

刘强深吸一口气,缓和一点态度:"我再跟你说一遍,明天就要召开清宁市金融创新区成立大会,国家领导人也要去安岛集团考察还要作重要讲话,在这个当口不能动郭孚。"

"就是国家领导人也无权阻止警察追捕犯罪嫌疑人!"

"犯罪嫌疑人?"刘强冷笑一声,走到传真机前拿出刚才那几页纸,在彭大为面前挥动。

彭大为从面前晃动的材料上看到了红标题《关于对清宁市公安局扫黑支队支队长彭大为涉嫌受贿的事实进行调查的请示报告》。

他愣神之际，门外闻讯而来的秘书强硬地把彭大为拉开，刘强侧身走出办公室，手向身后一指，斩钉截铁："在你的问题没有弄清楚之前，你绝对不可以再碰郭孚！"

那一刻，彭大为看到刘强胸前的那根藏蓝色的警用领带，长长的，尖尖的，像是随时会变成一柄利剑，直飞过来……

彭大为风驰电掣地赶回市局办公室，发现昨晚自己放在电脑桌上的那块运动腕表不见了，他办公桌的抽屉和柜子也被人翻过。

彭大为憋闷的胸中燃起无名之火，想发泄却不知道该朝着谁去。

胖子送他那块腕表时，他根本都不知道"百达翡丽"这个牌子，更不知道一块运动表能卖上一百万人民币。

昨晚得知胖子是世华大酒店的法人代表时，他还琢磨要不要把手表上交，但被那个特警给打断了……

显然，自己的所作所为彻底惹恼了隋震霆，纪委王书记直接将报告打到了省厅。

"大为，你总算回来了！"胡光耀看到彭大为在办公室，两边张望下，走进来顺手关上门，面露关切，压低声音道，"昨晚王书记直接带人来的，你得争取主动啊！"

"没做亏心事，我怕什么？"彭大为从小就不喜欢被人同情，又故作轻松道，"那天同学会，胖子给我这块表，我哪里知道这么贵！"

"胖子也是我老同学，你现在最应该祈祷的是胖子没事儿！"胡光耀的这句话让彭大为有了一点惭愧，但下一句马上又让他产生了巨大的反感，"平日里胖子出手大方，跟我和钊阳也都很亲近，但是他从来没给我们俩送过这么重的礼。"

"胡政委,我现在需要冷静地思考案子了。"彭大为下了逐客令。

"我是把你当成老同学才说这些话的,既然你讲工作关系,那我作为政委郑重提醒你,在组织没有做出最后的结论前,我建议你写好情况说明,暂且不要再办案了。"胡光耀拂袖而去。

彭大为想找支烟抽,这才发现放在抽屉里的那条拆了封的香烟也不见了,显然也被纪委的人带走,被当作他受贿的可疑证据了。

他掏出手机充电,用座机打了个内部号:"牛叔,能送几根烟给我吗?"

"我的天啊!你也是个正经重要支队的支队长了,问我这个就要退休的支队政委要几根烟!"老牛每次有机会跟彭大为说话,情绪都很好。

"那就一条!有吗?"

"我下来!"老牛挂断了电话。

三分钟不到,老牛推门进来时,还犹疑地往两侧看了看,"怎么感觉你们支队的气氛怪怪的……"

彭大为示意老牛把门关上,点上烟,这才把胖子送他昂贵运动表,现在组织要对他展开调查的事情简单说了一遍。

"我倒是觉得事情没有那么严重。"老牛看着彭大为嘴角的燎泡,心里有些心疼,"胖子现在无非就是世华大酒店的股东之一,如果他就是在正常经营饭店也不会被定性为黑社会性质团伙。他是你老同学,给了你一块名表,又没托你办事,而且你也不知道这块表的价值。"

彭大为早就想到这些了,如今从老牛嘴里说出来像是吃了一颗定心丸。

"我倒是觉得,这个时候拿这块表说事,与其说是他们办案'拔出萝卜带出泥',不如说很有可能有人想要拖你下水,最起码要拖延你的时间!"

彭大为拍着桌子站起来,碰倒了杯子,水洒了出来,他急忙去扶杯子,烟头烫了手,又触电般扔掉烟头。

"还是年轻啊!"老牛看到彭大为手忙脚乱,道,"你上了那么多年学,有句古诗怎么说的来着,什么'浮云''眼睛'啥的那句!"

"不畏浮云遮望眼!"彭大为回过神来。

"我可不是蛊惑你小子蛮干啊!"老牛补充道。

彭大为不顾保安的阻拦,硬要闯进安岛大厦。

郭孚陪着隋震霆一行从电梯间走出来,郭孚看到这一幕,立刻望向隋震霆,隋震霆眉头紧皱。

彭大为隔着保安排成的人墙,指着郭孚:"你昨晚派人暗杀贾文军,他死之前指认你就是最大的黑恶势力,还有郑强东的死也是你制造的假象,因为他要举报你和你的暮山财富。"

现场一片哗然,有人在远处录像。

彭大为孤注一掷:"抓贾文军那晚,你也在现场,你老婆杨韵颖是跟着贾文军逃跑时被我击毙的……"

隋震霆指示手下,四五个人才控制住彭大为,将他拖出大厦,硬塞进警车里。

彭大为大闹安岛大厦的整个过程被别有用心的人全程录像,剪辑后在网上迅速传播开来,其意是扫黑英雄彭大为力排众议,爆料安岛集团董事长郭孚是清宁市最大的黑恶势力团伙头目,郭孚的妻子杨韵颖实际上是"山义帮"老大贾文军的情妇,且在扫黑行动当晚被警方击毙。

游艇会对峙事件的热度尚未退却,今天的事件犹如火上浇油,发酵速度更是快得惊人,迅速登上热搜榜榜首。

安岛集团董事长郭孚涉黑的新闻迅速传播开来,暮山财富的股价瞬间跌到谷底。

面前的鲜虾云吞面散发着诱人的香气，郭晓冉却吃不下。

她托着腮望着马路斜对面的人民公园发呆，她已经有十四年没有进过那个公园了。

十四年前那晚发生的事情历历在目。

那时候刚上小学一年级的郭晓冉，每天下课后就去医院病房陪重病的母亲。

那晚，医院突然下了病危通知书，却怎么都联系不上郭孚。

郭晓冉看到医生们严峻的表情，知道母亲的情况很糟，便去父亲经常跟老板吃夜宵的地方去找，那个地方就是"盛记"。

那天晚上，七岁的郭晓冉来到"盛记"时并没有找到父亲的踪影。

当时一个站在门口的慈祥的老头，察觉了她焦急的眼神，关切地问她是否在找爸爸。

郭晓冉仿佛遇到了大救星，用力地点头，眼泪都快流了下来。

慈祥的老头说知道她爸爸在哪里，便领着郭晓冉进了人民公园。

后来发生的一切，是郭晓冉一生也不愿意去回忆的：当她跟着老头越走越偏僻时，她害怕了，当她说不找爸爸了，扭头要跑时，老头一把捂住了她的嘴巴。

郭晓冉现在已经记不清楚当初的细节，只是还依稀记得那个老头脱下自己的裤子，然后又撩起了她的红裙子……

那时候的郭晓冉什么都不懂，却感受到了一种屈辱，但是她的挣扎是那样的无力，她的嘴被捂得紧紧的，连声音都发不出，那个老头甚至掏出一把小刀试图划破她的内裤……

在那一刻，突然冲过来一个少年，一个飞腿把老头踹倒在地。

老头的裤子堆在脚踝，导致他没法利索地爬起来，就在少年低头抡拳头的时候，老头凶残地划出了一刀……

郭晓冉当时的第一反应居然不是逃跑,而是整理衣裙,再一抬头时不确定自己当时是否惊叫了一声,因为当时现场又出现了一个姐姐在惊叫……

老头提着裤子钻进了树林子,少年想要追却被那个姐姐拦住。

那名姐姐掏出手绢擦拭少年的额头,少年伸手握住郭晓冉的手,低头问道:"小妹妹,你没事吧!"

郭晓冉清清楚楚地看到他的额头上被划了一道"√"样的口子,血一道道地流淌了下来。

那一刻,郭晓冉没有感觉到害怕,反而觉得少年的牙齿是那么白,眼睛是那么亮,手是那么温暖……

周围的食客在议论手机电视上的新闻播报,"郭孚"和"彭大为"的名字频频出现,郭晓冉这才回过神来,抬头看新闻播报,看着屏幕上彭大为在安岛大厦指证郭孚。

郭晓冉走出饭店,在路边掏出手机查看,网上的舆论已愈演愈烈。

她是学经济学的,意识到这次特殊事件引发的期货市场的特殊波动很可能是有人在做空暮山财富。

更令人担忧的是,暮山财富被做空的同时,各种海内外消息又直指中概股,大肆抨击中国在美股上市公司的企业信誉。

整个中概股因此事件大受影响,负面新闻铺天盖地。

郭晓冉反复看着屏幕上的彭大为,像是一个受了极大委屈亟须证明的孩子,又像一个怒火攻心的正义主持者,不了解他的人却会认为他是一个疯子。

郭晓冉知道彭大为不是疯子,他是真正的英雄。

郭晓冉也知道彭大为没有说谎,因为彭大为的判断和她手上的检举材料能相互一一印证。

黄志广踮着脚尖,视线勉强和地面持平,双手扒着栏杆,望着那条浸透夜色的界河,像是一床吸满鲜血的黑纱被。

界河对面的山川和丛林就是中国,黄志广的热泪流淌下来,他从来没有这么想念过中国。

黄志广小时候随父母移居香港,没有学历,也没有一技之长,混迹于街头时,无意中邂逅一位妙龄女郎,死缠滥打得了手。

有了孩子后,他在外面也没有停下寻花问柳,直到有一天居然有一个香港地产大佬的管家找上门来:原来他的老婆居然是这个香港地产大佬发家前与一个舞女生下的孩子,而如今地产大佬良心发现,追认了骨肉。

黄志广起初惊喜万分,觉得这是天上下金币雨了。后来,他才知道豪门的规矩一点儿不比道上的少,某些方面甚至比法律还要苛刻。他住上了豪宅,却得不到尊重,更分不到钱。

他忍辱负重,等待机会,没想到机会随着香港回归后两地经济往来日益密切而到来。

他通过原先道上的朋友,结识了清宁的一些有脸面的人,在他们的指点下,他借助自己的身份,利用金融杠杆,分得了经济迅猛发展的一杯红利。

圈地建成清宁海洋动物馆后,他拥有了"资本",却怎么也摆脱不了之前道上的朋友和那些清宁本地"有脸面"之人的阴影。

当然,之前他对这些阴影有过预感,但从来没有像现在这样认识得如此清晰。那些人教他赌博,每次赌博赢了后,他都有种扬眉吐气、坐在世界之巅的快感。

直到这次,他们借助"关系",将他带到邻国的地下赌场,他才真的开了眼界,但很快又陷入了绝境。

现在,右手的指甲已经全都被拔掉了,整个手肿得失去了知觉,连续几天没睡觉,眼睛下面是乌黑的眼圈,眼球里充满了血丝,连呼吸都是浓烈的臭味,他感觉到自己的整个身体从里到外正在腐烂。

这几天,他被囚禁在地牢里,只有接近地面的位置有一道十厘米高的窗洞,但密集的钢筋连猫都很难钻进来。

这几天,他每天都被带到隔壁的房间,依次参观"会面室""养伤室"和"休息室"。"会面室"是赌场打手和赌徒谈判的地方,其实就是施虐的场所,他在那里活生生地失去了五个指甲;"养伤室"是用来让被虐打致伤的赌徒"休养生息"的地方;"休息室"则是让受不住虐打的赌徒跟家人朋友打电话要钱救命的地方。

他也见过很抗打的赌徒,但没有一个经过三个循环还能坚持住的,或者说不死的。

此刻,黄志广已经把自己的私房钱,还有能借,甚至能骗的朋友的钱都弄干净了,最令他心寒的是他的富豪岳父居然见死不救。

赌场之所以还没有对他下毒手就是在等待把他身上最值钱的"资本"榨干——清宁海洋动物馆的股份。

这些地下赌场深谙各国法律,尤其是邻国中国的,那可是他们重点研究和发展的地方。

今晚地牢里一直很安静,三室今天似乎没有"开业"。

突然,他竖起了耳朵,有脚步声走到他的牢门前,之后传来开锁的声音,一共进来了三个人,有两个他之前见过,第三个人像是一个监工,眼神透出幽幽的冷意。

那两个见过的人过来架住黄志广时,他以为又要带他参观"三室"了,所以根本没反抗。

他被套上了头套,眼前一黑,紧接着被装进了一个麻袋。

那两个人一个扛着他的脑袋,一个抬起他的双腿。

"你们要干什么?你们不要我的海洋动物馆了吗?"黄志广想要威胁对方,

但是话出了口,听上去却像是苦苦哀求。

没有人回答他的这个问题,他喊了很多遍,直到嗓音沙哑。

他被抬出了地牢,抬他的人深一脚浅一脚地走,他感觉到极大的恐惧,他什么都看不见,但是他感觉到自己在一步步地接近死神。

当他觉得身体被抛到了空中时,麻袋里的他下意识地抱住了脑袋,身体着地时,他还是痛得呻吟了一声。

很快,他感觉到有东西散落在麻袋上,他意识到他们正在往坑里填土。

"不!不!不!"黄志广的声音仿佛不是从他的身体里发出的,那像是一只困兽的绝望嘶吼,"我有钱,我有钱,我还有钱!"

没有人搭理他。

他感觉到身上压的土越来越多,越来越重,压得他动弹不得,压得他喘不上气来。

他突然想起了那个叫鲁芊芊的女大学生,她从36层的高楼上跳下时是什么感觉?

她是那么天真,面对感情义无反顾,她很善良,但是她不该开口问他要钱啊!

钱啊,他最知道意味着什么!这难道不是他应该给她上的进入社会的第一课吗?

黄志广已经听不到任何声响,他知道自己已经被填埋在了地下,犹如身坠地狱。

他多希望有一个人能来拯救自己,现在他愿意把所有的钱都捐给慈善基金会,重新来过,重新做人,做一个好人。

他想起了那个姓彭的年轻警察,他从来没有像现在这么渴望见到警察,见到中国警察。

他用力地呼吸,他不知道土壤缝隙里的这点氧气还能支持他活多久。

很快,他就陷入了缺氧状态,裤裆一热,失禁了。

悔意就在一瞬间爆发:自己为什么没有给她那笔钱,她也是被人逼上绝路的啊,自己为什么不能在那个时候轻而易举地救她于水火,她那么年轻,那么漂亮,那么善良,那么深深地爱着自己……

或许一切都是报应……

2

以有涵养著称的刘强居然拍了桌子:"彭大为失去了理智,失去了大局观和服从意识,在没有有力证据和逻辑研判的情况下擅自采取行动,造成不可估量的损失,我建议即刻令其停职反省,准备接受组织调查。"

会议室里的关副厅长等其他领导齐刷刷地看向隋震霆,都在等待他的表态。

"我支持刘厅长的意见,但还想说几句自己内心的感受。"隋震霆沉默了一会儿,抬起头望向刘强,"一个警察的成长要经历很多事,刘厅长知道我的,也不是一下子就成了今天的我,盛名之下无侥幸,当年我也因为冲动犯过不少错,更遑论当警察要经历多少风险与考验。我们都是普通人,都曾经像彭大为一样年轻过。就好像这次扫黑除恶,全国各地有多少公安干警出了问题,但是不能因为出了问题就否定他们的全部……"

"隋局长,今天我们开会讨论的是彭大为。"刘强看看腕表,似乎在提醒隋震霆时间很紧,大家都很忙。

隋震霆今天似乎要坚持说完心里话:"用人应当看其长处,有时候还要敢于护短。干公安的,越是能干的身上小毛病越多,这个或许才是保持我们公安队伍稳定、不寒人心的关键。"

"你们市局把他涉嫌受贿的材料发到省厅又是什么意思呢?"刘强实在不想再打太极拳了,没完没了地绕弯子。

"他是省厅下来的干部,我们更需要慎重对待,有情况也要第一时间向厅里报告。"隋震霆的意思很明确,市局只是照章办事。

"隋局长爱警护警人人皆知,慎重对待彭大为也是好的,但我们今天开会总要有个结论。"关副厅长看刘强低头擦老花镜,斟酌了一会儿道,"隋局长,毕竟彭大为现在是你们市局的扫黑支队支队长,你先拿个意见吧!"

"你看看,现在的网民还有没有点基本的客观立场了!"张立国说的是网上涌出的另外一种声音,也代表了很大一部分人的态度:这些类似安岛集团去美国割韭菜的中国公司在骗老美的钱,把福利给了国民,这是英雄企业。因为彭大为报仇心切的自私行动和罔顾证据链并不完整的鲁莽举动,让整个中概股损失上千亿的市值,这才是民族的罪人。

"股民情绪失控,所有人都将责难全部归咎于彭大为。"张蕾替彭大为鸣不平,"他不就是一个警察嘛,能对上千亿负责吗?放眼全世界也没这个逻辑!"

"你刘叔这次的处理决定也有些过了,虽说要从严治警,但也得分人分事啊!"张立国知道张蕾一直在替彭大为鸣不平,放慢语气抚慰女儿,"爸爸想起新中国空军第一任司令刘亚楼上将就处理过一个类似的事情,他的处理方式就很让人钦佩。"

张蕾挪了下位置,坐得离父亲更近些。

"抗美援朝的时候,美军的一架侦察机越过中越边境进入我国境内,我方派出一架歼6战斗机迎战。歼6战斗机最高能飞一万七千米,而美军侦察机最高能飞两万米,咱们的这个飞行员小伙子死咬住对方,开了三炮但都没打中。这个小伙子赌气,不打下美机决不罢休,于是开足马力,想撞掉敌机,同归于尽。谁知道,歼6失控了,不仅没撞到敌机还掉了下来。那个飞行员小伙子在最后时刻跳伞逃生,飞机则坠落爆炸。"

"然后呢?"张蕾像是回到了小时候入迷地听爸爸讲故事的状态。

"然后呢,飞行员的上级领导要严肃处分这个小伙子!材料报到刘亚楼上将那里,刘亚楼说小伙子虽然有些蛮干,但更该看中的是他英勇无畏的战斗精神,如果我们的队伍里都是这种不怕牺牲的战士,我们的队伍也将是战无不胜的。"

张蕾按捺不住猜测结局:"最后,刘亚楼上将既没有处分这个飞行员,还表彰了他,是吗?"

张立国点了点头,陷入了思考。

"完全一样的事情,放到现在,彭大为就被这样处理!我们好像严格了纪律,其实失去了警察最宝贵的勇敢无畏和对正义的执着追求!"

张立国欣慰地点点头,很高兴女儿在这个问题上能有这样的认识。现在的领导都怕出事,出事了就会影响政绩和仕途,久而久之,大家都追求四平八稳、明哲保身,没有人再敢为正义出头了。

"蕾蕾啊!知道你想让爸爸给彭大为说说情,但是现在网上也扯出了你,指向了我。"张立国经历过太多大风大浪,他并不是事不关己高高挂起,而是在这个事情上他确实没有插手的道理。

知父莫过女,张蕾刚回来跟父亲求助,并不是立刻需要他做什么,而是想知道父亲对待这个事情的态度。刚才父亲讲的刘亚楼司令的故事,已经让她吃了定心丸。

"好了好了,你们俩天天说些没用的事儿!赶紧吃饭吧!"张蕾的妈妈把菜端上桌,摘下围裙发牢骚,"我是真不愿意回来,回来就给你们父女俩当厨子!"

张蕾的妈妈之前是省人民医院办公室副主任,去年办了病退。国内上半年控制住新冠疫情后,她先是陪张立国去中央党校学习,培训结束后张立国回省上班,她又独自飞到青岛去旅游,那里有她大学时关系最好的舍友。

她今天赶回来,也是看到了网上的各种新闻报道,放心不下丈夫和女儿。

一家三口好久没有坐到一起吃晚饭了,张蕾的妈妈炖了砂锅鲍鱼汤,还炒了一道拿手的爆炒肥肠。

"妈,我觉得你退休后抱怨尤其多,好像上班受了几十年委屈,现在都得发泄出来一样。"张蕾不耐烦地坐上桌,下手抓了一圈肥肠扔到嘴里。

"你这样还像是个大家闺秀吗?"张蕾的妈妈拿筷子敲女儿的手,"不为了你们父女俩,我还用提前病退?我打报告时,我们医院陈书记千留万留,说马上就要给我提拔到副厅级呢!"

"你怎么还惦记这事儿呢?那是要提拔你吗?"张立国放下手上的报纸,不耐烦地坐到餐桌旁,顺手也拿起一圈肥肠扔到嘴里。

"就是!"张蕾趁母不备,又迅速地抓了一圈肥肠扔进嘴里,"谁不知道你们那个陈书记的儿子在省武警总队当兵,总想转业到我爸那儿去!"

"你说你像是个副部级干部吗?蕾蕾就没跟你学点儿好的!"张蕾的妈妈端庄地给老公和女儿盛汤:"陈书记那儿子我见过,挺能干的小伙子,虽说没上过大学吧,但有眼力见,比彭大为可是强百倍!"

张蕾把筷子一撂,张立国朝着老伴儿赶紧使眼色,故意调侃:"我这整天在外面端着,就回家才能做个正常人嘛!"

张蕾她妈根本就没打算跟着张立国和稀泥:"你在家里也不正常啊!家里也要搞一言堂?还不让我这个当亲妈的说句话了?给你个省部级领导当太太,我沾不上什么光,我再让我女儿嫁给个连你都不如的小警察?"

张蕾什么都不吝,最在意的就是父亲张立国的尊严,看到母亲因为自己的感情问题如此诘难父亲,张蕾过意不去了:"妈,我跟彭大为已经结束了。您还不知道您女儿的性格吗?说出去的话,射出去的箭。"

张蕾她妈把手里的饭碗往桌上一蹾,拉开了架势:"我还没跟你正式谈这个事情呢!你怎么就不能长点儿脑子啊!刚脱虎口,又入狼窝,找了个农村来的警察!你到底是怎么想的,是怕嫁不出去了吗?"

张蕾两眼直直地盯着母亲:"我终于知道为何大为在北京跟你说过话后,

回来就下定了决心跟我分开了。"

"那可跟我没关系。"张蕾她妈故作轻松地盛了一碗汤,"老张,你也尝尝,我这次从青岛带回来的干鲍鱼,熬汤真香!"

"好了,蕾蕾,饭桌上就是吃饭的,不说这些了。"张立国安抚女儿。

"爸,我以后结婚,绝对不会做那种势利庸俗的女人。否则既毁夫妻感情,又影响孩子的婚姻。"

"哼哼,你能像我一样嫁个有前途的男人也行啊!来,老张,把我这个鲍鱼也给你,好好补补,当官儿的就得每天红光满面!"

"我爸一不爱吃海参,二不爱吃鲍鱼,妈你就别逼他了!"

张蕾的妈妈把汤碗一蹾,汤汁四溅:"我逼你,我逼他,我难道没有逼自己吗?我不都是为了这个家好吗?"

彭大为接到被停职的通知时,正在办公室的电脑前发呆:各大网站头条首页都出现了他的负面新闻,微博上那些视频动辄就是几十万的点击量,被分享了成千上万次,而且点击量和分享数一直在不停地攀升。

彭大为隐约觉得这一切都有幕后推手在故意炒作,但面对这样铺天盖地的态势,网安支队都没法反查,因为居心叵测的人一定用的是国外的代理服务器散布的信息,甚至最后连电子证据也不会留下。

彭大为深知即使自己提起申诉,往上申请权限、核实,等流程走完基本上案子也已经全耽搁了。

而且,现在有很多网民,对于抹黑警察的负面新闻,也都乐得火上浇油,唯恐天下不乱。

这次显然已造成了重大的社会事件,舆论失控,完全失控。

彭大为硬撑着出了门,两条腿发麻,身心虚脱。市局大楼里那些异样的眼光还有那些叽叽喳喳的议论声让他濒于崩溃……

他敢想象,关于自己的非议很可能在全市、全省、全国,乃至全世界同时发生……

他不敢看手机里的微信和短信,他不知道那是一些无谓的安慰,还是幸灾乐祸的虚伪关心……

出了楼,彭大为才发现天已经全黑了,而且不知何时下起了雨。

路灯的光线虚幻不清,笼罩着深不可测的市局大院。

彭大为不知道自己是怎么把车子驶上马路的,直到发觉车内空气似乎变稀薄了才摇下车窗,冷风带着雨丝从车窗外冲进来,他深深地呼吸了一口气。

他打开雨刷,前方是一片无尽的黑暗,犹如他目前的处境。

从当年进入公安大学第一天穿上警服开始,彭大为犹如父魂附体,那样自然而然,好像他本来就是为了当警察而来到这个世界上的,之前的所有荒唐不过是成长中的前奏花絮。

人的成长往往就是一夜之间,一旦步入合适的轨道,之前的一切都成了烟云。

有时候彭大为也不理解自己年少时为何不爱读书,就爱打架,也不明白自己怎么就因为生理冲动跟张蕾在一起了。

从他意识到自己喜欢警察这个职业开始,他全身心地投入到了与这个职业有关的学习中去。他找到了吸引自己全部注意力的事业,他乐在其中,而且很快做出了令人刮目相看的成绩。他的从警道路可谓一帆风顺,可如今滑铁卢说来就来,简直就是兵败如山倒……

等红灯时,彭大为的身体无力地向后靠,头枕在座椅的皮头枕上,一抬眼刚好看到车内后视镜里自己的脸,那是一张颓丧的脸庞。

事情已到了难以挽回的地步,案子像是此刻车窗外的世界,浩渺无边,犹如一个无底洞、一个永远找不到出口的迷宫,自己在里面越陷越深,一个又一个看似是出口的地方最终证明不过都是海市蜃楼,怎么努力都触碰不到。

后面的车子鸣笛,彭大为才发现已经变成绿灯。他强打精神打着方向盘,向家的方向开去。

他和母亲还住在当年父亲分的政法小区,当年从逼仄的一间小平房搬到这里,一家三口欢喜了好久。如今这里已是清宁市略显陈旧的机关宿舍。

现在的年轻人但凡有条件的,都不太愿意住在这里了,剩下的大多数都是些退休的老人。

平日里院门口的空地上常有大妈跳广场舞,闹腾得很,今天下雨看不到一个人影……

回到家,母亲正失魂落魄地盯着屏幕上跌落谷底的股票唉声叹气。

彭大为默默地回到自己的房间,拉上窗帘。

此刻已是山穷水尽,他从来没有感觉到如此绝望。这不像他之前复习一门功课,也不像他练习搏击或者射击,那些考验是可以依靠天赋与努力得以通过的,身处如此复杂的案情、人情、官场和社会关系中,他才发觉一个人的能力是如此有限。

彭大为躺在床上,看着那盏老台灯,又回忆起今早跟隋震霆的那番对话:

隋震霆坐在车后座上,缓缓地降下车玻璃,冷冷地看着彭大为,一言不发。他脸上毫无表情,不怒自威,严峻的沉默像是无形的压力。

彭大为两眼布满血丝,脸上还有一些黑灰,衣服更是被火燎得千疮百孔,但他还是直视隋震霆:"昨晚的材料和贾文军死前的话都明确指认郭孚是黑恶势力,为什么不能抓他?"

隋震霆冷静地质问:"人证物证在哪里?"

"人证就是贾文军,物证就是那份郑强东的举报材料!"

隋震霆把手伸出车窗:"给我。"

彭大为无奈却不肯放弃:"那钊阳呢?他放走郭孚的,他应该很清楚内幕!"

"你昨晚打电话给我的时候,我正在亲自问你说的那个特警队员,他否认了你的说法。"

彭大为咬紧牙,心脏狂跳。

"你让开!我要带队检查安岛集团的安保部署,明天金融创新区成立大会,各级领导人要去视察!"隋震霆不再看彭大为,语气充满权威。

彭大为带着乞求:"隋局!"

"你的所作所为已经否定了我们清宁市公安局的战友们拿生命和鲜血拼来的荣誉,你的所作所为已经出卖了曾经救过你性命的亲兄弟,你若一意孤行,会众叛亲离,成为清宁公安的历史罪人。"隋震霆摇上车窗前扔下的最后一句话是,"对于郭孚,刘厅长的指示你是知道的。我只是局长。"

……

彭大为又想起研究生毕业前,去中央党校看望张立国,当时张蕾的妈妈也在,还没说几句话,张立国的同学过来了。

彭大为告别,张蕾的妈妈跟了出来。

中央党校的建筑错落有致,其间花木葱茏,清水绕园,亭台楼阁点缀其间。走到掠燕湖畔时,柳枝摇曳,锦鲤在湖中泛起涟漪。

一直没说话的张蕾妈妈突然开口了:"小彭考虑过下一步的发展吗?"

"毕业回去当好警察。"彭大为实话实说。

"警察这个职业很重要,但顾不上家,风险太高。"

彭大为听出这句话的背后有深意,停下了脚步,刚好看到一只灰黑色的松鼠从树干上一溜烟地跑下来,将头探到水面饮水。

"我跟你伯伯对你知根知底,你根正苗红,为人正派,很适合当秘书。"张蕾的妈妈这时候说话的口气越来越像是领导本人,"小迟不错,跟着你伯伯干了这么多年,也到了解决副局的火候了,所以得支持他发展啊!"

彭大为认识迟秘书,那可真是一个人精,不露声色,面面俱到,城府很深。

"蕾蕾从小在我们这样的家庭长大,虽然没有什么不良嗜好,但是毕竟也没吃过什么苦。"

彭大为没有接话,只是点头,他知道张蕾是对生活很讲究的,她之所以对感情可以这么执着也是因为有恃无恐。

"阿姨不知道你们现在的年轻人都怎么想的,眼见着你们俩认识这么多年,就没有下一步的打算吗?我问蕾蕾,她就烦我。看你,怎么不像是打算安家过日子的,阿姨担心啊!"

张蕾的妈妈望着湖面上一对游弋的鸳鸯道:"你还年轻,是该考虑成家立业的时候了,家不安定,事业难立啊!说这些你不会烦阿姨吧?当年阿姨可是一步一步地陪着你伯伯走到今天的,是过来人啊!"

"阿姨,我还是觉得事业没有什么起色,这时候成家时机还不成熟……"

"事业?你不好意思给你伯伯当秘书,可以考虑到省委综合部门历练一下,这样出口多,发展机会也就多。"张蕾的妈妈像是第一次见到彭大为,上下打量,"一表人才的,换身衣服,马上就不一样了。"

"阿姨,我挺喜欢当警察的,不想干别的。"

"蕾蕾跟我说了,你也可以将编制还放在省公安厅,人可以先到其他单位。这些都不用担心,阿姨来办。"

"对不起,阿姨!这次再回公安大学读研究生,我更喜欢这个职业了,而且以后想再离一线近一些。"彭大为差点儿就要说"跟我爸一样"了,但是他没说,因为他看到了张蕾妈妈的表情。

张蕾的妈妈像是看到了一个怪物,又像是在看一坨扶不上墙的烂泥,许久才叹了一口气:"小彭啊,你年轻,不知道什么叫出身,什么叫家世啊!"她下一句话倒也让彭大为有些吃惊,因为她引用的是《史记·蒙恬列传》里的典故:"始皇二十六年,蒙恬因家世得为秦将,攻齐,大破之,拜为内史。"

彭大为明白她的意思,《史记》中诸侯的传记叫作世家,那是封建社会中门第高、世代做官的人家。

那一刻,彭大为什么都没说,因为他突然醒悟到自己和张蕾为何这么多年走不到一起的原因了:不是没有感情,不是张蕾不够优秀,而是她骨子里透出来的那种自信的任性——想得到什么就必须要得到。

那一天,彭大为意识到自己和张蕾之间其实存在着一条鸿沟,这条鸿沟被有的人称为"门不当户不对",而他知道那是青春昂扬时不会在意的事情,但在人生长河中又时刻存在的。

少年时的激情和甜蜜随风而逝,没有任何回来的迹象。张蕾和他虽然都不愿意提及"分手"两个字,但是应该都很清楚最终的结果。

之前,彭大为认为这份感情会无疾而终,现在看来还是有"疾",这便是现实条件对人的三观的影响。

现在这个社会中,有很多人想攀高枝、走捷径,但那恰恰不是彭大为想要的,甚至是他骨子里根本就反感的。

如今看来,如果当时听从了张蕾妈妈的安排,自己此刻就不会深陷泥潭了?成熟的人不会像自己这样选择吧?

是不是她早已看出自己并不具备从基层摸爬滚打建功立业的能力?这就是不成熟的人往往自恃过高吧?

但是,自己真的可以不当警察吗?真的可以置身于这个案子之外吗?

这对得起死去的父亲吗?对得起当年入警时的宣誓吗?

难道现代人已经对于责任、使命、担当、荣誉这些大词心生反感了?甚至把宣誓这些仪式看作是一种并不走心的形式主义了?

这就像是清宁这座城市,高速发展,日新月异,一段时间没路过哪里,再去就会发现突然矗立起来一座高楼,或者架起一座立交桥。但是繁荣的表面之下,精神却被挤得无影无踪,甚至浮华遮盖住了越来越多的腐败、虚伪,还有阴暗。

事态发展到现在,令他觉得荒谬,甚至恐怖,一个烈士的儿子,一个公安大学的高才生、扫黑支队的支队长,居然因为涉嫌违纪违法而被停职,还惹下了弥天大祸。

他想起父亲曾经说过:"你当不了一个好警察,你不是真正勇敢,就无法坚持做好对的事情。"

如果说当时的彭大为确实不懂事的话,但父亲的牺牲让他迅速成长了,他一心要走正道,要当一个好警察,要做一个真正勇敢的人,要坚持做好对的事情。

但这些坚持怎么会这么难呢?这些坚持难道错了吗?

如今,他连支队长都当不了,遑论要证明自己的勇敢。最令他锥心的还是同时失去了侦破案件的关键人证和物证,功亏一篑。

彭大为情绪汹涌,父亲的那句座右铭又跳了出来:"信仰就是在面临生死考验时依旧能坚持到底!"

他尝试着再给自己做心理辅导,提醒自己一定要挺住,无论遭受到多大的打击,都要英勇面对,但他的视线还是模糊了,热泪悄悄地涌出眼眶。

男儿有泪不轻弹,只是未到伤心时。

他默默地念诵父亲的座右铭,慢慢地止住泪水。他反复拨弄台灯开关,台灯时明时暗。

明暗之间,他想起儿时,有次临睡前,父亲彭爱国给他念过一段《三国演义》中曹操煮酒论英雄的章节,那时候他也听不懂,迷迷糊糊地快要睡着时,父亲起身要离开,他立刻睁开眼,拉住父亲不让走。

父亲蹲在床头,耐心地跟他说:"不要害怕黑暗。光明的上面会有阴影,阴影的上面总有阳光,关键是找到开关。"父亲就用床头柜上的台灯示范:"只要你找到这个开关,那黑暗就立刻消失。"

彭大为身心俱疲,想起身放张唱片都没了力气,慢慢进入了无边的梦乡,黑暗的梦乡……

屋子里黑暗逼仄,却又有很多人在穿行走动。走到彭大为面前的人都有一张膨胀的脸:刘强和隋震霆持枪相向,互相攻讦对方是黑恶势力,一声枪响,倒下的人居然是彭爱国;太平间里的贾文军突然坐了起来,掀开白布,露出一身严整笔挺的警服,大步流星地推门而去,门口站着的警卫居然是浑身一丝不挂只戴着墨镜的钊阳;胖子捂着脸,无声地哭泣,泪水像泉水一般从指缝间流淌出来,很快没过了他的膝盖,胖子漂浮了起来,双臂划水,脸露出水面吸气时,居然变成了胡光耀的脸;王宇明把一摞资料狠狠地扔到了郭孚脸上,抽出腰带狠狠地抽打着郭孚,郭孚在地上无声无息地滚来滚去,王宇明狂然大笑,笑着笑着就变成了苏建;鲁芊芊被一个戴着黑色面罩的男人压在身下,她赤裸的身体散发出青色,四肢犹如一条条蛇,紧紧地缠绕着那个男人,那个男人虽然戴着面罩,但彭大为知道那是郑强东,也就是一瞬间,鲁芊芊变成了郭晓冉,她摘下了正在驰骋征战的男人的面罩,面罩后面的人居然那么眼熟,却不是郑强东,那不就是彭大为在镜子里看到的人吗?彭大为觉得恐怖,想要戴回面罩,却被郭晓冉紧紧地搂在胸前……

彭母推开儿子的房间门,无奈地看着躺在床上的彭大为,郭晓冉摆摆手,独自走了进来。

郭晓冉仔细端详床头墙上挂着的照片,那时候的彭大为估计只有五六岁,手拿玩具枪和穿着警服的父亲站在一起。

郭晓冉低头端详正在酣睡的面庞,跟照片里的彭爱国长得真像,倔强的神情如出一辙。

郭晓冉走到窗前的写字台前,看到书架上都是一些犯罪和侦查学的专业书籍,还有几张CD,其中一张就是几天前来清宁举办钢琴独奏会的那位钢琴家的专辑。郭晓冉把CD送入唱片机,按下了"PLAY"键,熟悉的旋律瞬间溢满房间。

从在学校里遇到彭大为开始,郭晓冉就心神不宁,一种无法描述的情绪缠绕着她,她鬼使神差地上网搜到了许多彭大为的消息:有他当年在公安大学读本科时夺得全国警校警务技能大比武冠军的新闻,照片里的他一手叉腰,一手举着奖杯,腼腆地笑着;有他入职公安厅后破获一起境外黑社会向境内渗透的大案,新闻里对案情语焉不详,提到了彭大为因此荣立个人二等功,里面有一张抓捕现场的照片,彭大为在扭头看着什么,脖颈的肌肉突了出来,眼神很凌厉;有他前段时间警务硕士论文答辩后,即将离开公安大学前,救下校门口坠河的儿童却对媒体"无可奉告"的坦然;还有他前日参加市局新闻发布会,在聚光灯下敬礼,眼神带有一丝迷惘⋯⋯

郭晓冉的眼睛一寸一寸地从彭大为的脸上抚过:才短短几天时间,他瘦了很多,腮帮子都露了出来,头发如同乱草,胡茬参差,嘴唇干裂,嘴角都是泡,眼角和脸颊上还有尚未干透的泪痕。

那一刻,郭晓冉感到心疼。

她坐在床边,不禁轻抚他的脸颊,他的皮肤还是光滑有弹性的,她轻轻整理他的刘海,露出了那个"√"。

十四年过去了,这个伤疤依然留在他的发根处,犹如一枚印在郭晓冉心底的勋章。

到底是一种什么样的精神和力量可以让他在少年时就那样勇敢?还让他在成年后可以拼尽全力,不惜与权力和财富甚至全世界为敌?

郭晓冉之前从未见过具有这种胆量的男子,这是前几天自己见到的那个还带着一丝孩子气的彭大为吗？到底哪一面才是真实的？

彭大为似乎在做什么激烈的梦，嘴里发出奇特的声音……

他微微睁开眼睛，眼神并不聚焦……

彭大为睁开眼睛时，以为自己还在梦中，他不知道为何会在这种处境中梦见郭晓冉，还在梦里面和她赤裸激战着……

他不知道，人在高度紧张和焦虑的时候反而会刺激荷尔蒙突增，好像是依靠本能的坚硬来抵御无边的恐惧。

郭晓冉也察觉到了彭大为鼓起的身体部位，脸一红，轻轻别过脸去。

好一会儿，钢琴曲也弹奏到了高潮阶段，彭大为清醒了过来。

他用双手揉了揉眼，确定眼前是郭晓冉，耳边是《梦中的婚礼》的旋律。他用孩子般的口吻天真地问道："是你吗？"

"是我。"郭晓冉用对孩子说话的口吻道。

彭大为突然觉得天地间一定是有某种神秘的力量左右着人与人之间的关系，他梦见了郭晓冉，郭晓冉就出现在了他的面前，这是一种天人感应吗？

"我看到那些新闻了，我是学经济的，知道我父亲到底做了些什么。"

彭大为这才回过神来，扯过外套盖在腹部，眼睛直勾勾地看着天花板："你不可能检举你父亲。"

郭晓冉哽咽了，这几天她经历了太多，无异于从天堂坠到地狱。

昨晚王宇明也劝她"亲亲相隐"，那是在中国古代为了维护宗法伦理和家族制度的古老传统，亲属之间有罪得相互隐藏，不告发，不作证。

但是，如果她不走出这一步，还会有多少人坠入无底深渊？多少？

她不敢想，又不能不想。

"我不愿意检举我父亲，但是我心里无法想象那些因为我父亲而失去了父亲的人们……芊芊是我最好的朋友，我摆脱不了良心的谴责，我不知道我父亲还会造成多大的罪孽。而且……"

郭晓冉凝视着彭大为的额头,欲言又止。

一摞材料在彭大为眼前晃动:"这是我从我父亲的保险柜里复印出来的。"

彭大为呆了几秒钟,坐起来,拿过资料翻阅,越翻越快,不禁喃喃自语:"当时我来不及细看,但应该是一样的!"他一拍脑门:"我怎么就没想到那份检举材料丢了,你还会有备份啊!"

郭晓冉泪眼中带着深深的迷惑:"哪份检举材料丢了?"

"就是你放图书馆的那份,你没来,女杀手给偷走的那份!"

"女杀手?"郭晓冉擦擦眼泪,更迷惑了,"我只有这份材料,那晚我爽约了,没有去图书馆。"

"你那晚约我去图书馆见面,你没来,却来了一个女杀手要杀我,我从她身上发现了一份郑强东检举你父亲的材料,跟这份一样。"彭大为说着说着,突然不说话了,他意识到自己忽略了什么细节。

彭大为跳下床,左手拿着郑强东的检举材料,右手擎着笔,赤着脚在屋里的白墙上直接开始写写画画。

他结合郭晓冉再次提供的举报材料,进行沙盘推演,发现了大的问题,他自言自语:"鲁芊芊的死是整个事件的导火索,她的死应该跟你父亲没有关系,因为在这个关键时刻,你父亲才是最怕出错的人。"

笔没水了,他又从桌上找到一支,继续在墙上写写画画。

郭晓冉从来没有见过一个人可以为了工作投入到这种状态,灯光映照着他肌肉紧绷的脸庞,坚定而严峻的目光犹如两道闪电。

她忍不住拿出手机,悄悄拍下了几张彭大为的侧影,镜头里的他如同一尊大卫般的雕像。

彭大为甚至都没有听到郭晓冉手机拍照时发出的微小快门声,他沉浸在复杂的思绪里,并逐渐累积出一条清晰的思路,他越来越强烈地感觉到自己好像从一开始就处于被动状态,一切都在被某个人的计划牵着走。

很快，墙面上就被画满了箭头，串起了很多人的名字：刘强、隋震霆、钊阳、贾文军、杨韵颖、郭孚、郭晓冉、王宇明、鲁芊芊、郑强东、黄志广……

郭晓冉没想到彭大为的字写得那么好，连他飞舞的手腕和修长的胳膊都充满着一种力量美……

她把自己的注意力努力从眼前这个男子的身体上转移开来，看着满墙的时间、人名和箭头问道："为什么你画的这些图里面出现最多的是王宇明教授啊？"

彭大为退后半步，再看自己在墙上画的推演图，发现果真如此：王宇明在公安厅授课讲"临界点"；王宇明在教室里授课继续讲"临界点"；王宇明在精神病医院说郭孚是贾文军的"账房先生"；鲁芊芊是王宇明的学生；王宇明与公安系统的领导很熟；王宇明是郭孚女儿的老师；王宇明是苏建曾经的同事……

彭大为自言自语："如果王宇明是整起事件的幕后策划者，那郭孚也不过只是一枚比贾文军更大的棋子，那这个'保护伞'又是谁呢？"

"你写了这么多人的关系图，还忽略了一个人。"

"谁？"

"成小山。"

"小山？隋震霆的儿子？"彭大为不敢相信，他记得当时他去公安大学读警务硕士时，成小山还在国外。

"对，他是王宇明在国外时候的研究生，他们两人一起回国的。"

彭大为僵立在屋里，眼前浮现出一幅幅画面：联合扫黑行动那晚，隋震霆作为公安局局长持枪出现在下水道出口那里的海边，试图枪击贾文军；隋震霆说亲自核查过检举钊阳的那名特警队员；还有老牛曾经提起过十四年前父亲牺牲那晚，现场唯一的人证就是隋震霆……

也就是那一刻，彭大为想起自己刚从北京进修回来，刘强有意任命他去清宁市局担任扫黑支队支队长时，跟他讲过的一席话。

当时,刘强坐在办公桌后沉思了许久,突然问他:"如果派你到清宁市局任扫黑支队支队长怎么样呢?"

当时彭大为颇感意外:"刘厅长……"

因为父亲牺牲在清宁市局的岗位上,不知是出于迷信,还是内心的某种潜在的恐惧,彭大为从来没有动过到市局工作的念头。

"现在清宁的情况这么复杂,扫黑除恶到了攻坚阶段了,你这把尖刀总在省厅有些可惜啊!"

彭大为心领神会:"您是希望我去做一番事业?"

"说事业或许有些大,但在这么紧迫的时期,你或许能干成些事儿!扫黑支队支队长的工作到底怎么搞,在方法上要灵活,不能只听别人说,也不能光看表面,不顾背后的本质。你要放下身来,认真观察和研究你周边的每个人,即使是非常熟悉的人,也要了解他们的习惯和好恶,还要洞悉他们的社会关系。在研究透这一切之前,你就如同一个闯到戏剧舞台上的人,赤裸裸地暴露在明处。你如果轻易表达自己的看法,很容易被不知哪儿来的冷枪射中。"

郭晓冉看着呆立的彭大为,越发明白自己为何看不上成小山了。根本原因是成小山不足以让自己放心,而彭大为这样性情十足的男人,内心充满正义感,这样的男人一旦开了窍,必然会发挥出理性的力量和智慧……

这时,老牛打来了电话:"胖子说送你手表的事情是钊阳怂恿他的。喂,小子,你还在听吗?"

彭大为脑海中的关系线更清晰了,他用力地点头:"在听。"

"还有死在图书馆的那个女杀手,已经查明了她的情况……"

彭大为安静地听着老牛的调查结果,如同在听一部草蛇灰线、伏脉千里的传奇故事,根本就不像是现实生活中发生的真事。

老牛最后告知彭大为,根据线人透露的消息,黄志广在邻国地下赌场已被"撕票"。

—— 286 ——

第五章 倒数第二天

所有故事的来龙去脉已经在彭大为脑海中一一呈现,一个故事套着一个故事,此刻谜底全部揭开了,他豁然开朗。

"你流鼻血了!"郭晓冉的惊呼叫醒了沉思的彭大为。

彭大为用手背随意地抹去黏稠的鼻血,突然调皮地笑了:"这是把我逼得来月经了,嘿嘿……"

郭晓冉不以为意,她这才意识到自己这么喜欢看到彭大为的笑容,甚至超出了她自己的想象。

"真的没有想到会柳暗花明又一村,一切这么突然,这么偶然!"

"不突然,也不偶然。"郭晓冉还想说这或许就是"善缘",但说出口的却是,"来得及吧?"

"警察警察,警于事前,察于事后,一切为时未晚。"彭大为手忙脚乱地穿上衣裤鞋子。

刘强关灯,躺下却翻来覆去睡不着。

就在刚才,秘书跟他报告刚退休的闫厅长因心脏衰竭,突然住院,正在急救。

刘强是亲眼看着闫厅长几十年如一日地在持续高速运转,几乎很少休息,如今刚退休不久身体就垮了下来。

都说公安工作压力大,如果不当工作狂,连手头的工作都忙不完,都说领导干部压力大,许多人嗤之以鼻,其实被累死的领导干部大有人在。

刘强的血压原本挺正常的,但近期时不时地就会突破一百四十这条警戒线,直接影响了他的睡眠质量。他越来越怀念年轻的时候:累了,在哪儿都能睡着,在哪儿都能睡得沉,无论睡多久,醒了都精神抖擞。

这几天接二连三的意外,不断挑战着他脆弱的神经。

最近他还多了个毛病,晚上九点左右,总会控制不住地打一会儿瞌睡。回过神来后又会特别亢奋,可以一直工作到后半夜,但后半夜躺下却时常半梦半醒地到天亮。

他祈祷今晚能睡个好觉,因为明天将是一个极其重要的日子,他必须打起一万分精神。

但是,绷着的弦就是松不下来,他始终有种预感:要出事,而且很可能是出大事。

这种预感近期一直盘旋在省委省政府的决策层中,也盘旋在他的头顶和身边。

隋震霆近期的一些反常表现让刘强很担心,彭大为的作为更是让他伤透了脑筋。

就在他翻来覆去之际,床头的保密电话铃响了。

刘强叹口气,打开台灯,戴上老花镜,看看电话号码,是中央扫黑除恶督导组领导的电话,他直起腰,像是与上级首长在面对面地讲话……

挂断电话,刘强拨打了几个电话。

他穿上警服,低头系鞋带时,床头柜上的手机屏幕亮了,是彭大为的电话。

刘强站起来,跺了跺脚,像是要把皮鞋上的灰尘全部抖掉,这才接起了电话……

第六章　最后一天

1

市公安局从局长隋震霆到下面各个科所队,所有部门一把手都在岗,等天一亮金融创新区成立的大日子就到了,警队上下不敢有一丝松懈。

清宁市公安局的保卫处处长今年整六十岁,下个月就要退休了,今晚他也在值班。

在这个岗位上工作了三十多年,他从来没有见过午夜时分有这么多外单位的车子来市局大院的,前面打头的居然是省直机关的开道警车,第二辆车上还坐着现在整个省里最高的警察首长——公安厅常务副厅长刘强。

保卫处长不知道的是后面的三辆车子上坐的分别是中央扫黑除恶督导组的负责同志、省纪委监察委督查室的负责同志和省委政法委的负责同志,最后一辆车子是一辆运警车,装满了省公安厅特警总队长亲自挑选的公安厅特警队员。

隋震霆办公室里的灯亮着，门也没锁，却不见人影。

秘书说一个小时前还在陪着隋局长在市局大院里遛弯儿，后来隋局让他先回值班室了。

保卫处长说是看见隋局长在院子里独自遛弯儿，在大松树底下站了好一会儿，也不知道何时离开的。

中央政法委督导组的负责同志望着办公桌后墙上的那幅"胸怀大志"，又看了看落款，知道是清宁市书协主席，也是全国知名书法家的作品，轻轻摇了摇头。

刘强的余光看到办公桌上摆着一个空烟盒，临时拿来作烟灰缸的一次性纸杯里全是烟头。

刘强知道隋震霆从当上公安局局长那一天就戒烟了，而今晚，他居然抽了一整盒。

纸篓里有一团纸，刘强拣出来展开，上面反复写着四个字——"腹有良谋"。

刘强摸了摸毛笔的字迹，看看办公桌上尚未干透的墨汁和毛笔头，估计隋震霆离开的时间不长。

和各位领导商量后，刘强开免提给隋震霆拨了个电话，眼神飘向窗外，看到了那盆富贵竹因没有被及时浇水，叶片委顿地下垂着。

隋震霆接起电话的第一句话就是："我主动投案。"

这一年多来，主动投案的官员越来越多。主动投案深刻表明了问题官员的"幡然醒悟"，某种程度上也是反腐力度逐渐由隐形增加向显性增加转折的标志。

刘强看着周围各位领导的表情，仿佛征求了一圈人的意见，这才问道："你在哪里？"

"我来看看爱国,以后可能没有机会了。"隋震霆的口吻变得感伤,"留置我之前,恳请老班长给我十分钟,有些话我想单独跟您说。"

深夜的烈士陵园,墓碑一排排地伫立,周围的苍松茂密成林,寂静中偶有乌鸦鸣叫。

一片乌云飘过,挡住了月亮。

隋震霆拧开茅台酒的盖子,把酒缓缓倒在墓碑前。

埋在碑下的人,如果现在还活着也应该是五十四岁了;如果还在警队,应该起码也是市局副局长的职务。

而此刻,他除了拥有一个大理石墓碑上两行简单的文字,还有什么呢?有多少人还记得他呢?

瓶中的酒都倒了出来,隋震霆头顶在墓碑前的青石板上,纹丝不动,长跪不起。

这块墓碑右上角有一帧书本大小的彭爱国的警服证件照,下面是两行拳头大小的烫金阴刻文字,第一行是"彭爱国",第二行是"1966.10.16—2006.5.19"。

血液倒流进大脑,隋震霆一阵阵发晕,过去那些时光却无比清晰地闪现出来:十五年前,隋震霆和彭爱国双双因为赫赫战功,实至名归地同时晋升为支队长,用时任公安局局长刘强在经验总结会上评价他俩的话说是:"搭档就要彼此信赖,亲密无间,对方一个眼神、一个动作,甚至呼吸节奏的改变,都能知道对方想要什么。"

升职的那晚他俩谁都没见,关起门来掏心窝,喝大酒。隋震霆记得当时两人喝多了抱头痛哭,哭对各自家庭的亏欠,哭各自儿子都没令自己满意,哭这些年将脑袋拴在裤腰带上的日子并不好过……

十四年前的一夜,隋震霆和彭爱国带队,冲锋陷阵,横扫"山义帮"老巢。

"山义帮"老大贾文军在贴身保镖的冒死保护下,驾驶汽车逃跑。彭爱国和隋震霆乘胜追击。保镖开车时慌不择路,最终开到了清宁的一处荒凉的海滩,前无去路。贾文军和保镖下了车,与同时跳下车的隋震霆和彭爱国持枪对峙,这时远处传来警笛声,警力支援部队马上到达……

走投无路的贾文军看着隋震霆,一语惊人:"你儿子在国外,所有的钱都是我出的,你现在要杀我?"

彭爱国惊愕地看向隋震霆,试图确认此话的真伪。就是那一秒钟,贾文军趁机开枪,彭爱国中弹倒下。

彭爱国倒下前一直难以置信地看着隋震霆,隋震霆想逃避开那个眼神,但是鬼使神差地就那么与彭爱国对视着,直到彭爱国的双眸失去了生命的光彩。

那一刻隋震霆想哭,想叫,想杀人,他甚至想杀了自己!

呆立当场的隋震霆是被另外一声枪响惊醒的,贾文军居然用彭爱国的枪射杀了他自己的保镖,以胆大著称的隋震霆像孩子一样,张大嘴巴看着贾文军的保镖倒下。

贾文军蹲下,熟练地处理现场的指纹:"你若现在开枪,今天所有的事情都会被传出去。"

隋震霆用余光四处张望,暗处有个摄像头的灯光一暗,有人潜进了无边的黑夜。

后来他才知道,那个藏在暗处的人是郭孚。此人居然就在那个地方兴建起了安岛大厦,他是想把所有的滔天罪恶都压在地下永不见天日吗?

贾文军伪造好彭爱国和保镖互相射杀身亡的现场,双手向前一伸:"我给你做英雄的机会,但是你要记得,你和你儿子都欠我的。"

隋震霆给贾文军戴上手铐的下一秒,支援部队的警察们就冲了上来……

隋震霆直起腰,双手撑在膝盖上,适应了一会儿,把凌乱的刘海捋捋,抬头看着墓碑上彭爱国永远停留在壮年的面容。

隋震霆上次来到彭爱国墓前,还是来参加彭爱国的葬礼。那一天,隋震霆好像自己也死了一回,紧紧地搂抱着还是少年的彭大为痛哭流涕,他不知道那天他是不是也在哭自己,但他知道从那天起以前的那个隋震霆和彭爱国一同下葬了,留下来在世上苟延残喘的只不过是一个傀儡,一具行尸走肉。

而如今,彭爱国的儿子还是找出了真相,冥冥之中,难逃命运……

谁说悬崖勒马为时未晚?

一失足成千古恨。

一列车队,穿行在郊区的林荫道上,最终停在了烈士陵园的门口。

刘强没等车子停稳,开门下车,独自迈上台阶,当看到一进门的广场上的那组顶天立地的英雄塑像时,他放慢了脚步。

这组群雕建于1979年,是为了纪念1949年解放清宁前夕英勇就义的五位英雄烈士,他们戴着镣铐,横眉冷对敌人,临危不惧,视死如归。

刘强想起之前每年的党日活动,自己都会来这里纪念革命先烈,无非是随着年纪和级别的改变,他逐渐从后排走到了前排,甚至站在了讲话台上,可是他还是他,但是为什么有那么多人会变得连自己都认不出来了呢?

"钊爷为了保护清宁的兄弟们过上安稳日子,每天都没日没夜地奔波。今晚能请到我们兄弟心里万分崇敬的大英雄,是我们兄弟们的福分,我们先干为敬!"富态男子领众人敬酒,他戴着的大金链子分量很重,映照着他龇出来的一口大金牙,"苟富贵,莫相忘!"

钊阳盯着眼前满满的红酒杯,还有端着酒杯的手腕上缠着的纱布,那么触目惊心:"富贵的是你们各位老板,忘掉我这样的也很容易吧!"

桌上的人显然谙熟应酬的规则,脸上看不出一点尴尬,犹如没有听懂钊阳的话一般。

钊阳把切片鲍鱼塞进嘴里,却感觉平日里醇厚的鲜味变成了一种令人作呕的味道。

他想起小时候,父亲累死累活在土地上忙活一年都挣不到眼前的这顿海鲜大餐的钱。

钊阳太熟悉农村的生活了,太熟悉那种艰难和困苦会让人穷志短。他一直试图努力在清宁这座大城市里扎根发芽,但贫穷的家乡是他永远走不出的原生背景,也是他灵魂的腹地。

钊阳胸口堵得慌,如鲠在喉,"呸"的一声把鲍鱼吐了出来,抬手拿餐巾纸擦嘴,胳膊肘却不小心碰到了弯腰女服务员的乳房,触电似的把胳膊收回来。

女服务员不以为意,仍在他身边收拾餐碟,赔着笑脸给他斟酒。

"钊爷,怎么样?"大金牙找到了改变氛围的好机会,朝着钊阳淫邪地眨了一眼,下巴朝着女服务员点了点,"这个美人也是如假包换的大学生呢!比那个跳楼的漂亮吧?今晚你不享用,我们兄弟们可就不谦让了啊!"

钊阳示意让女服务员出去,女服务员如蒙大赦,脸憋得通红,满含泪水地转身离去,钊阳从她暴露的旗袍腰部看到了一个晃荡的号码牌"⑦"。

钊阳用餐巾纸抹抹嘴道:"也该让黄志广回来了吧,刑侦那边很重视,已经报到公安部了。"

船舱里一时间安静了下来,众人面面相觑。

大金牙像是没有听到钊阳刚才的那句话,双手把杯子举到额头高:"要不是您,公检法司工商税务这些衙门我们兄弟咋对付啊!您就是我们的再造恩人!我们敬一下就要荣升最年轻的市公安局副局长的钊爷!咱们先干为敬,钊爷随意!"

"你们把他怎么了?"钊阳紧追不放。

"原本不就是想让郭孚把他那点儿股份吃下来嘛，现在郭孚都这样了也没戏了。"大金牙扒出虾仁，蘸了点儿芥末，放到嘴里，深呼吸，闭上眼，很享受地咀嚼。

"你们把他怎么样了？"钊阳不敢说出他猜到的结果。

"在钊爷的帮助指导下，我们帮他出了境啊！谁知他把海洋动物馆的股份输给了我，然后人就失踪了，可能是无颜面对父老乡亲吧。"大金牙使劲眨眨眼，抑制住被芥末激出的眼泪，又开始扒第二个虾，"钊爷也动手啊！这虾今天才捞上来，鲜！"

"谁给你们的胆子这么干？！"钊阳有些愤怒了。

"有钊爷这个大官当靠山，我们兄弟们心里有底气。"大金牙腾出一只手来给钊阳加酒。

钊阳沉默了许久，闷声道："如果我说我不喜欢当官儿，你们信吗？"

"当多大的官儿，钊爷都是屈就。有一天，您当警察当够了，出来做生意，还是我们的大哥！咱们兄弟们跟着钊爷放开手脚，轰轰烈烈干一场，咱们也搞一个商业帝国，绝对不比郭孚的那个小！"大金牙朝着桌上其他人使个眼色，众人跟着起哄称是。

钊阳把酒狠狠地干了，眼睛盯着酒杯："我知道你们看不上我，你们看中的是我手中的权力。"

大金牙喝完酒，像是没有听懂："钊爷又说笑了，我们兄弟是很重感情的。"

钊阳睥睨道："你们重感情？贾文军死了，你们谁掉眼泪了？"

大金牙瞅着桌中间那条五斤重的东星斑，情真意切道："我们兄弟就像在海上打鱼的渔民，一直心怀感恩，感恩钊爷这样为我们打过船、配过粮、送过淡水、测过风浪气候的恩人。您为我们保驾护航，我们打上鱼来永远都记得给您留一条最大的……"

"胖子自己知道吗？"钊阳逼视着大金牙。

"我哪里知道他知不知道啊！我也不知道他知道哪些不知道哪些。"大金牙被自己的话绕得笑起来。

"我问你，胖子知道你们干的这些事吗？"钊阳一个字一个字地吐出来。

大金牙感受到了无形的杀气和压力，咽了咽口水："他知道得不多吧，毕竟就是开个饭店，供个海鲜啥的，让他挂个法人，高兴得以为自己是成功人士了……"

钊阳暗暗松了一口气，不等大金牙的话说完，起身把一个旅行包从脚下拎起来，扔到桌上，碗盘碎裂，汤汁四射。

钊阳不顾众人的惊愕，离席而去。

钊阳走出船舱，深深地吸了一口气，望着船尾后面遥远的清宁夜景陷入了沉思。

从擅自放走郭孚开始，他的心里就一直处于高度紧张状态。他从从警开始就以胆大著称，即使扫黑行动那晚冒着生死危险，他都没有如此不安。

他感到巨大的危险正在逼近，这种危险已经让他依靠和敬重的隋震霆都感到了恐惧，这些显然不是风吹草动了……

他想起了当年刚入警，为了给住院的母亲借两万块手术费，四处哀求，看尽白眼；想起了当年为了抓住一个抢劫杀人犯被捅了三刀，一只脚踏进了鬼门关，躺在床上两个月才活过来；想起了因为买不起房，被无数的相亲对象嘲笑，情人节他独自喝醉，差点儿被车撞死；想起了当年隋震霆第一次跟他说不要总是巧取豪夺，得提高素质和修养，否则得到了也留不下……

要在清宁生存下去，而且还要生存得像样一些，又能怎么办呢？既然没法改变环境，那就适应环境。

刚才那个旅行包里是这些年大金牙他们陆陆续续给他的钱，今天他全提了出来。

如今他又变回当年的身无分文了。

第六章 最后一天

都说有钱男子汉,没钱汉子难。如今他才明白,有钱了反而让人软弱,因为只有无欲才能刚强;没钱虽然会遇到很多困难,但良心上永远不会艰难。

他想跟这些人一刀两断,最好形同陌路。

他早该知道大金牙这些人,不过是利用他的权力和弱点来获利,一旦出事,就会毫不犹豫地揭发检举他以换得"坦白从宽"。

钊阳多么想老老实实地当一个警察,他知道自己是一个当警察的料,能当个好警察,痛痛快快,坦坦荡荡。

早知今日,何必当初,他对自己的过往追悔莫及。

当初隋震霆提醒过他:"人生不需要那么多的物质,否则高度永远有限。"

可是,隋震霆不贪财,但他需要的又是什么呢?

一阵海风袭来,钊阳打了个寒战,他想起儿时下雪时因为衣衫单薄冻得打哆嗦的感觉。这些年在从不下雪的清宁,都忘了大雪覆盖天地的样子了。

这时,钊阳发现有两艘快艇正在向自己这个方向驶来。

自从八项规定出台以后,接踵而来的就是高压反腐,导致钊阳和道上的人都得小心翼翼。今晚吃饭的这艘游艇为了安全起见,基本上也开到了临近澳门海域才停下来,而他今天也是自己开着小快艇来到这里的。

钊阳再次确定那两艘快艇确实是朝着自己这边来的,按照速度估计,五分钟后就会达到此处。

钊阳已经没有时间迟疑了,他跳上自己开来的那艘小快艇,解开缆绳……

彭大为率队登艇,冲进包间。

饭桌上的众人目瞪口呆,不知所措,面如土色。

彭大为没有寻见钊阳的踪迹,立刻到甲板上前后转了一圈,发现波光粼粼的海面上有一艘小艇正在向澳门海域驶去,月光洒在小艇上,那个背影很熟悉。

彭大为跳回自己的快艇,指挥追击。

他向上级汇报情况后,拨打了钊阳的电话。

钊阳接起电话第一句话就是:"兄弟,放哥哥一马!"

"你回来把事情都讲清楚!"

"我很清楚后果。"

"前面是澳门,你逃到那里还是中国的地方,但对于你个人,一旦越过这条线就是负罪潜逃境外,那就是不能回头的万丈深渊!"彭大为盯着驾驶室的GPS定位系统,钊阳即将进入澳门海域。

彭大为心急如焚,他为钊阳担心,为这个即将一世英名毁于一旦的兄长担心,他多么希望钊阳能悬崖勒马、迷途知返。

只是,还来得及吗?

彭大为的耳畔响起隋震霆说过的话:"……你的所作所为已经出卖了曾经救过你性命的亲兄弟,你若一意孤行,会众叛亲离……"

彭大为的眼睛蒙上了一层雾气,他的视线有些模糊了。

"老班长来了。"隋震霆依然跪在彭爱国墓前,头也没回。

刘强站在隋震霆身后,痛心疾首:"震霆,你怎么会走到这一步!"

"我以为你会问我怎么会束手就擒。"

"这就是你所谓的'胸怀大志,腹有良谋'?"刘强透过隋震霆的头顶,望着墓碑上彭爱国的照片,五味杂陈,他怎么都不会想到当年自己最喜爱的两个学弟、最欣赏的两个得力干将会是这样的结局。

"我对不起党和国家,对不起教育过我的老师还有老班长您,最对不起的是我最好的兄弟彭爱国。"隋震霆的声腔已有哭意。

"震霆,我知道你的,你不是一个贪财之人啊。"

"老班长啊,我从警这些年,抛家舍业,一腔赤诚,苍天可鉴啊!"

—— 298 ——

第六章 最后一天

"震霆啊,没有比党纪国法更大的天!"刘强痛心疾首,"抛家舍业也不能违反党纪国法啊!"

"可是我是一个亏欠家庭的人。"

"你是说小山?"

隋震霆哽咽了,此刻的他只有痛苦和悔恨:"刚当警察那会儿,天天在外面拼,家也照顾不上,小山他妈死得早,我愧对他妈,为了补偿亏欠,连小山的姓都改随他妈。小山很小就跟着他姥姥姥爷过,老人们也都去得早,我把他送去国外,就是想让他接受更好的教育能过上更好的生活,我欠他的啊,这也是他妈死之前对我提出的唯一要求!"

"哪个兢兢业业的警察不是这么过来的啊?那也不能违法乱纪,当'保护伞'啊!"

"十四年前那次我错了,却要用一辈子去赎罪。那是一切错误的开始。"

"不,黑白两立,你一开始就不该接受贾文军的钱。"

"他们的钱来得太容易,我们用命拼一辈子都得不到。"隋震霆忍住哽咽,冷静下来,"老班长是什么时候知道我是'保护伞'的?"

刘强走到隋震霆身边,朝着彭爱国的墓碑深深地鞠躬:"不是我什么时候知道的,是上面都知道的。干我们这行的,尤其做到重要领导岗位上来的,谁不是如履薄冰?"

当钊阳看到澳门海域的海警船出现在前方时,彭大为的快艇也已追近。

前有堵截,后有追兵。

"急水滩头放船归,风波作浪欲何为。若要安然求稳静,等待浪静道此危。"那天在青龙观求的签一语成谶。

钊阳从警以来,从来没有像此刻这样绝望过。前后围追堵截的船艇上的大灯照得他犹如一只蝼蚁。

他停下了快艇，随着发动机声音的消失，他的勇气也耗尽了。

他掏出手机，拨打张蕾的电话："蕾蕾，我是真的爱你，虽然我配不上你。"

"你这是怎么了？好好的怎么突然说这种话？"张蕾听出了钊阳的口气非比寻常。

"我希望你能原谅我做的一切，我多么想一切从头开始……"

"钊哥，你到底怎么了？你现在在哪里？我过来找你！"

"对不起，我爱你！"钊阳茫然四顾，直接把手机扔进了深深的大海。

彭大为看到钊阳摸腰部时，他第一反应是他在摸枪。

出于本能的反应，彭大为也掏出了枪，并条件反射般射出了一枪。

"砰"的一声枪响，钊阳手中指向太阳穴的手枪被打飞，子弹打在枪体上闪出了一道火花。

彭大为忍不住推开那些对钊阳动作强硬的工作人员，亲自给钊阳戴上手铐："懦夫！"

"我是懦夫，我无法接受同事们的审讯，更无法接受监狱里的生活。"

"那又为什么这么做？"彭大为到现在也想不通钊阳为何要做"保护伞"。

钊阳望着茫茫大海，一言不发。

"那又为什么这么做？为什么？"彭大为质问这个从小陪着自己长大的亲如兄弟的人，他也是自己的救命恩人。

钊阳方口紧抿，嘴角却微微下垂，突然说了一句："能帮我戴上墨镜吗？"

彭大为从钊阳的口袋里摸出墨镜，无意中带出一张画着符的黄色纸片，风一吹，纸片飘落在起伏的海面。

彭大为给闭着眼的钊阳戴上墨镜，夜色中的钊阳看上去那么诡异。

快艇在深夜的海面飞跃,浪花打碎了月光洒在海面上,青龙湾临海一面的高楼上已经打出了引人注目的灯光秀,安岛大厦面向大海的整个楼面都是一片金黄色,上面显示着"金融创新区示范企业"的字眼。

钊阳看到了码头,原本大马金刀的姿势收敛了,双腿并到了一起,他对彭大为说:"我和胖子没想害你。"

"我知道,我相信。"彭大为想起老牛告诉他是钊阳怂恿胖子给自己送那块运动表的,当时钊阳应该不是为了拉他下水,更不是为了陷害他。

彭大为从钊阳的墨镜侧面看到了一丝感激的目光,钊阳用非常温和的口气说:"我就是觉得你连块像样的手表都没有,我心疼。"

彭大为鼻子一酸,想要说点什么,钊阳突然暴躁起来:"哪个当警察的不是每天都在黑白之间走钢丝?想不偏不倚干干净净,能吗?社会是个大染缸,能捞出白布来吗?有些事儿总有人要做,不是我也会有别人做。"

那一刻,彭大为突然体会到了什么叫哀其不幸,恨其不争,声调也高了上去:"那你就收黑钱?黑恶势力给的钱不是人民币,是冥币,会把人送到阴曹地府里去的!"

"钱有错吗?我们每天顶着流血牺牲的危险,收入却跟那些在办公室里蝇营狗苟的人一样多,公平吗?难道在钱上多些补偿不应该吗?"

"不应该!起码我不会因为这个就收黑钱。"彭大为信誓旦旦。

"你眼里只有案子,哪里关心兄弟们过得好不好,你知道这些天天拿命换工资的兄弟们家里有多少困难吗?"

彭大为隔着墨镜看不清钊阳的眼睛:"难道这就是当'保护伞'的理由?你知道黑恶势力因为有你的保护,又会毁灭多少人多少家庭吗?"

"你以为牺牲战友的爹妈孩子靠谁来养?你以为这些买不起房子的战友就活该住在贫民区?你以为警察就是不食人间烟火超凡脱俗的圣人?"

彭大为从来没听过钊阳能一口气说出这样一组排比句,一时间不知该如何回答,但还是不服气:"我记得我父亲当年跟你说过信仰……"

"我没有英雄的父亲,也没有父亲的同学当局长、师兄当厅长,更没有在中国最高警察学府公安大学镀过金,我靠什么?靠业绩?如果当年没我们老家全村人凑钱,我连大学都上不了,现在还在山里种地!"

钊阳不等彭大为话说完,主动下了船,大步走向岸边。

彭大为呆呆地站在甲板上。他无法接受钊阳的理论,公安大学教自己做一个警察,为了正义可以流血可以牺牲!警察坚守薪水不高的职业,是为了追求那种无法替代的成就感和责任感,不是吗?

不,当警察不仅仅是谋一个职业,而且是献身于一个伟大的事业,身上的警服意味着正义,意味着勇气,代表着责任,代表着光明啊!

隋震霆之前来纪委监察委开过许多次会,但是从来没有像今天这样坐在谈话室里"被谈话"。

不过几个小时,他好似变了一个人,谈话室上面的灯光照在他已呈灰白色的头顶,脸上的皱纹骤然增多了一倍。

隋震霆认识年纪大的工作人员,此人姓赵,绰号"赵黑脸",之前曾在刘强主政清宁市公安局时期担任过市公安局的纪委副书记,以不徇私情著称,后来被省纪委监察委选拔走了。

赵黑脸代表组织与隋震霆谈话:"组织再给你最后一次机会,说出所知道的实情,戴罪立功,可以算作投案自首。"

另外一个纪委监察委的年轻小伙子在旁边认真地做着记录。

"十四年前王宇明就已与境外势力勾结,他伪装成从华尔街归国报效祖国的正面社会形象,遥控郭孚创立安岛集团。"隋震霆整理下头发,努力睁大眼睛,"安岛集团的前身其实就是'山义帮',通过犯罪大肆敛财,几乎控制了清宁市毒品、赌场和高利贷行业,还靠暴力垄断当地的房地产业、土方行业。"

"是否还有没有交代清楚的情况？"赵黑脸提示,"对于领导干部,钱还不是最可怕的,最可怕的是被别人操控了心。"

"郭孚之所以有今天,不仅仅是我们公安一家有责任,就像贾文军当年从判刑收押到减刑出狱,哪个部门没有责任？"

"我们现在谈的是你的问题。"赵黑脸让小年轻给隋震霆面前的纸杯里添热水。

"该说的我都说了,只能再次重复刚才我说过的两点:一我光明磊落,没有任何经济问题;二我是一个老党员,也是一个老干警,有错误会承担,但不是我的错误我不会大包大揽。"

"隋震霆同志,实话实说,以前我在市局对你是钦佩的,也一直认为你是一个光明磊落的人,不是一个贪图钱财的人。"赵黑脸双手交叉着放在桌面上,转变话题,"能谈谈你的儿子成小山吗？"

隋震霆脑海中想起郭孚跟他讲过的:"我告诉你,一个棋盘上不会只有你这一颗棋子。"

他还想起那天早上彭大为找到自己时说过:"刚才刘厅长打电话让我停止对郭孚和他的公司的调查,您知道这事儿吗？"

或许还有一线希望和可能？

隋震霆保持沉默。

赵黑脸根据以往经验,知道一个人的心理防线往往会在一瞬间失守。在那一瞬间攻破也就攻破了,攻不破以后再攻就比较难了,尤其是像隋震霆这种"久经考验"的人。

但是,赵黑脸也准确地抓住了隋震霆心理的弱点,一个人最在乎的就是其最大的弱点。

那一刻,赵黑脸发现隋震霆原本笔直的后背竟有些弯驼了。

心底无私天地宽,有的人路越走越窄往往就是因为心底存私。

赵黑脸看着隋震霆重重的眼袋和虚浮的脸庞,已然与之前的精力充沛倜傥自信判若两人,他回忆起过去:"记得我还在市局工作的时候,有一次你在全局纪检工作会上跟我们说过:'我们公安领导干部犹如深渊行者,一定要慎重选择自己的路,一旦走错了路就会越沉越深,就会离地狱越来越近,而阎王就会在下面守株待兔。'"

隋震霆依然保持沉默,头却慢慢地低了下去。

赵黑脸继续道:"其实,干纪检工作越久,我越意识到人性本善,一个人变恶了,社会和环境都有责任。"

隋震霆觉得心里有一股热浪在慢慢翻腾,他抬起头,眼神中流露出一丝感激。

2

成小山穿戴整齐地躺在酒店公寓的床上,看着眼前卧着的青色小蛇发呆。

这条小蛇是他回国时,从一个卖野味的人手中买下来的,当时只有半米长,牙已经被拔了,如今长得超过一米了。

他在心里给这条蛇起名"马基雅维利",但他从来没有叫出口过。

"马基雅维利"性情很温顺,主人给它准备了一个合适的保温箱,里面铺上木屑,每隔半月喂五只小白鼠即可。

"马基雅维利"跟成小山熟悉了后,经常钻出保温箱,舒展着身子爬上床,安静地吐着舌头,两只小眼睛看着主人,任由主人抚摸。

成小山认为"马基雅维利"是明白他的孤独寂寞的,但是却没有一个人类明白。

隋震霆不明白,郭晓冉也不明白,如果他们明白,他们给他多一点的爱,就会知道他会付出更多的爱。

这就好比,"马基雅维利"对温度有特定的要求,为了让它过得舒适,即使清宁的夏天溽热无比,成小山宁可汗流浃背也不开空调。

其实,蛇是性情温顺且胆小的动物,比起人类对蛇的恐惧,蛇更害怕人类这个庞然大物的突然靠近,这是绝大多数人都不了解的。

有次成小山出国一周,委托保洁员给"马基雅维利"换水。保洁员不懂蛇对气味敏感,没有戴手套就在"马基雅维利"面前晃动,结果被咬了一口。

"马基雅维利"不是毒蛇,保洁员自然没有生命危险,成小山过后给了保洁员一笔钱,从那以后,他就不让人再进入自己的房间,也不让任何人照顾"马基雅维利"了。

"马基雅维利"待了一会儿,突然探起头,好像听到了什么声响。

几十秒后,成小山也听到了门外走廊响起的刻意压低的脚步声。

成小山知道是谁来了,虽然父亲已经提醒他离开,但是他没有离开。

即使离开了,又能去哪里呢?去哪里可以摆脱孤独呢?

何况,"逃亡"是失败的代名词,也是怯懦的特征,这种事情是成小山不屑于做的。

成王败寇,愿赌服输,莎士比亚的那句话说得很好:"一个人高贵的品质往往会因为一点点的恶癖而被掩盖,一个人的声誉也常常会被一点点的错误所败坏。"

成小山下床,准备去开门,他想好了,一会儿提出的唯一要求就是把"马基雅维利"放生,虽然它可能要面临各种艰难的生存问题,但至少它能享受一段时间的自由自在。

生存还是毁灭,从来都不是一个问题,莎士比亚在《哈姆雷特》里还有一句不为人熟知的经典语句:"活着的人总是要死的,无论谁都将从生存的空间迈入永恒的宁静,你知道这是一件很普通的事。"

但是,成小山也第一次意识到:一个人最悲惨的状态是距理想只有一步之遥,却终究永不可及。

3

雨后的天空青碧如洗,机场高速道路两旁的绿化带修剪得很齐整,灌木泛着油油的鲜绿色。

王宇明打开车窗,让清爽的晨风迎面吹来,他加大油门,速度仿佛给他插上了坚硬的翅膀。

昨天前半夜下雨,他还担心会不会影响今天一早的航班,如今看来是杞人忧天。

现在他越发确信,自己多少年来的心血终于要迎来最终的胜利,胸怀激荡之际他打了一个寒战,紧接着打了一个喷嚏。

王宇明把车子扔在停车场,卡好时间节点,VIP登机口一开放就拿起登机牌直接进入。

他坐进头等舱,换上质地精良的棉拖鞋,从漂亮的空姐手中取过一杯威士忌,浅浅地呷了一口。

今天是个大日子,诸多重要领导嘉宾都将飞抵清宁,为了避免遭遇航空管制,他特地定的是最早的一班航班直飞M国。

他看着舷窗外金光耀眼的朝阳,深深地舒了一口气。

一刹那,他突然很有成就感,那个"临界点"终于如期而至,他安心地闭上了眼睛。

太阳从海面跃起时是沉默的,给人们带来的却总是惊喜般的希望与动力。

国家领导人的专机迎着晨光,安全抵达清宁青龙国际机场。

刘强带队赶到机场时,整个机场警备森严。他快步走向国际航班出发口时,隔着机场大楼的玻璃窗刚好看到停机坪上国家领导人的车队鱼贯而出。

今天清宁的交通指挥管理方案是刘强和隋震霆一同敲定的,之前过了无数遍,此刻他脑海中甚至浮现出国家领导人的车队依次从每个道口顺利通过的场景:大小每个道口都被三至五名交警有效地管控起来,沿途还有负责社会面控制的治安警,整个行程中,这个车队不会遭遇一个红灯,也不会遭遇一次拥堵……

一切尽在掌握,一切井然有序。

"王教授!"

王宇明听到那个熟悉而亲切的声音时,打了一个寒战,睁开眼睛,刘强正在俯瞰着他。

王宇明似乎很意外:"刘厅长?"

王宇明的余光瞥向头等舱的门口,帘子下面露出了几双穿着西裤和黑皮鞋的男人的腿,这是干部们的最常见的穿着习惯。

"王教授把握住了所有重大事件的临界点,不愧是世界顶级专家。"刘强坐在了过道另外一边的座椅上。

王宇明迷惑状:"刘厅长的意思是?"

"我只好在王教授面前班门弄斧了。"刘强不想跟王宇明浪费时间虚与委蛇了,"在全世界和中国政界及社会各界关注清宁市金融创新区成立大会的关键时期,您亲自导演了鲁芊芊在您到公安厅讲课那天跳楼的一幕,引发警方不得不追查贾文军,继而启动对郭孚的调查,最终达到做空中概股的目的,同时还达到了毁坏中国警察执法形象和政府公信力的目的。"

"我是经济学教授,不是好莱坞导演。"

"王教授和M国情报部门的布朗有学术往来吧?此人安排您回到清宁,商界用郭孚,政界用隋震霆,扰乱中国金融秩序,诋毁中国社会形象,同时把其中的诸多非法所得通过内地和香港之间的地下钱庄转到境外,支持'港独'等境外敌对势力的颠覆活动。剧情还不够完整吗?"

不等王宇明开口,刘强继续道:"让我再补充点前情:杨韵颖是你当年清宁大学的师妹也是恋人吧?后来她跟了贾文军对你的自尊心伤害很大吧?你甚至恨屋及乌地憎恶郭孚吧?还需要我继续补充旧情桥段吗?"

王宇明对于过往的经历并没有感到痛苦,因为是那些痛苦让他明白了一个颠扑不破的道理:人生必须要成为赢家,或者成为失败者,没有平庸,平庸就是失败。

当年自己和杨韵颖在一起,不就是因为自己平庸吗?苏建之所以举报不成反被害,不就是因为他平庸吗?平庸就是失败。

王宇明眼前浮现出鲁芊芊受辱后,到他办公室哭诉自己的遭遇和无助时的画面。

王宇明义正词严:"这股黑恶势力庞大,必须有足够大的动静才可能讨回公道,挽回尊严。"

鲁芊芊泪眼疑惑地看着王宇明。

王宇明点点头:"你必须用这种方式去发声。"

……

"那个从小被你从孤儿院收养的女杀手,和鲁芊芊一样心甘情愿被你利用,你被女人伤害过,居然发奋自强,将女性心理操控术玩得如此专业!"

刘强根本没有打算等王宇明解释什么,以教育者的口吻继续道:"善泳者溺于水,玩火者必自焚,搞阴谋者必死于黑幕。这是历史的规律,也是人类的宿命,任谁都无法抗拒,更不可能逆转,用我们老祖宗的话说就是恶有恶报。"

"刘厅长像是一位国学大师啊!"王宇明强装震惊地调侃道。

刘强没再留任何情面:"需要跟你外国的主子打个电话吗?"

王宇明不语,掏出手机,连线布朗。

M国此时正是黑夜,布朗戴着口罩走到室外,街面上人山人海,人们都戴着口罩,新冠肺炎疫情显然已极为严重,街面呈现骚乱迹象。

刘强接过王宇明的电话。

布朗小心地穿过示威游行的人群,捂着话筒道:"我把转移到境外的巨额资产还给贵国,那是一笔巨大的财富,作为换取王宇明安全出境的价格。"

刘强沉吟:"稍等我回复。"

刘强将电话打到一个人的办公桌上,此人又将电话打到另外一个人的办公桌上,另外一个人又将电话转到一个车载电话上。

车子驶上笔直宽阔的清宁市滨海大道,熙熙攘攘的人群,穿梭不停的车流,一派现代化国际大都市的繁华景象。

国家领导人的车队驶过清宁市地标性建筑安岛大厦时,阳光照在玻璃外墙上又反射下来,郭孚的巨幅海报在大厦旁边挂着。

车队刚过去,彭大为就把郭孚从安岛大厦带出,押入了警车。

警车开动,郭孚回望安岛大厦,自己的巨幅宣传海报还有滚动的电子屏上好像演的都是别人的故事……

这时,国家领导人车上的专线铃声响起,领导人接起电话认真听取了对方的汇报后一锤定音:"请他转告对方,'中国不与任何不友好的人士做任何见不得光的交易。'"

布朗举着电话,钻进一辆高级加长轿车。

车子缓缓行进,车窗外的示威游行人群与警察发生激烈对抗,到处都是火光,M国已陷入疫情和社会骚乱的双重动荡中。

布朗恨恨道:"既然贵国政府不做这笔交易,那就等待更大的一次'临界点'到来吧!"

番 外

　　粤中省大礼堂位于清宁市人民路，毗邻人民公园，主体建筑呈圆形，三层圆顶由大红廊柱支撑，绿色琉璃瓦，金色的顶子参照了北京天坛的祈年殿设计，取"国泰民安"之意，是中国传统宫殿建筑风格与西方建筑的大跨度结构巧妙结合的杰作。

　　今天这里正在召开全省扫黑除恶表彰大会，刘强在主席台就座，桌牌上写着"厅长"，他刚刚已被正式任命为省公安厅厅长。

　　中央扫黑除恶督导组代表和省政法委领导依次讲话。

　　秦飞也坐在台下前排就座，头上还缠着绷带，脸上笑意满满。

　　彭大为作为扫黑除恶的优秀民警代表发言，胸戴大红花。

　　此刻的他明显比之前成熟稳重，当他向台上就座的领导和台下观众敬礼时，脑海中想起那张父亲和刘强还有隋震霆的合影照片来，想起父亲恨其不争地说："你当不了一个好警察，你不是真正地勇敢，就无法坚持做好对的事情。"

发言时,彭大为胸怀激荡,感慨万千:"在伟大的中国共产党的领导下,我们取得了抗击新冠肺炎疫情阶段性的胜利,我们在扫黑除恶的收官之年也取得了圆满成功!站在这里,我突然想起了当年父亲对我说过的一句话,'信仰就是在面临生死考验时依旧能坚持到底!'他是中国共产党初心使命的忠实践行者,也是我们人民警察的楷模,是我心中永远的榜样,我谨代表全省民警做出庄严承诺……"

郭晓冉在看守所见到了父亲,郭孚没有漂染过的短发白得惊人。他低着头,愧对女儿的目光。

"爸爸,我知道你对我一直很宠爱。你放心,我以后会自食其力,而且我妈当年给我留的理财基金也足够支持我现在的学业生活。"

郭孚没有想到女儿会说出这番话,泪流满面地抬起头:"我一直以为你会恨我……"

郭晓冉眼睛也红了:"我恨你不该祸国殃民,但是你毕竟是我的爸爸,从小一直爱着我的爸爸!"

郭孚深深地垂下头,悔恨万分。

"爸,我可能爱上了一个男人。"郭晓冉想说点快乐的事情,打破眼前这无形的痛苦。

"是那个警察吗?他比爸爸诚实,正直,靠谱。"郭孚再次抬起头,"他爱你吗?"

"不知道。但幸福不是可以勇敢地去追求和争取吗?"

"也有缘分吧,人生都有命运。"郭孚想起了年轻时的爱情。

"以前听到说缘分、命运这些,感觉很荒唐,但是我现在有些信了,也愿意相信。"

郭晓冉见完父亲，沿着走廊向外走，无意中发现窗外的一群正在露天活动的人中有一个熟悉的影子：他看上去是那么单薄，没有了锦衣玉食，似乎也就失去了灵魂，孤独地蹲在墙角的阴影里。

那一刻，她突然想起他曾经挂在嘴边的莎士比亚的一句经典台词："已有的事，后必再有，已行的事，后必再行，日光之下并无新事。"

郭晓冉坐在出租车后排座位上，脸贴着冰凉的车窗，望着窗外一望无际的海面，阳光普照，金光灿灿。

出租车广播传出关于全省扫黑除恶表彰大会的报道，郭晓冉探身道："司机师傅，能把声音调大吗？"

收音机里面传出熟悉的声音："我突然想起了当年父亲对我说过的一句话：'信仰就是在面临生死考验时依旧能坚持到底！'他是中国共产党初心使命的忠实践行者，也是我们人民警察的楷模，是我心中永远的榜样，我谨代表全省民警做出庄严承诺……"

郭晓冉仿佛看到了彭大为高大的身影，坚毅的面庞，咧嘴笑的时候雪白的牙齿好像会发出亮光似的。

她忍不住拿出手机，悄悄地看自己亲手拍下的几张照片，照片里的他如同一尊大卫雕像。

她望向窗外的太阳，仰起头，笑着流出了眼泪……

2020年4月13日初稿于北京青年路
2020年9月23日二稿于北京达官营
2020年12月7日定稿于北京天宁寺